Wer zum Teufel ist Butterblume?

Magisches Geflüster

Marita Sydow Hamann

AF139266

Wer
zum Teufel
ist
Butterblume?

Magisches Geflüster

Marita Sydow Hamann
Wer zum Teufel ist Butterblume? – Magisches Geflüster

2. Auflage Februar 2016 (1. Auflage Oktober 2015)
Copyright © Marita Sydow Hamann
Text, Illustrationen, Cover, Layout, Fotos: Marita Sydow
Hamann
Hamneda, Schweden

Lektorat: Anja Weggel

Herstellung und Verlag: BoD – Books on Demand, Norderstedt

ISBN 9783739242484

www.marita-sydowhamann.com
maritash73@gmail.com

Bibliografische Information der Deutschen Nationalbibliothek: Die
Deutsche Nationalbibliothek verzeichnet diese Publikation in der
Deutschen Nationalbibliografie; detaillierte bibliografische Daten sind
im Internet über www.dnb.de abrufbar.

Inhalt

Kapitel 1

Tom ließ sich in den Sitz fallen und atmete erleichtert aus. Er war fast am Ziel, in wenigen Stunden würde sein neues *ruhiges* Leben beginnen. Es konnte nur besser werden, in jeder Hinsicht. Seine Arbeit an der Börse war jetzt schon nur noch eine unwillkommene Erinnerung – Stress pur. Aber gutes Geld, da ging kein Weg dran vorbei. Tom hatte sich in den letzten Jahren ein Vermögen zusammengeackert. Doch zu welchem Preis?

Der Zusammenbruch kam, als die Kopfschmerzen unerträglich wurden. Und dann die niederschmetternde Diagnose: Hirntumor. Arbeitsausfall, Krankenhaus, OP, Bestrahlung – mit seinen knapp vierzig Jahren war er nur noch ein Schatten seiner selbst gewesen. Er hatte nach der Entfernung des Tumors neu sprechen lernen müssen, war heute nur noch bedingt belastbar und seine Konzentrationsspanne glich der einer Amöbe. Jeglicher Stress war seitdem Gift für Tom. Es wurde ihm unmissverständlich nahe gelegt, dass er nicht nur kürzertreten, sondern sein Leben radikal umstellen müsse. Nichts würde mehr sein, wie es einmal war.

Da zeigte Gary ihm eine Finca, die zum Verkauf stand. Direkt am Meer, mit einem kleinen Weinberg und ein wenig Land. Ein Traum, weit ab von der Welt, die ihm bekannt war.

»Hier kannst du zur Ruhe kommen«, hatte Gary voller Enthusiasmus gesagt. »Wir keltern unseren eigenen Wein, halten uns ein paar Ziegen für hauseigenen Käse und bieten Urlaub für Touristen an, Whalewatching inklusive!«

»Whalewatching?«, Tom erinnerte sich gut, wie verwirrt er gewesen war. Was war ihm entgangen? »Spanien?«, hatte er vorsichtig gefragt und dabei gehofft, dass sein Unverständnis nicht wieder auf einer Gedächtnislücke aufgrund seiner Operation beruhte.

»Nicht Spanien, Tom, Portugal! Die Azoren gehören zu Portugal.«

Azoren? Moment mal, davon hatte Gary aber noch nichts gesagt, oder?

»Wann wolltest du mir sagen, dass dieser *Traum* auf den Azoren liegt?«, pokerte er und hoffte, dass sein Gedächtnis ihn nicht belog.

Gary grinste breit. »Wenn du dafür bereit wärst!«

»Ach, und jetzt bin ich das?«, Tom sah Gary vorwurfsvoll an. Gary ignorierte das und strahlte.« Wale und Delphine! Die Finca hat zwei extra Apartments, das ist perfekt! Wir kaufen uns ein Boot und fahren Touristen hinaus aufs Meer. Eine Arbeit wie täglich Urlaub, und uns kommt unsere Vergangenheit als Rettungsschwimmer zugute. Wir haben sogar schon beide den Bootsführerschein. Na, was sagst du?« Gary lehnte sich sichtlich begeistert im Stuhl zurück und nahm einen ordentlichen Schluck Bier. »Nur du und ich. Du müsstest dann allerdings ohne dein kleines Betthäschen auskommen«, fügte er mit einem breiten Grinsen hinzu.

Tom verdrehte die Augen. Melissa war nun wirklich nicht das Problem. Er wusste ganz genau, dass sie nichts für die Zukunft war. Die Kleine war scharf, aber genauso scharf war sie auch auf sein Geld, da machte sich Tom nichts vor, egal, wie üppig ihre Oberweite und wie schmollend ihr Mund auch waren.

Gary sah Tom hoffnungsvoll und voller Tatendrang an. Tom schüttelte ergeben den Kopf. Wer konnte bei so viel Lebensfreude schon widerstehen? Gary hatte recht, es war perfekt. Und es kam ihrem Jugendtraum von einem vollendeten Leben näher, als er es je für möglich gehalten hätte. Aber die Azoren? Das war weit weg, mitten im Atlantik auf halbem Wege nach Amerika. Gut, die Inselgruppe zählte zu Portugal. Und wenn man die Geographie sehr weit fasste, könnte man behaupten, der Archipel läge vor Portugals Küste.

»Seit wann kannst du portugiesisch?«, fragte Tom, um ein wenig Zeit zu gewinnen. Die wirklich extrem abgelegene Lage der Traumfinca musste er erst einmal verdauen.

Gary schnaubte. »Das kann man lernen. Mit englisch kommt man überall durch, und die Touristen werden wohl hauptsächlich deutsch- oder englischsprachich sein, da genau sie unsere Zielgruppe sein werden.«

Tom nickte nachdenklich. Man würde Werbung schalten müssen. Gary hatte die Zielgruppe instinktiv erfasst. Menschen machten gern dort Urlaub, wo sie auf Bekanntes stießen, und wo die Gastgeber ihre Sprache und Sitten teilten. Etwas Vertrautes in einem fremden Land. Und sowohl Tom als auch Gary boten als Deutsche mit englischsprachigem Elternhaus die perfekte Kombination.

»Wein keltern? Käse selbst machen?« Tom war noch nicht fertig, Gary auf die Probe zu stellen. Immerhin ging es hier um ihre Zukunft.

Gary zuckte mit den Schultern. »Warum nicht? Man ist nie zu alt, um etwas gänzlich Neues anzufangen. Und schmecken tun uns Wein und Käse ja wohl beiden.« Er grinste spitzbübisch.

Tom verdrehte die Augen. »Du verklärst die Lage zu einem Kinderspiel. Sowas ist ein Haufen Arbeit und ich …« Er stockte. Tom wurde sich wieder einmal seiner Lage bewusst. Er war nur noch ein halber Mann, zumindest fühlte er sich so, seitdem er schwach wie ein Kind war und bei jeder Kleinigkeit die Nerven verlor. Würde er jemals wieder belastbar und ein vollwertiges Mitglied der Gesellschaft sein?

Gary wurde ernst. »Ich kann für zwei anpacken, das weißt du. Und es geht nicht um große Mengen, sondern nur um Wein und Käse für uns und unsere Gäste. Eine Spezialität des Hauses, mehr nicht. Etwas, das extra Touristen zieht, als Lockmittel, wenn du so willst. Wer eine Tour hinaus aufs Meer bucht – egal ob Feriengäste bei uns oder andere Touristen –, der bekommt im Angebot inbegriffen ein nettes Beisammensein hinterher dazu. Unser Hauptaugenmerk liegt allerdings auf zahlenden Urlaubsgästen und Whalewatchingtouren.«

Tom gefiel die Idee, er wollte nur nicht zu enthusiastisch sein. Ein Traum konnte so schnell zerplatzen. Doch Gary schien sich tatsächlich ernsthaft mit dieser Idee auseinandergesetzt zu haben. Ein völlig neues Leben, fernab jeglichen Stresses.

»Die Azoren, hm?« Er schüttelte lächelnd den Kopf. »Warum eigentlich nicht? Dann zeig mir mal alles noch einmal ganz genau!«

Es war eine lange, pläneschmiedende Nacht geworden. Und es folgten noch viele weitere Tage und Nächte.

Dann war Gary alleine nach *Pico des Açores* geflogen, die Azoreninsel, auf der die Finca zum Verkauf angeboten wurde, um alles zu filmen und vor Ort zu begutachten. Sie waren sich einig, dass Tom sich schonen müsste und nicht unnötig um die Welt reisen sollte, falls sich die Finca in natura als abrissreife Baracke erwies.

Doch Haus und Grundstück stellten sich als kleines Paradies heraus. Tom hatte das Geld geschickt, Gary sorgte vor Ort dafür, dass alles nach Plan verlief. Und nun war Tom auf direktem Weg in sein neues Leben.

Er warf einen Blick aus dem kleinen Flugzeugfenster und zückte sein Handy.

»Hi, ich bin`s. Sitze im Flugzeug in Lissabon. Wir starten gleich. Ich bin um zehn vor elf in Horta.«

Ein ausgedehntes Gähnen am anderen Ende. »Du hast mich geweckt! Rufst du mich an, um mir zu sagen, was ich schon weiß?«

Tom grinste in sich hinein. »Das war Sinn der Sache. Weshalb solltest du schlafen, wenn ich in aller Herrgottsfrühe durch die Luft fliegen muss?«

Eine Salve von Flüchen zischte durch das Telefon. Tom grinste noch breiter. Gary war morgens mit Vorsicht zu genießen.

»Und? Holst du mich ab?«

Noch mehr Flüche. »Natürlich hole ich dich ab! Genau wie abgemacht!«

»Na, dann ist ja gut. Leg dich wieder hin.« Gary stöhnte ins Telefon. Und er knurrte etwas von *Kaffee* und *jetzt bin ich wach*.

Als Tom auflegte, feixte er in sich hinein. Er liebte es, Gary zu foppen. Das war wie in alten Tagen. Er freute sich wie ein Kind auf sein neues Leben auf der Insel Pico auf den Azoren. Gary und er waren ein gutes Team.

Tom lehnte sich zurück und genoss das prickelnde Gefühl, durch die Beschleunigung des Flugzeuges in den Sitz gedrückt zu werden. Sein Magen schien sich kurz außerhalb seines Rückgrades zu befinden, seine Ohren knackten durch den Unterdruck und schon flogen sie hoch hinaus über die Wolkengrenze.

Wunderschön, dachte Tom, als er über die sonnengefluteten Wattewolken blickte, die schneeweiß unter ihm erstrahlten. Es war, als würde er sich im Himmel befinden – wie in einer anderen Welt.

Plötzlich durchbohrte ein stechender Schmerz seinen Kopf.

Was zum Teufel …?, dachte er noch, dann überrollte ihn heftige Übelkeit, sein Nacken versteifte sich und es wurde schwarz um ihn herum …

Kapitel 2

Zwei Jahre später.

Ich war spät dran und es regnete in Strömen. Ich war pitschnass, meine hüftlangen, schwarzen Haare klebten mir unschön überall dort, wo es störte, und meine Bluse zeigte mehr, als mir lieb war.

Das Meeting hatte schon begonnen, und mein Chef warf mir einen tadelnden Blick zu. Der Rest der Truppe verkniff sich ein Grinsen. Hastig setzte ich mich, zog den Notizblock hervor und begann, das Personalmeeting Punkt für Punkt mitzuschreiben. Ich war Chefsekretärin eines renommierten Hamburger Unternehmens und normalerweise professionell bei der Sache. Heute fiel es mir allerdings schwer, mich zu konzentrieren. In Gedanken war ich schon im Urlaub. Das war auch der Grund für meine Verspätung gewesen. Ich musste packen! Meine sorgfältig zusammengetragene Liste über alles, was ich mitnehmen wollte, war wie vom Erdboden verschluckt gewesen. Voller Panik, die Hälfte zu vergessen, lief ich in meiner kleinen Poppenbüttler Wohnung herum und warf wahllos alles in den Koffer, das irgendwie von Nutzen sein könnte.

Als ich mit sämtlichem Gepäck bereits im Auto saß, fiel mir siedendheiß ein, dass ich die Tickets noch nicht ausgedruckt hatte. Verflixt! Hektisch – was normalerweise nicht meine Art war – stürzte ich durch den strömenden Regen zurück in den zweiten Stock, stolperte über die Treppenstufen, ignorierte mein Schnaufen und die plötzlichen Hitzewallungen, und hechtete an den Computer. Ich trommelte ungeduldig mit den Fingern auf der Tischplatte und fragte mich, ob das Ding schon immer so langsam gewesen war. Mein fünfzehnter Blick auf die Uhr verriet mir, dass ich das erste Mal zu spät kommen würde. Ich ärgerte mich. Hätte der Chef mir nicht freigeben können? Er wusste ganz genau, dass ich direkt nach dem Meeting zum Flughafen musste. Und zwar ohne Verzögerung, sonst verpasste ich noch den Flug. Mein Zeitplan war extrem knapp bemessen. Und alles nur, weil mein herrschsüchtiger Chef mich keine paar Stunden früher gehen lassen wollte.

»Ich brauche Sie bei dem Meeting, Frau Berger.« Ja klar. Als ob es niemand anderes gab, der seine wichtigen Ergüsse auf Papier festhalten konnte!

Eigentlich mochte ich meine Arbeit. Auch mit meinen Kollegen kam ich mehr als gut aus. Doch ich spürte immer wieder eine unterschwellige Unzufriedenheit. So als würde etwas fehlen, so als wäre ich hier nicht wirklich zu Hause – weder im Job noch in Hamburg.

Ich war zusammen mit meiner Mutter in der Nähe von Bergedorf aufgewachsen, fast auf dem Land. Ich hatte mich dort nie heimisch gefühlt, nie ganz dazugehört. Nicht, dass man es mir angemerkt hätte – ich war offen, sozial, hatte Freunde, alberte mit ihnen herum und ging meinen Weg. Es war eher ein Gefühl tief in mir drinnen. In meinem Innersten. Ein Gefühl der Leere, als ob mir etwas fehlte oder genommen worden war. Ich erklärte mir diese Gefühle damit, dass ich ohne Vater aufwuchs. Ich weiß nicht einmal, wer er war. Meine Mutter weigerte sich bis zu ihrem Tod, über ihn zu reden oder mir auch nur ein Foto von ihm zu zeigen. Ich wusste nur eines ganz genau – meine schwarzen Haare und dunkelbraunen Augen hatte ich nicht von meiner Mutter geerbt. Sie war blond und blauäugig.

Nach der Schule zog ich in die Stadt. Ich hoffte, dort zu finden, was ich auf dem Land vermisste. Meine Ausbildung zur Anwalts- und Notargehilfin durchlief ich mit Bravour und schloss als Jahrgangsbeste ab. Ich wurde sofort übernommen, doch als das Unternehmen pleite ging, war ich gezwungen, mir etwas Neues zu suchen.

Seit fast zwei Jahren arbeitete ich nun für *Schulze, Liebknecht und Harms*. Das Geld stimmte, ich war seit kurzem sogar zur Chefsekretärin befördert worden, doch die innere Leere war geblieben. Sobald ich genügend gespart hatte, flog ich in den Urlaub. Immer wieder, immer aufs Neue. Andere Länder, neue Bräuche, fremde Kulturen – als wäre meine rastlose Seele auf der Suche. Solch seltsame Gedanken kamen mir allerdings nur nachts. Und auch nur dann, wenn ich gerade einmal nichts um die Ohren hatte. Was äußerst selten geschah, denn ich füllte mein Dasein mit Arbeit, Ereignissen und Erlebnissen.

Und auch nun war ich wieder mittendrin im Rad meines Lebens, denn dort saß ich nun – in diesem äußerst wichtigen Meeting und kritzelte geistesabwesend das Wesentliche in den Notizblock, statt richtig zuzuhören. Ich überlegte fieberhaft, was ich wohl Wichtiges für den Urlaub vergessen haben könnte: Handy, Ladegerät, ebook-Reader, Ladyshaver (ja, so hieß mein knallpinker Rasierapparat), Kamera … Oh! Ich hatte den Spritzschutz der Kamera vergessen. Und die Regensachen … Ich würde neue kaufen müssen, da führte kein Weg dran vorbei.

»… das ist äußerst wichtig, das dürfen wir nicht vernachlässigen«, sagte mein Chef gerade.

Ich zuckte entsetzt zusammen. Was durften wir nicht vernachlässigen? Schuldbewusst sah ich mich um. Manfred zwinkerte mir wissend zu. Ein netter Kerl aus der Rechtsabteilung. Er war scharf auf mich. Leider aber ganz und gar nicht mein Typ. Jetzt gerade liebte ich ihn allerdings.

»Ich sag's dir nachher«, mimte er tonlos. Erleichtert widmete ich mich wieder den Notizen. Das Meeting schien kein Ende nehmen zu wollen. Immer öfter schielte ich auf die Uhr. Langsam wurde es knapp. Manfred verstand mein Dilemma und eilte mir nochmals zu Hilfe.

Er räusperte sich. »Ich unterbreche Sie ungern, Herr Schulze. Aber dürfte ich Sie daran erinnern, dass ich in zehn Minuten einen Termin habe und auch Herr Walter dringend noch etwas vor Mittag zu erledigen hat?«

»Oh, ja natürlich«, lenkte der Chef ein.

Für mich hätte er das nicht getan, das wusste Manfred genauso gut wie ich. Doch für seine beiden besten Männer fasste er sich kurz. Nur drei Minuten später hatte er den Raum verlassen und ich atmete erleichtert aus.

»Danke, Manny. Ich schulde dir was.«

Er grinste anzüglich und blickte auf meine nasse Bluse. »Ich wüsste auch schon …«

»Wollen wir es mal nicht gleich übertreiben«, unterbrach ich ihn und gab ihm einen freundschaftlichen Knuff.

»Na, geht's endlich in den Urlaub, Meli?«, fragte Robert und stellte seinen Aktenkoffer mit einem Rums auf den Tisch.

»Nur, wenn ich es hier in den nächsten zehn Minuten rausschaffe«, entgegnete ich.

»Na dann, guten Flug und erhol dich. Du siehst aus, als könntest du es gebrauchen.« Er hob vielsagend die Augenbrauen und musterte meine wirren Haare.

Ich verdrehte als Antwort die Augen. Offenbar sah ich genauso gestresst aus, wie ich mich fühlte.

»Ich werde dann mal meine Topfpflanze ins Trockene bringen«, grinste Robert und tippte sich zum Abschied an die Stirn.

Verwirrt sah ich zu Manfred auf. Er überragte mich um zwei Köpfe, was nicht weiter schwer war. Ich maß nur kleine einsvierundfünfzig.

»Topfpflanze ins Trockene bringen? Ist das ein neuer Ausdruck? Sowas wie *in die Fliesenabteilung gehen*?«

Manfred starrte mich an und brach dann in schallendes Gelächter aus. Nachdem meine unfreiwillige Komik im Raum die Runde gemacht hatte, amüsierten sich sämtliche Kollegen auf meine Kosten. Nur ich verstand gar nichts. Als Erklärung für all diejenigen, die mit der *Fliesenabteilung* nichts anfangen können: Das ist so ein Ausdruck von Manfred, eine Umschreibung fürs aufs Klo gehen – der gekachelte Toilettenraum … Wen es tröstet: Ich hatte das beim ersten Mal auch nicht verstanden.

»Hach, Meli, was täten wir nur ohne dich«, gluckste Manfred und wischte sich eine Lachträne aus dem Augenwinkel.

Ja, ja. Schon klar. Meli das Maskottchen. Und wann kam die Erklärung mit der Topfpflanze? Sollte ich etwa unwissend in den Urlaub fliegen?

»Die Neugierde bringt mich fast um«, knurrte ich. »Los, klär mich auf!«

Vor Freude schnaufend erinnerte er mich daran, dass Robert doch Geburtstag hatte und ich ebenfalls an der Topfpflanze als Geschenk beteiligt gewesen war. Nun ja, und da es draußen regnete … Uff, wie peinlich und das gleich doppelt! Ich hatte Roberts Geburtstag vergessen und mich auch noch voll blamiert. Nur so als Vermerk: Ab jetzt hasste ich Sprichwörter und seltsame Vergleiche.

Ich gehe jedenfalls aufs Klo und nicht in die Fliesenabteilung!

Ich erwischte Robert noch an seinem Auto und konnte ihm also meine herzlichen Glückwünsche überbringen. Ich war froh, dass er erst am nächsten Tag von meiner Blamage erfahren würde. Dann hechtete ich in meinen eigenen Wagen und düste – so gut es durch Hamburg eben ging – zum Flughafen Fuhlsbüttel. Mein Auto bekam einen Platz auf dem Langzeitparkplatz, dann checkte ich sozusagen in letzter Minute ein – Hamburg - Lissabon. Nach mir schloss die Dame tatsächlich den Schalter.

An der Sicherheitskontrolle musste ich meine Wasserflasche abgeben, da ich vor lauter Stress vergessen hatte, sie vorher auszuleeren. Seufzend ergriff ich meine Tasche, die ohne Flasche anstandslos durch die Kontrolle ging, und wandte mich zum Gehen. Automatisch suchte mein Blick die Schilder nach meinem Gate ab, da klingelte mein Handy. Das war garantiert Wenke, die schon ganz hibbelig wartete, weil ich immer noch mit Abwesenheit glänzte. Ich wühlte mein Handy aus der Tasche, ließ diese vor lauter Hektik fallen und stolperte über meine eigenen Füße. Leise fluchend sammelte ich alles wieder auf, hielt inne und holte tief Luft. Diese Hektik machte mich im Endeffekt nur langsamer.

»Ja, ich bin fast bei dir«, antwortete ich ins Telefon, ohne abzuwarten, was Wenke mir so entgegenrufen könnte. Leider half mein Versuch, sie zu beruhigen, nicht.

»Wo bleibst du!«, zischte sie, als ob ich gar nichts gesagt hätte. Oh Mann, kein Rufen, sie war bereits im Zischstadium. Wenke war meine beste Freundin, wir kannten uns schon seit der Grundschule, und ich wusste ganz genau, welche Panik sie gerade schob. Wenke war ein Schatz, eine richtige Macherin: kreativ, einfallsreich, konnte ohne Umschweife einen Reifen wechseln und einen ganzen Acker umgraben, nur wenn es darum ging, allein in Zug, Bahn, Flieger oder Boot zu steigen, wurde sie plötzlich nervös wie eine Erstklässlerin. Ihre größte Angst bestand darin, die jeweiligen Fortbewegungsmittel zu verpassen oder sich im falschen Zug, Bahn Flieger usw. wiederzufinden. Doppelt Panik war angesagt, wenn sie sich eigentlich in Sicherheit wähnte – also eine Reisebegleitung hatte –, doch diese plötzlich absagte, oder wie ich gerade einfach nicht auftauchte.

Da ich Wenkes Angst also verstand, unterbrach ich sie mit leicht erhobener Stimme, die hoffentlich eine Ruhe ausstrahlte, die ich gerade nicht verspürte. Wo war nur das verflixte Gate?

»Beruhige dich, ich bin schon im Flughafen. Ich habe eingecheckt und suche das Gate.« Oh, falscher Ausdruck …

»*Suchen*? Hast du dich etwa *verlaufen*?«, rief Wenke aufgeregt.

»Nein, nein«, wiegelte ich ab und schaute mich gründlich um. Ich eilte auf die nächste Ecke zu. »Ah, hier sind wieder Schilder. Okay, ich bin gleich bei dir … Bin fast da … Du müsstest mich gleich sehen …« Ich schritt zügig voran und da kam Wenke auch schon auf mich zugeflitzt. Ihre Panik war verflogen, als wäre nie etwas gewesen. Sie strahlte, warf ihre schulterlange, hellblonde Wuschelmähne zurück und drückte mich fest. Ich drückte zurück, obwohl ich mit meinen einsvierundfünfzig von ihren einseinundsiebzig fast begraben wurde.

»Hach, ist das schön, dich wieder zu sehen!«, rief sie überschwänglich.

»Das finde ich auch!«, erwiderte ich glücklich.

Wenke lebte in Nürnberg und war extra nach Hamburg geflogen, damit wir unsere Reise gemeinsam antreten konnten. Obwohl wir in den letzten Wochen fast jeden zweiten Tag telefoniert hatten – so eine Reise musste ausgiebig geplant und bekakelt werden –, war es über ein halbes Jahr her, dass wir uns zuletzt in die Arme genommen hatten. Und nun lagen drei Wochen gemeinsamer Urlaub auf den Azoren vor uns – Whalewatching inklusive. Ich liebte Wale und Delphine und freute mich schon riesig auf die kommenden Wochen auf der Insel Pico. Noch nie hatte ich diese wunderbaren Tiere in ihrem natürlichen Lebensraum beobachten dürfen, das sollte sich nun also bald ändern.

Der Flug nach Lissabon dauerte dreieinhalb Stunden. Bei der Ankunft war es sehr warm und es goss in Strömen, als würde jemand kübelweise Wasser auf uns ausschütten. Hatten wir Hamburg überhaupt verlassen? Und dann die Erkenntnis: Unser Gepäck war verschollen!

»Das kann doch wohl nicht wahr sein«, stöhnte ich. Hatte sich denn heute alles gegen mich verschworen?

»Kein Problem, Senhorita, wir kümmern uns darum«, sagte der dürre Portugiese, den wir um Hilfe gebeten hatten. »Ihr Gepäck ist sicher unterwegs und wird morgen direkt in ihren Flieger nach Faial geladen werden. Das geschieht öfter, wenn ein Anschlussflug gebucht ist!« Er grinste und nickte ausdrücklich.

»Anschlussflug?«, fragte ich ungehalten. »Wir fliegen erst morgen weiter. Wir haben weder Kleidung zum Wechseln noch eine Zahnbürste dabei. Wie stellen Sie sich das vor? Das hätte einem doch vorher mitgeteilt werden müssen!«

Er grinste und lächelte freundlich. »Zahnbürsten gibt es im Hotel. Kein Problem, Senhora.«

Aha. Jetzt war ich plötzlich von der Senhorita zur Senhora gealtert. Offenbar zählte mangelnde Flexibilität zum älteren Semester.

Der junge Mann lächelte immer noch. Ich gab auf, seufzte und beschloss, wir waren Senhoritas. Eine Nacht ohne Schlafshirt, Shampoo, Bürste, Hautcreme, Zahnbürste und Lieblingszahnpasta, frischen Unterhosen und und und würde uns schon nicht umbringen, oder?

Nach einer Nacht mit wenig Schlaf – es war erstickend heiß gewesen und die Klimaanlage hatte nicht funktioniert – saßen wir um Punkt sieben Uhr fünfzehn im Taxi zum Flughafen. Wir hatten gerade noch Zeit für einen Kaffee, dann ging es auch schon an Bord. Flugzeit zwei Stunden vierzig Minuten, guter Flug, Sonne, Essen schlecht – das war wohl immer so auf Flugreisen. Nach dem pappigen Frühstück lehnte ich mich zurück und döste weg. Die schwüle Nacht ohne Ohrenstöpsel – die waren im Koffer – forderte ihren Tribut.

Ich fühlte, dass ich beobachtet wurde, spürte durchdringende Blicke auf mir …

Ich schlug die Augen auf und blickte direkt in das Gesicht eines dunkelhaarigen Mannes, der mich von oben bis unten musterte. Er hatte freche, intensiv grüne Augen und einen verschmitzten Ausdruck auf seinem wirklich gut aussehenden Gesicht.

Ich setzte mich mit einem Ruck auf. »Was tun Sie hier? Wo ist Wenke? Das ist ihr Platz!«

Er grinste mich frech an. »Oh ja, du bist die Richtige«, sagte er mit einer tiefen, leicht rauen Stimme.

21

Was zum Henker bildete der sich ein! Ich blinzelte, setzte zu einer bissigen Antwort an, doch seine Gestalt verschwamm, wie von Geisterhand verwischt. An seiner Stelle saß dort auf einmal eine umwerfend gut aussehende junge Frau. Meine geplante Attacke blieb mir im Hals stecken. Eine Gänsehaut überlief mich und das beklemmende Gefühl von Unwirklichkeit hüllte mich ein. Ich versuchte, der Lage Herr zu werden, während die gut aussehende Blondine drauflos zwitscherte.

»Wenke ist nur mal für kleine Mädchen.«

Noch so eine nervige Umschreibung fürs Klo!, fuhr es mir durch den Kopf.

»Wir haben uns den ganzen Flug unterhalten. Du hast so fest geschlafen, da wollten wir dich nicht wecken. Wir sind übrigens fast da«, fuhr die Modellschönheit fort. »Ich bin Alexa!« Sie strahlte und reichte mir die Hand. Ihre blauen Augen blitzten, als wäre meine Bekanntschaft zu machen, das aufregendste von der Welt.

»Meli«, antwortete ich automatisch und ergriff ihre Hand.

»Schön, dich kennenzulernen, Meli!«

»Ähm, … wo ist der Mann, der eben noch hier saß?«, fragte ich. Ein Schauer überlief mich. War er überhaupt da gewesen?

»Was für ein Mann?«, bestätigte Alexa meine Befürchtungen. »Hier war niemand, außer mir natürlich.« Ihre strahlende Miene wich Besorgnis. »Geht es dir nicht gut? Du bist etwas blass. Reiseübelkeit?«

»Ich … ähm …« In meinem Kopf rotierte es. Hatte ich nur geträumt? Aber ich hatte den Mann wirklich gesehen. Er war so echt gewesen und doch … Ein weiterer Schauer überlief mich. Das Gefühl von Unwirklichkeit erfasste mich erneut. Ich schluckte. Übelkeit? Das war eine gute Ausrede, um nicht gleich als komplett verrückt dazustehen. Diese Alexa musterte mich viel zu eindringlich für meinen Geschmack.

»Mir ist tatsächlich nicht richtig gut«, murmelte ich. Wo blieb Wenke bloß?

Alexa nickte, strich sich ihre langen, glatten Haare zurück und erhob sich. »Ich hab da was für dich, das hilft«, sagte sie und bewegte sich dann mit einer Grazie durch den engen Flugzeuggang, als wäre es ein Laufsteg. Sämtliche Männer blickten ihr teils schmachtend teils anerkennend hinterher, während die Frauen ein paar zusätzliche Falten durch gerunzelte Stirne und verengte Augen dazu bekamen. Wie surreal. Wo war ich nur hineingeraten? Irgendwie erwartete ich fast, dass Alexa genauso verschwimmen und sich in Luft auflösen würde, wie der Mann zuvor. Ich blinzelte hoffnungsvoll. Nichts. Alexa war noch da. Sie wühlte vornübergebeugt in ihrem Handgepäck herum, sodass einige Herren beim Anblick ihres wohlgeformten Hinterteils Stielaugen bekamen, und tauchte dann mit einem Beutel bewaffnet wieder auf. Sie traf zeitgleich mit Wenke bei mir ein.

»Hier, Ingwerbonbons, die helfen Wunder bei Reiseübelkeit«, sagte Alexa überzeugt und drückte sie mir ohne Umschweife in die Hand.

»Geht es dir nicht gut?«, fragte Wenke und musterte mich nun ihrerseits.

»Weiß nicht«, murmelte ich ausweichend.

»Hoffentlich war da nicht etwas am Frühstück faul«, meinte Wenke in ihrer üblich direkten Art. »Das hat grauenvoll geschmeckt.«

Bekam man von Lebensmittelvergiftungen Halluzinationen? Hatte ich tatsächlich etwas Schlechtes gegessen? Fast hoffte ich es schon, doch dann erinnerte ich mich daran, dass mir gar nicht übel war. Ich hatte nur von meiner Verwirrung ablenken wollen.

»Ach was«, sagte ich daher energisch. »Ich bin nur müde. Ich glaube, ich hatte einfach zu viel Stress in letzter Zeit.«

Ich wollte Alexa die Ingwerbonbons zurückgeben, doch sie winkte ab.

»Behalt sie. Ich hab noch mehr davon. Ingwer ist voll das Wunderzeugs, das ist irre gesund. Nimm ruhig, schaden tut es dir jedenfalls nicht.«

»Okay, danke«, sagte ich. »Ich probier das nachher mal.«

Alexa nickte zufrieden. »Ich mach auch Urlaub auf den Azoren.«

Ach nee, dachte ich. Immerhin war das hier ein Direktflug nach Faial, eine der Azoreninseln, von der aus wir nach Pico weiterreisen wollten.

»Ich bin zum dritten Mal hier. Ich liebe die Inseln!«

»Alexa fliegt immer ganz allein in den Urlaub«, sagte Wenke mit einer Portion Bewunderung in der Stimme.

»Mein Mann setzt sich aus Prinzip nicht in ein Flugzeug.« Alexa zuckte mit den Schultern. »Und ich sehe nicht ein, nur deswegen auf weiter entfernte Urlaubsziele verzichten zu müssen. Oh, wir sind da!« Sie strahlte und eilte zu ihrem Platz, denn die Borddurchsage kündigte unsere Landung an und forderte alle auf, ihre Sicherheitsgurte anzulegen.

Wenke ließ sich neben mir in den Sitz plumpsen.

»Die ist nett. Wir haben uns auf Anhieb gut verstanden.« Wenke schnallte sich an, während ich noch etwas ungeschickt herumfummelte.

Sie beugte sich zu mir hin und raunte: »Ich glaub, ihr Typ ist steinreich. Wenn ich sie richtig verstanden habe, dann fliegt sie mindestens zweimal im Jahr allein weg und macht noch ein paar Mal mit ihrem Mann Urlaub.«

»Vielleicht ist das so ein neunzigjähriger Daddy, der sich eine junge Hübsche geschnappt hat«, grinste ich.

Wenke kicherte. »Das war auch mein erster Gedanke. Oh, schau mal!« Entzückt zeigte sie über mich hinweg zum Fenster. Strahlender Sonnenschein mit Blick auf die Insel.

Langsam entspannte ich mich wieder. Wenkes muntere Art tat mir gut und verscheuchte die Geister des Fluges.

Kapitel 3

Unser Gepäck war da! Was für ein Glück. Ich dachte schon, der ganze Urlaub stünde unter einem dunklen Stern.

Während wir – zu dritt, denn Alexa wollte auch nach Pico – mit dem Taxi zum Hafen hinunterfuhren, bewölkte es sich wieder und ein Wind zog auf.

»Das ist hier normal«, zwitscherte Alexa fröhlich. »In der Wetterküche Europas kann man vier Jahreszeiten an einem Tag erleben, sagen die Einheimischen!«

Ich hatte davon gelesen. Obwohl man meiner Meinung nach nur von drei Jahreszeiten sprechen konnte, denn die Temperaturen auf den Azoren fielen nur selten unter zehn Grad. Bei Winter hatte ich dann doch Frost und Schnee im Kopf.

Das Taxi lieferte uns bei einsetzendem Nieselregen und weiter zunehmendem Wind am Hafen ab. Zu meinem Erstaunen machte mir das Wetter gar nichts aus. Offenbar war ich von der Tatsache, nicht drei Wochen ohne Gepäck auskommen zu müssen, noch so erfreut, dass mir so ein bisschen Regen nicht die Stimmung verhageln konnte.

»Das Boot geht erst in zwei Stunden«, verkündete Wenke, die den Fahrplan in der überdachten Wartezone als erstes erreichte. »Und jetzt?«

»Weiter oben ist ein Pub«, sagte Alexa. »Gemütlich und gutes Essen.«

»Gut, ich bin am Verhungern.« Mein Magen knurrte zur Bestätigung.

»Du hast immer Hunger«, schnaubte Wenke. »Aber es ist eh gleich Mittag und das Frühstück an Bord war wirklich unterirdisch.«

Also kämpften wir uns durch Wind und Regen das Kopfsteinpflaster hinauf zum Pub – das Gepäck im Schlepptau. Als wir ankamen, waren mir die Arme lahm und ich aus der Puste. Wir retteten uns gerade noch ins Innere des Pubs, bevor draußen regnerisch gesehen die Hölle losbrach. Doch der Pub hielt, was Alexa versprochen hatte. Es war urgemütlich, und offenbar hatten bereits einige Berühmtheiten hier verweilt – Fotos an den Wänden zeugten davon –, und das Essen war die Wucht.

Alexa war wirklich sympathisch. Wenn man es schaffte, über ihre zwitschernde Stimme und typische Modellschönheit hinwegzusehen, kam da eine einfache Frau zum Vorschein, die das Herz am rechten Fleck hatte. Gut, sie hatte die Weisheit nicht mit Löffeln gefressen, doch für mich zählte der EQ sowieso mehr als der IQ, zumindest solange noch in verständlichen Sätzen gesprochen wurde.

Als wir endlich an Bord des Bootes stiegen, das uns von der Insel Faial nach Pico bringen sollte, hatte sich der Regen zwar gelegt, dafür stürmte es jetzt, dass sich die Bäume bogen und die See gepeitscht wurde. Die kleine Brücke zum Boot wankte bedenklich, und ich sah mich schon in den Fluten liegen. Doch wir und noch gefühlte tausend andere schafften es durch eine helfende Hand des Bordpersonals unbeschadet an Bord. Alexa wurde gleich von zwei der Jungs der Fähre sicher über die Brücke geleitet. Dass die keine Sabberspur hinterließen, grenzte schon an ein Wunder.

Unser Gepäck landete unsanft mit unzähligen anderen Reisetaschen im Boot und bildete bald einen ansehnlichen Haufen. Wer hier zuerst an Bord gelangte, ging offenbar als letztes.

»Hierher!«, rief Wenke mir zu. »Hier sind noch Plätze frei!« Ich wollte mich gerade zu ihr und Alexa durch die Menschenmassen kämpfen, da sah ich ihn.

Er stand an der obersten Stufe zum Deck und blickte mich an. Dunkelhaarig, ein freches Lächeln auf den Lippen und merkwürdig unscharf in den Konturen, so als ob er im Nebel stehen würde. Ein Schauer überlief mich. Mein Magen fühlte sich auf einmal ganz flau an.

Ich handelte, ohne nachzudenken. Automatisch bewegte ich mich auf ihn zu, benutzte die Ellenbogen, um durch die Menschenmassen zu gelangen. Und dann war er fort. Einfach so, in Luft aufgelöst …

Adrenalin flutete mich, mein Herz raste, mein Atem ging schneller.

Wer war das? Was ging hier vor sich?

Genau wie im Flugzeug erfasste mich das Gefühl von Unwirklichkeit und mir wurde auf einmal schwindlig, so als würde der Boden unter mir wegsacken.

Moment mal! Genau das tat der Boden! Ich hatte gerade noch Zeit zu erfassen, dass wir abgelegt hatten und das Boot ganz eindeutig ein Spielball der aufgewühlten See geworden war, da wurde ich auch schon von der Menschenmenge gegen einen Pfeiler gedrückt. Als das Boot sich kurz darauf in die entgegengesetzte Richtung neigte, krallte ich mich verzweifelt am Pfosten fest, während die Menge an mir vorbeigeschwemmt wurde.

»Hierher! Meli, hierher!«, zwitscherte Alexas Stimme. Ich horchte auf, lokalisierte die Quelle und bahnte mir bei der nächsten Welle in die richtige Richtung einen Weg zu den maßlos überfüllten Sitzplätzen. Hatten die hier keine Sicherheitsvorschriften?

Als ich endlich kopfüber in den Sitz neben Alexa stolperte, erfasste ich Wenkes gequälten Blick. Sie war graugrün im Gesicht und hielt sich eine Hand vor den Mund. Alexa dagegen wirkte taufrisch wie immer. Ich sortierte meine Gliedmaßen und fühlte mich in meinem Sitz einigermaßen sicher. Bis die nächste Welle kam, das Boot sich seltsam schief legte und Wenke sich geräuschvoll in eine Tüte übergab. Und sie war nicht die einzige. Zwei Matrosen – oder wie man das auch nannte – verteilten identische Tüten in alle Himmelsrichtungen. Zumindest waren sie gut vorbereitet. Mich beruhigte die Tatsache, dass solch ein Seegang wohl normal war und die Gefahr zu kentern, hier offenbar niemandem Sorgen bereitete. Mein Magen beruhigte sich allerdings nicht. Die erneute Begegnung mit diesem Mann hatte mich ganz schön aus der Bahn geworfen. Noch dazu stieg mir der Geruch von Erbrochenem in die Nase. Das Boot hob und senkte sich in alle erdenklichen Richtungen, und es gab nirgends ein Fenster, durch das mein Gleichgewichtssinn sich am Horizont hätte orientieren können. Ich würgte.

»Hier.« Mit stoischer Ruhe hielt Alexa mir eine der Tüten vor die Nase. Wortlos nahm ich sie und übergab mich bei der nächsten Welle mit Wenke in Stereo. Das schöne Essen!

Nachdem wir nur noch Galle würgten, musterte Alexa uns kritisch.

»Alles raus? Gut, dann lutscht die Ingwerbonbons, die helfen gegen Übelkeit.« Kurze Pause. »Wirklich!«, fügte sie hinzu, als wir sie ungläubig anstarrten. Wir sollten jetzt etwas essen? Allein der Gedanke ließ mich erneut würgen.

Alexa hielt uns die Bonbons hin. »Los macht schon, schlimmer kann es ja wohl kaum werden.«

Ich seufzte resigniert und griff zu. Erstaunlicherweise half der Ingwer tatsächlich. Zumindest mir. Wenke dagegen würgte weiter und sah mich finster an, als wäre ich ganz allein schuld an ihrer Misere. Die ganze Situation war einfach zu bizarr. Mir war das alles zu viel. Doch anstatt zu schreien, brach ich in ein hysterisches Kichern aus.

»Lass das«, zischte Wenke. »Das ist nicht lustig!«

»Doch ist es«, kicherte ich weiter. Das hier sollte Urlaub sein, zum Henker! Stattdessen hatte ich Halluzinationen und wurde von meiner besten Freundin angepflaumt, die vollkommen ausgelaugt Galle in eine Tüte würgte.

»Ist es nicht!«, kreischte Wenke, doch es zuckte um ihre Mundwinkel. Alexa grinste.

Gleich hatte ich Wenke so weit. »Doch! Urlaub? Bisher war es die reinste Katastrophe! Es kann nur besser werden!«

Wenke kicherte und würgte kurz darauf. Ihr standen Tränen vor Anstrengung in den Augen. »Oder es wird noch schlimmer«, gluckste sie.

Das Boot kippte mit einem Ruck zur Seite. Ein Raunen ging durch die Menge, weitere Würgegeräusche überall um uns herum.

»Hui, sagte die Schnecke, die auf der Schildkröte ritt«, zwitscherte Alexa munter.

Wir starrten sie beide fassungslos an. Dann brachen wir alle drei in schallendes Gelächter aus.

Sobald ich wieder festen Boden unter den Füßen hatte, ging es mir spürbar besser. Ich atmete tief durch – es roch nach Hafen, mit all seinen guten und schlechten Seiten. Der Wind erfasste meine Haare, die ich zu einem losen

Zopf gebunden hatte, und Nieselregen sprühte mir ins Gesicht. Nach der Schreckensbootsfahrt empfand ich beides als wohltuend, obwohl ich Wind eigentlich hasste.

Die Hafenstadt von Pico hieß Madalena. Nur einen Katzensprung von der Fähre entfernt, fanden wir die Autovermietung und holten unseren im Vorfeld gebuchten Wagen ab. Um genau zu sein zwei, denn Alexa hatte auch ein Auto gemietet. Der Mann in der Zentrale brachte sich fast um vor Freundlichkeit, als er Alexa erblickte, die ihn in ihrer offenen Art anlachte.

Obwohl Wenke immer noch grün um die Nase war, und sehr blass aussah, kroch sie sogar pflichtgetreu unter beide Wagen, um eventuelle Schäden vorher aufzuzeigen. Das war Wenke – durch und durch praktisch veranlagt. Mit ihr unterwegs zu sein, bedeutete seinen eigenen Handwerker dabei zu haben. Und wenn sie nicht weiter kam, war ich dran. Telefonieren, reden, Papierkram abwickeln, alles deichseln. Gemeinsam mit Alexa, der jeder Mann gleich zu Füßen lag und darum bettelte, ihr behilflich zu sein, könnten wir vermutlich problemlos um die Welt reisen.

Unser Hotel lag eine halbe Stunde Fahrt die Küstenstraße entlang. Ja, auch das von Alexa. Es war nämlich dasselbe. Ihr wundert euch? Dann erleuchtet euch vielleicht die Tatsache, dass Pico klein ist. Sehr klein. Die Insel misst in der Länge 42 Kilometer und an der breitesten Stelle gerade einmal fünfzehn Kilometer. Ein Großteil des Inlandes – wenn man das bei der geringen Größe so nennen darf – wird von dem Vulkan Ponta do Pico beansprucht, der ganze 2.351 Meter Höhe vorzeigen kann und gleichzeitig der höchste Berg ganz Portugals ist.

»Es gibt noch mehr Hotels hier«, sagte Alexa achselzuckend, als wir uns kopfschüttelnd über den erneuten Zufall wunderten. »Aber das hier ist das Beste.«

Als wir an der Rezeption standen, hieß es, dass unsere reservierten Zimmer wegen Bauarbeiten nicht bewohnbar wären. Wenke und mir klappte der Unterkiefer runter. Das konnte doch wohl nicht deren Ernst sein!

»Es sind nur noch ganze Apartments verfügbar«, verkündete die Dame, ohne mit der Wimper zu zucken. »Diese stellen wir Ihnen selbstverständlich zum gleichen Preis zur Verfügung. Wenn Sie damit einverstanden sind.«

Wir starrten uns ungläubig an. Wir hatten zwei Einzelzimmer gebucht. Sowohl Wenke als auch ich zogen uns gerne mal allein zurück. Das brauchten wir für unseren Seelenfrieden. Zwei ganze Apartments nur für uns allein? Wir versuchten, nicht allzu zufrieden zu grinsen. Nach alldem, was seit Urlaubsanfang schon passiert war, fragten wir uns beide, wo der Haken war.

Es gab keinen. Unglaublich aber wahr, wir bewohnten nun alle drei je ein Apartment mit Bad, Küche, Schlafzimmer, Wohnzimmer, Terrasse und Sicht aufs Meer. Alexa hatte gleich so eines gebucht. Der reinste Luxus, zumindest für Wenke und mich. Da keiner von uns Lust hatte, noch einmal loszufahren, um einzukaufen, aßen wir abends im hoteleigenen Restaurant und plauderten ausgelassen. Sogar Wenke hatte ihr grünes Gesicht gegen ihren üblich frischen Teint getauscht und aß mit Appetit. Draußen regnete und stürmte es, während wir drei gemütlich einen ereignisreichen Tag ausklingen ließen.

Irgendjemand beobachtet mich!

Dieses unbehagliche Gefühl, nicht allein zu sein, riss mich ruckartig aus dem Schlaf. Ich öffnete die Augen und starrte in die Dunkelheit. Mein Herz klopfte mir bis zum Hals. Ich fühlte mich ausgeliefert, verletzlich. Die schemenhaften Umrisse eines Mannes traten hervor. Und ich wusste, dass er es war, obwohl keine Einzelheiten erkennbar waren. Ich traute mich nicht, mich zu bewegen. Aber die Angst lähmte mich ohnehin. Ich weiß nicht, ob ich es überhaupt gekonnt hätte. Langsam gewöhnten sich meine Augen an die Dunkelheit und ich konnte schemenhaft seine Gesichtszüge erkennen. Er stand einfach nur da und sah durch mich hindurch, als wäre er mit seinen Gedanken weit fort. Er schien traurig. Oder eher besorgt? Ich war mir nicht sicher. Dann richteten sich seine Augen auf mich. Er erkannte, dass ich wach war, und lächelte mich an.

Du bist die Richtige, ich weiß es, wisperte er. Seine Stimme schien von überallher zu kommen und als flüsterndes Echo zu verebben.

Wer war der Mann? Was wollte er von mir? War er echt? War er aus Fleisch und Blut? In dem Moment, als ich das dachte, verblassten seine Konturen, bis er letztendlich verschwand.

Ich starrte auf die hinterlassene Leere – eine scheinbare Ewigkeit. Dann wagte ich es, mit zitternden Händen das Nachtlicht einzuschalten. Der Mann war fort. Oder war er überhaupt da gewesen? Bildete ich mir den Kerl nur ein? Träumte ich ihn?

Ich schlang die Arme um meinen zitternden Körper und wiegte mich selbst vor und zurück, um mein rasendes Herz zu beruhigen.

Aber weshalb sollte ich von ihm träumen? Vielleicht ihn *erträumen*? Wollte mir mein Unterbewusstsein etwas sagen? Aber was?

Ich schnaubte. *Was wohl. Dass du einen Mann brauchst!*

Das war allerdings nichts Neues, das wusste ich bereits. Dafür brauchte mich mein Unterbewusstsein nicht derart in Angst und Schrecken zu versetzen. Ich sehnte mich wie so viele andere nach einem Partner. Meine letzte Beziehung ging vor zwei Jahren in die Brüche. Wir hatten letztendlich nur noch nebeneinander her gelebt. Und um ehrlich zu sein, wusste ich nicht einmal, ob ich Frank überhaupt geliebt hatte. Gemocht ja, aber Liebe? Wir gingen nach drei gemeinsamen Jahren zwar nicht in Frieden, aber auch nicht im Streit auseinander. Es war nun einmal, wie es war – nur noch Langeweile, kein Feuer, nicht einmal Glut. Ich suchte nicht zwingend nach der ständig lodernden Flamme, doch ein wenig Begehren und Leidenschaft sollten schon vorhanden sein. Und Romantik. Das war für Frank ein Fremdwort gewesen. Ich war heute nicht gerade verzweifelt auf der Suche, doch an einsamen Abenden wünschte ich mir eine vertraute Nähe zu zweit. Und dieser Mann mit den schwarzen Haaren und seinen mindestens einsneunzigentsprach genau meinem Beuteschema. Also lag es nahe, dass ich ihn mir tatsächlich nur erträumte. Aber so echt? Als wäre er tatsächlich da? Das grenzte doch an Wahnsinn. War ich krank? War ich doch um vieles verzweifelter, als ich es mir eingestehen wollte?

Ich seufzte und verließ immer noch zitternd mein Bett. Ich brauchte ein Glas kaltes Wasser, um wieder runterzukommen. Doch bevor ich allerdings runter kam, musste ich hinauf. Und zwar in das obere Regal im Schrank über der Spüle. Dort fand ich die Gläser – außer Reichweite meiner wohlgeformten einsvierundfünfzig …

Ich knurrte vor mich hin, moserte etwas wie *Schränke für Riesen* und zog mir einen Stuhl heran. Vielleicht stand ich deshalb so auf lange Männer, weil die meine fehlenden Zentimeter kompensieren konnten. Einer musste ja an die süßesten Früchte herankommen. Und die wuchsen bekanntlich hoch oben.

Wenke meinte, dass es Verschwendung wäre, wenn jemand wie ich nichts unter einsachtzig an sich heranließ. Große Frauen hätten eh schon weniger Auswahl als Zwerge wie ich. Da müsste ich denen nicht auch noch die großen Sahneschnitten wegschnappen. Ich sah das anders. Die Welt war nun einmal nicht gerecht. Und weshalb sollte ich auf die süßen Früchte verzichten, wenn nur sie mir schenkten, was ich von der Liebe erwartete? Ich konnte mich nun einmal nicht in kleine Männer verlieben. Ich hatte es versucht. Ich fing da einfach nicht Feuer.

Durch meine Klettertour hatte ich ein Glas ergattert und war durch die nötige Konzentration, nicht vom Stuhl zu kippen, auf andere Gedanken kommen. Dabei half mir auch noch, dass ich auf dem Weg ins Schlafzimmer über meine eigenen Füße stolperte, lang hinschlug und das Glas mit Wasser quer über den Boden schüttete. Schimpfend rappelte ich mich wieder auf, begutachtete die Schäden, und humpelte zurück in die Küche, um das Glas erneut mit Wasser zu füllen. Zum Glück war es nicht zerbrochen. Wenke hatte schon recht damit, wenn sie behauptete, ich war Meisterin darin, über jedes Staubkorn zu stolpern …

Als ich endlich wieder im Bett lag, zitterte ich zwar nicht mehr, aber einschlafen konnte ich auch nicht. Stattdessen kamen mir die Worte des Mannes in den Sinn: *Du bist die Richtige* … Vor lauter Panik, wer der Mann wohl war und was er wollte, hatte ich seinen Worten kaum Beachtung geschenkt. Schon erstaunlich, wenn man bedachte, dass ein Traumbild tatsächlich zu einem sprach, als wäre es lebendig.

Du bist die Richtige, ich weiß es …

Wofür die Richtige? Für einen Ritualmord? Ich verzog das Gesicht und schnaubte in mein Kissen. Das war ein Gedankengang, den ich jetzt ganz und gar nicht gebrauchen konnte. Ich hatte doch gerade erst meinen zitternden Körper wieder unter Kontrolle. Falls der Mann meiner überschießenden Fantasie entsprach, brauchte ich mir zumindest keine Sorgen darüber zu machen, ob ich in Gefahr war. Wenn nicht …

Ja, was dann? War ich dann verrückt? Brauchte ich einen Psychiater?

Ich nagte an meiner Unterlippe herum. Sollte ich mit Wenke darüber reden? Sie würde mir garantiert sagen, dass ich geträumt hatte. Im Flugzeug und auch jetzt hatte ich vor dem Erscheinen des Mannes geschlafen. Es war die plausibelste Erklärung. Doch was war mit dem Mann auf dem Boot?

Ich wälzte mich eine lange Nacht von rechts nach links und wieder zurück. Erst in den frühen Morgenstunden schlief ich nochmals ein.

Viel zu früh holte mich ein energisches Klopfen aus unruhigen Träumen. Ich war schweißgebadet und todmüde.

»Bist du krank?«, fragte Wenke, als ich ihr mit verquollen Augen die Tür öffnete.

»Hmpf«, machte ich. »Schlecht geschlafen.« Dann verschwand ich ohne ein weiteres Wort in der Dusche.

Bevor ich auch nur daran denken konnte, Wenke von meinen Halluzinationen, Erscheinungen oder Visionen oder was auch immer es war, zu erzählen, tauchte Alexa auf – frisch wie Blütentau – und holte uns zum Frühstück ab.

Die Sonne schien und der Wind blies feuchte, warme Luft heran. Wir hatten für den ersten Tag im Urlaub nichts Besonderes geplant, also erkundeten wir die Gegend, fanden einen großen Einkaufsladen und besorgten uns, was das Herz begehrte. Ich kaufte auch noch den vergessenen Spritzschutz für die Kamera und Regensachen, beides würde ich laut Alexa dringend benötigen, wenn wir am nächsten Tag zum Whalewatching hinausfuhren. Wir besuchten noch ein Walfangmuseum, dann machten wir es uns mit Sekt und Knabberkram auf Alexas Terrasse bequem – die lag im Gegensatz zu unseren beiden im Windschatten – und genossen die wärmenden Sonnenstrahlen.

Was mir bereits an diesem ersten Tag auffiel, war, dass es auf Pico sehr feucht war. Ich meine so richtig feucht. Alles war klamm – Handtücher, Bettzeug, Klamotten, sogar Zeitschriften und Schreibblock. Die Luftfeuchtigkeit war so hoch, dass die Luft selbst zum Sättigen nicht ausreichte. Ich fragte mich, ob solch hohe Luftfeuchtigkeit nicht Probleme mit Schimmelbefall verursachte, doch ich konnte nirgends welchen finden. Vielleicht lag es am Salzgehalt? Keine Ahnung. Mir machte es jedenfalls nichts aus. Im Gegenteil, ich empfand es sogar als wohltuend. Meine sonst ständig trockene Haut schien förmlich aufzuatmen – endlich bekam sie, was sie brauchte.

Es wurde ein richtig entspannter Tag zum Seele baumeln lassen. Wir drei Mädels verstanden uns prächtig, faulenzten, schnackten und erkundeten das Hotelgelände. Der Garten war wunderschön in Terrassen angelegt. Seltsame Gewächse, Büsche und Bäume rundeten das Bild von exotisch blühenden Pflanzen ab.

Es gab sogar einen kleinen Teich mit Fischen darin. Am faszinierendsten war die Aussicht. Ich blickte eine gefühlte Ewigkeit auf das rauschende Meer hinaus, dass sich viele Meter unter uns an den hohen Klippen brach. Zufrieden atmete ich die salzgesättigte Luft ein und bekam große Lust, einfach den gewundenen, steilen Pfad hinabzulaufen, um mich in die Fluten zu stürzen.

»Bist du verrückt?«, fragte Wenke. »Die Wucht der Wellen zermalmt dich da unten!«

»Ich weiß«, beruhigte ich sie. »Aber Lust habe ich trotzdem. Schade, dass es so stürmt. Siehst du die Leiter auf der anderen Seite der Bucht? Wahnsinn, was?«

Wenke legte ihre Hand über die Augen. »Ist das deren Ernst?«, stieß sie dann aus. »Die spinnen ja!«

Ich verstand ihre Aufregung. Es war tatsächlich halsbrecherisch, wie sich die dünnen Metallstufen mit Geländer die Steilklippen hinabwanden, um schließlich in der tobenden Gischt zu verschwinden. Und trotzdem juckte es mich in den Fingern.

Zum Abendessen zauberte ich uns ein leckeres Menü mit Mousse au Chocolat zum Nachtisch. Kochen war meine Leidenschaft. Ich entwarf für mein Leben gerne neue Kreationen und testete jedes Rezept, das mir zwischen die Finger kam. Je ausgefallener, desto besser. Wir schlemmten uns also durch den Abend. Ich war so zufrieden, dass ich sogar meinen nächtlichen Besucher vergaß.

An ihn dachte ich erst wieder, als ich allein in meinem Bett lag und dem erneut zunehmenden Wind lauschte. Um ganz sicher zu gehen, dass der Typ nicht doch echt war, stand ich noch einmal auf, verriegelte Türen und Fenster und kontrollierten alle möglichen Verstecke zweimal. Da war natürlich niemand, und ich hoffte, dass das auch so blieb. Sollte der Mann mich heute Nacht wieder besuchen, nahm ich mir fest vor, ihn zu fragen, was zum Henker er von mir wollte!

Unsere Whalewatchingtour war für zehn Uhr geplant. Ich hatte ungestört durchgeschlafen und war putzmunter und voller Vorfreude auf Wale und Delphine. Alexa schloss sich uns an und hoffte, noch einen Platz zu bekommen. Es stürmte. Morgens schien die Sonne noch vielversprechend, doch dann fing es an zu regnen. Als wir am Hafen ankamen, eröffnete man uns, dass bei diesem Seegang niemand hinausfuhr. Zum einen war es gefährlich und zum anderen könne man durch die hohen Wellen sowieso keine Wale sehen. Enttäuscht und etwas ratlos standen wir beisammen und beratschlagten, was wir nun tun sollten.

»Es gibt hier eine Lavagrotte«, sagte Alexa. »Die sehe ich mir gern auch ein zweites Mal an.«

Gesagt, getan. Es war nicht sehr weit. Wir erinnern uns: kleine Insel, 42 Kilometer lang, 15 Kilometer breit. Und wir hatten Glück, die nächste Führung begann in zwanzig Minuten. Bevor man unter die Erde gelassen wurde, gab es einen Einführungsvortrag. Fast wie in der Schule. Etwa fünfzehn Leute saßen brav da und warteten. Nur, dass wir freiwillig hier waren.

Und es gab noch einen gewaltigen Unterschied: »Wow! Ist der süß!« Wenke bekam Stielaugen und setzte ihre Flirtmiene auf. Unser Lehrer war ein junger Mann, vielleicht an die dreißig, mit halblangen, blonden Haaren und einem umwerfenden Grübchenlächeln. Er hieß Ludvig und kam aus Schweden.

»Das ist meiner«, wisperte Wenke Alexa dazu, die sich gebannt vorgebeugt hatte. »Du bist verheiratet!«

»Gucken ist erlaubt«, grinste Alexa und verschlang den Kerl mit ihren Blicken.

»Seit wann stehst du auf Jüngere?«, flüsterte ich und musterte den Prachtkerl akribisch genau. Ich stand ja mehr auf dunkelhaarig und männlich-kantig. Der hier war mir zu glatt, irgendwie zu schön. Aber gucken tat ich trotzdem. Und wie. Sowas lief einem ja nicht alle Tage vor die Augen. Keiner von uns bekam etwas von seinem Vortrag mit. Erst als Ludvig kleine Beutelchen verteilte – Wenke schenkte ihm ihr bestes Lächeln –, horchten wir auf. Worum ging es?

»Ähm, was ist das?«, fragte ich und zog ein hauchdünnes Stück Stoff zum Vorschein.

»Oh, das hatte ich ganz vergessen«, seufzte Alexa. »Das ist ein Hygieneschutz. Den zieht man unter die Helme ...«

»Helme?« Wenke starrte Ludvig erschrocken an. »Oh nein! Meine Haare!«

Sie sah zum Bemitleiden aus, als wäre ihre Welt am Untergehen. Helme, Haare platt und aus der Flirttraum?

»Deine Locken sind wie Sprungspiralen«, grinste ich. »Die werden so schnell nicht platt.«

»Das sagst du! Und außerdem ...«

Ludvig hatte besagte Helme verteilt und Wenke starrte das Monstrum fassungslos an. »Oh Gott, wir werden aussehen wie die Bekloppten!«

Alexa kicherte, stülpte sich ihren Helm über und zog eine Grimasse. Sogar sie sah damit aus, als wäre sie gerade einer Anstalt entsprungen. Ich amüsierte mich köstlich über Wenkes entsetztes Gesicht. Es gab keinen Spiegel, aber wofür hatte man Kameras? Eine wilde Knipserei entflammte, wobei jeder von uns versuchte, das grauseligste Foto von dem anderen zu erwischen.

Ludvig kam näher und lachte uns fröhlich an. Er trug auch einen Helm, doch seiner war schnittig und cool. »Ihr scheint euch ja prächtig zu amüsieren«, schmunzelte er.

Wir sahen uns alle gleichzeitig an und schielten um die Wette. Dann brachen wir in Gelächter aus.

»Wirklich schöne Gesichter kann nichts entstellen«, raunte er uns zu und zwinkerte Wenke zu, die purpurrot anlief. Dann stieß er mich konspirativ an und zeigte zur Tür.

»Pass auf«, murmelte er mir zu. Dann rief er: »Und hier kommt euer Tourguide für heute! Das ist Pedro.« Ludwig winkte einen jungen Mann heran, der gerade zur Tür hereingekommen war – dunkle Augen, schwarze Haare, muskulöse, braungebrannte Arme, über die er gerade eine Jacke zog. Eine Schande, dass er so klein war. Ich schätzte ihn auf einsfünfundsiebzig. Alexas Blick switchte wie auf Knopfdruck von Ludwig zu Pedro hinüber und sie schenkte ihm ein strahlendes Lächeln. Ich sah förmlich, wie Pedro Feuer fing. Helm hin oder her, Alexa war einfach die Wucht.

Ludwig grinste breit. »Dachte ich's mir doch. Dann gehört ihr beide wohl mir!«

Na hör mal, dachte ich und wollte schon protestieren, doch Wenke trat mir ans Schienbein und blitzte mich vielsagend an. Also gut, ich würde meine Zunge zügeln. Wenke hatte es eindeutig erwischt. Ein Urlaubsflirt.

»Dir ist schon klar, dass die diese Art von Anmache professionalisiert haben?«, raunte ich Wenke zu, als wir gemeinsam hinter Pedro und Alexa den Vortragsraum verließen und Ludwig uns siegesgewiss hinterherlächelte.

»Ist mir egal«, grinste Wenke. »Der ist eh zu jung, aber für ein bisschen Spaß ist *Lüdwik* genau der Richtige.« Sie sprach den Namen extra typisch schwedisch betont aus, so wie er ihn ausgesprochen hatte. Nur, dass es bei ihr zum Piepen klang.

Eine steile Steintreppe führte hinab in die Grotte. Kühle, feuchte Luft empfing uns und ein Loch in der Decke schickte grün gefiltertes Licht durch das dichte Laubwerk über uns. Riesige Farne und Moose wuchsen dort, wo die Sonne noch hingelangte. Spaghettiartige Wurzeln hingen frei vom Höhlendach herab und dumpfe Tropfgeräusche drangen aus den Tiefen der Grotte zu uns herüber. Es war, als wären wir aus der Zivilisation direkt in eine fremde Welt gestolpert.

»Wow, wie … überirdisch«, fasste Wenke meine Eindrücke treffend zusammen.

So überirdisch schön der Eingang zur Grotte wirkte, genauso bizarr erwies sich das Innere. Wir befanden uns in einem Lavatunnel. Der steinerne Boden war an mehreren Stellen braun gefärbt und erinnerte an erstarrten, gerippten Meeresboden aus Sand. Von der gewölbten Decke hingen zapfenartige Gebilde, als wäre eine zähflüssige Masse dabei, auf uns herabzutropfen. Es wurde bald stockdunkel um uns herum, und ich war froh, einen Helm mit Beleuchtung zu haben, um nicht über die riesigen Gesteinsbrocken zu stolpern, die wahllos herumlagen, als hätte ein Riese sie achtlos von sich geworfen. Natürlich stolperte ich trotzdem. Wenke fing mich auf und kicherte. Ich verdrehte die Augen.

»Das spitze, poröse Gestein, auf dem ihr gerade geht, nennt sich hier „AA"«, erklärte Pedro. »Weil die Menschen sowas wie „Au, au" sagten, als sie damals barfuß darüber liefen.«

Alexa lachte glockenhell und hing *ihrem* Portugiesen förmlich an den Lippen. Sie hatte garantiert etwas anderes im Sinn, als ihm zuzuhören, dachte ich und grinste in mich hinein.

Weiter hinten öffnete sich der Tunnel in einen breiteren Gang und mein Blick fiel auf eine

Felsformation, die sich aus dem Boden wölbte. Es sah aus wie …

»Und? Wer kann sehen, was sich hier verbirgt?«, fragte Pedro. »Es gibt eine Legende darüber.«

»Ein Wal«, schloss ich meinen Gedankengang laut ab.

Pedro strahlte mich glücklich an. »Ganz genau!« Was er dann bezüglich der Legende erzählte, ging an mir vorbei, denn ein merkwürdiges Wispern erregte meine Aufmerksamkeit. Es klang, als würde sich jemand hinter der nächsten Biegung verstecken und mich rufen. War das ein Schatten? Ich verharrte gebannt und lauschte. Es tropfte und plätscherte – plopp, pitch, plopp, patsch. Das Wispern suchte sich erneut den Weg zu mir.

… dein Land … gehörst hierher … fühle es …

Ich fröstelte unbehaglich, konnte mich dem Bann der Worte aber nicht entziehen. Wie magisch angezogen, schlich ich näher und hielt vor Spannung den Atem an. Ein unbehagliches Gefühl durchdrang meine Eingeweide, es kribbelte auf meiner Haut – eine Warnung? Das Licht meiner Helmlampe warf tanzende Schatten an die Wände, an denen goldene und schneeweiße Kristalle zu wachsen schienen. Als ich um die Ecke lugte, entdeckte ich weit herabhängende Stalaktiten aus Lava, an denen Wasser herab in ein salzkristallähnliches Becken tropfte. Ich atmete flach, leuchtete angespannt die Umgebung ab, doch außer bizarren Felsformationen und flüchtenden Schatten war da niemand.

… dein Land …, wisperte es direkt in meiner Nähe und hallte als Echo durch die Grotte. Erschrocken zuckte ich zusammen, wich hastig zurück und stieß mit dem Rücken an die steinerne Wand.

… du gehörst hierher … spüre es … erinnere dich …

Die Stimme schien von überallher zu kommen. Panik packte mich und ich setzte zur Flucht an. Da erhellten Dutzende Lampen den Raum.

»Oh, wie wunderschön!«, stieß Wenke neben mir aus.

»Das, was aussieht wie goldene und weiße Kristalle dort an den Wänden«, erklärte Pedro und ging schnurgerade auf die glitzernden Stellen zu, »das sind bakteriell entstandene Ablagerungen.« Er fuhr fort, über die Lavagrotte und all ihre Wunder zu berichten. Ich stand wie betäubt da und versuchte die Realität zu erfassen. Hatte denn keiner das Wispern gehört? Es war so laut gewesen … Ich fröstelte erneut und schlang die Arme um mich selbst.

»Kühl hier, was?«, meinte Wenke. »Gut, dass wir zumindest Jacken anhaben. Aber ist das nicht fantastisch? Was die Natur ganz allein an Schönheit gestaltet – umwerfend!«

»Hast du das Wispern gehört?«, fragte ich und horchte in den Tunnel hinein. Nichts, nur das Gemurmel der Touristen.

»Was für ein Wispern?«, fragte Wenke.

Ich zuckte mit den Schultern. »Es war wohl nur das Plätschern der Wassertropfen«, sagte ich leise und zog meine Jacke enger.

Wenke sah mich scharf an. »Was für ein Wispern?«, wiederholte sie.

Ich seufzte. »Keine Ahnung.« Ich achtete darauf, dass niemand anderes uns hörte. »Jemand sagte sowas wie *Du gehörst hierher, dein Land*, oder so ähnlich. Es hat sich zumindest so angehört«, entschärfte ich das Gesagte sofort.

Wenke musterte mich, das Licht ihrer Lampe direkt auf mein Gesicht gerichtet.

»Das blendet, lass das«, knurrte ich ungehalten. Langsam wuchsen mir die seltsamen Vorkommnisse über den Kopf. Jetzt hörte ich auch noch Stimmen. Das hieß, der Mann hatte auch gesprochen, doch das hier war anders gewesen. Irgendwie ursprünglicher. So, als spräche eine uralte Kraft.

Ach, was redest du dir da ein!, rief ich mich zur Ordnung. Das war doch Irrsinn. Ein Mann, Stimmen, eine uralte Kraft, was für ein Unfug!

»Ich glaube, ich bin wirklich mehr als urlaubsreif«, seufzte ich und Wenkes Gesichtszüge wurden sanfter.

»Das kannst du wohl sagen. Aber solch eine alte Grotte kann einen schon in ihren Bann ziehen und die Fantasie beflügeln. Genau so etwas hier ist Inspiration pur, wenn es um Magie und Paranormales geht.« Sie stieß mich verschwörerisch an. »Schade, ich hätte das Wispern auch gerne gehört. Wie schaurig spannend!«

Fantasie, Magie … Ging wirklich nur meine kreative Ader mit mir durch? Ich sah mich im Lavatunnel um. Die ungewohnten Gesteinsformationen und glitzernden Kristalle luden förmlich dazu ein, Legenden und Mythen zu erschaffen. Aber was war mit dem Mann?

Am Ausgang des Tunnels empfing uns Ludvig »Na? Fantastisch, was?«

»Der absolute Wahnsinn!«, strahlte Wenke. »Wie aus einem Fantasyroman!«

»Und wie hat es dir gefallen?«, fragte er mich und strahlte mich an. Ich riss mich zusammen und brachte ein Lächeln zustande. Ich suchte nach Worten, die leicht und euphorisch klangen, so wie bei Wenke, doch letztendlich hörte ich mich das sagen, was mich bewegt hatte. Ich sah dabei zurück, die steile Treppe hinab, und fühlte mich fast aus der Wirklichkeit entrückt.

»Eine ursprüngliche Schönheit. Als würde eine uralte Kraft die Tunnel durchziehen.« Ich hielt inne, zögerte. »So, als ob man das Herz dieser Insel berührt …«, hauchte ich.

Ludvig lächelte. Ich spürte, dass er meine Empfindungen nicht teilte.

»Wie poetisch!«, zwitscherte Alexa. Wenke betrachtete mich seltsam berührt. Sie kannte mich zu gut, als dass sie nicht spürte, dass mich irgendetwas beschäftigte.

Pedro löste sich von Alexa und sah mich mit seinen braunen Augen sanft an. »Eine Kraft, die die Entstehung von Pico widerspiegelt.«

Ich sah ihn nur an. Er lächelte. »Diese Kraft spüren eigentlich nur wir Kinder der Azoren. Du musst eine sehr empfängliche Seele haben. Du hast auch den Wal sofort erkannt. Noch bevor ich meine Frage stellte …« Er legte den Kopf schief. »Wie war dein Name?«

»Meli«, antwortete ich automatisch. Pedro sah mir tief in die Augen.« Willkommen auf Pico, Meli. Dieses Land begrüßt dich als eine der unseren.«

Ich starrte Pedro beklommen an. Ein warmes Gefühl breitete sich in mir aus. Eine seltsame Vertrautheit erfasste mich, als würde ich diese Insel nicht zum ersten Mal besuchen. Wie eine Art Wiedererkennen, obwohl mir hier alles fremd war. Doch es fühlte sich nicht fremd an. Ganz im Gegenteil. Ich hatte mich von Anfang an hier wohlgefühlt, seit ich einen Fuß von Bord an Land gesetzt hatte. Durch die gelinde gesagt anstrengende Überfahrt und meine Begegnungen mit diesem Mann war mir das nicht so bewusst geworden, doch ich mochte diese Insel. Mich störte nicht einmal der ständige Wind oder der strömende Regen. Die Temperaturen waren wie für mich geschaffen – nicht zu heiß, nicht zu kalt. Haut und Haare waren seidig wie nie zuvor. Sogar die hohe Luftfeuchtigkeit bekam mir.

»Wow, Gänsehautfeeling«, meinte Alexa. Wenke sah mit erhobenen Augenbrauen von einem zum anderen. Ich spürte, dass sie Fragen hatte. Viele.

Pedro ließ sich nicht ablenken. Er sah mich an, bis ich mich von meinem surrealen und doch so erdgebundenen Gefühlserlebnis erholt hatte.

»Danke«, flüsterte ich. Pedro nickte nur. Seine Botschaft war angekommen, ich würde nun mit anderen Augen sehen – nicht nur alles, was die Insel anging, sondern auch meine Halluzinationen. Irgendjemand oder irgendetwas wollte mir etwas sagen, mir etwas mitteilen. Ich musste zuhören und mich darauf einlassen. Ich musste herausfinden, was die seltsamen Begebenheiten zu bedeuten hatten, die mich seit dem Flug hierher begleiteten.

»Wann sagst du mir endlich, was mit dir los ist?«, zischte Wenke, als wir, mit Telefonnummern der beiden Männer versehen, das Gelände um die Grotte verließen. Wir hatten uns alle für den Abend verabredet. Die beiden Männer hatten ihre letzte Tour gegen vier Uhr.

»Das weiß ich auch nicht so genau«, murmelte ich geistesabwesend. Wenke ergriff meinen Arm und zog mich zu sich heran. Dann stemmte sie beide Fäuste in ihre Hüften und funkelte mich mit ihrem *Wir sind Freunde Blick* an, der mich daran erinnern sollte, dass wir keine Geheimnisse voreinander hatten.

Ich seufzte. »Also gut.«

»Habt ihr was zu bereden?«, fragte Alexa und musterte mich neugierig. »Das war ja schon recht seltsam, da eben gerade.«

Ich nestelte unbehaglich an meiner Regenjacke herum.

»Ich geh dann mal vor zum Auto«, sagte Alexa erstaunlich feinfühlig. Das hätte ich ihr gar nicht zugetraut.

»Nein, bleib ruhig«, sagte ich in einem Anflug von Sympathie. »Oder noch besser, lasst uns ins Auto steigen.« Ich schaute vielsagend gen Himmel. Es hatte schon wieder zu regnen begonnen.

Als wir endlich im Trockenen saßen, druckste ich noch etwas herum, bevor ich damit herausrückte, was mich beschäftigte. Dann erzählte ich von dem Mann im Flugzeug, den ich auch auf dem Boot und in der ersten Nacht hier gesehen hatte. Wenkes Gesichtsausdruck war schwer zu deuten. Sie war eine Pragmatikerin, stand mit beiden Beinen fest auf der Erde und glaubte kein Stück an paranormale Phänomene, höhere Energien oder Magie. Ich sah das etwas lockerer, doch im Großen und Ganzen, hatte ich bei sowas auch meine Zweifel. Und nun zog ich hier tatsächlich in Betracht, dass mich ein Geist oder sowas in der Art besuchte. Ich verstand ihre Skepsis. Und auch ihren Gedanken, dass ich mehr als nur überarbeitet war. Ich selbst hatte ja auch schon das Wort *verrückt* im Sinn gehabt. Ich sah sie an und seufzte. »Ich weiß, das klingt alles … Unwahrscheinlich …«

Sie hob die Augenbrauen. *Unwahrscheinlich* war für sie noch zu milde ausgedrückt. Trotzdem fuhr ich fort. »Er sagte, *Du bist die Richtige.* Ich habe nur keine Ahnung wofür«, sagte ich etwas hilflos.

»Ich erinnere mich«, sagte Alexa. »Der Mann im Flugzeug!«

»Du hast ihn gesehen?«, fragte Wenke in einer Mischung aus hoffnungsvoller Erleichterung, dass es diesen Mann gab, und Unruhe darüber, dass mich jemand womöglich stalkte.

»Nein.« Alexa schüttelte den Kopf. »Meli hat mich gefragt, wo der Mann geblieben wäre, der eben noch neben ihr saß. Sie war gerade aufgewacht. Ich dachte, sie hätte geträumt. Ich habe ihn nicht gesehen, aber wer sagt, dass er deshalb nicht echt sein kann? Er war offenbar nur für dich bestimmt, Meli! Wie spannend!«

Wenke sah etwas distanziert von Alexa zu mir und runzelte die Stirn. Ihr Schweigen sagte mehr als Worte. Wäre es nicht ich selbst, die es erlebt hatte, hätte ich auf Alexas spontanen Glauben ähnlich reagiert. Ich hätte sie für naiv gehalten, doch jetzt …?

… Für dich bestimmt … Du bist die Richtige … Du gehörst hierher … Dein Land … Erinnere dich … Spüre es … Willkommen auf Pico, Meli … Dieses Land begrüßt dich als eine der unseren …

Der Mann und das Flüstern im Lavatunnel … Gehörten beide Phänomene zusammen, oder ging es um verschiedene Dinge? Wenn ja, gab es dann trotzdem einen Zusammenhang?

»Und in der Grotte, hast du da den Mann noch einmal gesehen?«, riss Alexa mich aus meinen Gedanken.

Ich schüttelte den Kopf. »Nein, da war so ein Flüstern.« Ich sah Wenke an. »Es fühlte sich an, als ob eine uralte Kraft spräche …« Bei der Erinnerung überlief mich wieder ein Schauer.

»Und du hattest Angst?«, sagte Alexa. Es war mehr eine Feststellung als eine Frage. Ich nickte. Panische Angst. Doch auf einmal wurde mir bewusst, dass Pedros Worte mich ein wenig beruhigt hatten.

»Aber eigentlich bin ich nicht bedroht worden … Ich glaube nicht, dass *es* gefährlich ist. Was auch immer *es* ist«, überlegte ich. Es war nur reichlich erschreckend, plötzlich übernatürliche Erfahrungen zu machen. Falls es denn welche waren, und ich nicht doch ein paar Pillen brauchte.

»Ich hätte vor Schreck losgekreischt«, gab Alexa grinsend zu.

Ich lächelte sie dankbar an.

Wenke druckste herum und suchte nach den richtigen Worten. »Ich finde, du solltest in Betracht ziehen, dass nichts davon real ist«, begann sie vorsichtig.

»Oh, das habe ich. Ich dachte schon, ich werde irre«, sagte ich trocken. »Aber irgendwie …« Ich zögerte. Irgendetwas wollte mir etwas sagen. Und wenn es nur mein Unterbewusstsein war, dann sollte ich darauf hören und herausfinden, was mich bedrückte oder belastete. Ich versuchte, Wenke diesen Standpunkt zu erklären.

»Wenn ich mir alles nur einbilde, dann muss es auch dafür einen Grund geben, oder?«

»Man hört normalerweise keine Stimmen oder sieht Menschen, die nicht da sind«, meinte Wenke wenig überzeugt. »Schon gar nicht am helllichten Tag. Da steckt dann meist schon etwas Ernstes dahinter. Träume, ja, aber das hier? Ich glaube eher, dass du überanstrengt und erschöpft bist und dadurch auch am Tag kurz in Tagträume fällst. Es kann sein, dass dein Unterbewusstsein dabei etwas bearbeitet.«

Ich nickte. »Gut möglich. Aber auch dann muss ich herausfinden, was. Also ist es im Grunde egal, ob es übernatürlich ist oder nicht.«

»Hm, da hast du wohl recht«, gab Wenke nachdenklich zu.

»Na, dann kann Meli ja jetzt beruhigt sein und sich auf die nächste *Erscheinung* freuen, anstatt Angst zu haben«, meinte Alexa fröhlich. »Und? Sieht er denn zumindest gut aus?« Sie spielte übertrieben mit den Augenbrauen und zwinkerte mir zu. Irgendwie gelang ihr das nur halb. Sie sah aus wie eine Eule.

Ich grinste breit. »Jupp, genau wie mein Traummann sein müsste. Bestimmt einsneunzig, schwarze Haare, männliche, etwas härtere Züge, gut bemuskelt und unfassbar grüne Augen.«

»Das klingt aber schon nach echten Träumereien.« Wenke verdrehte die Augen und schmunzelte. Für sie war das der eindeutige Beweis dafür, dass ich mir alles einbildete, weshalb auch immer.

»Ich finde, das klingt zum Ansabbern!«, stieß Alexa aus. »Schade, dass man Visionen nicht teilen kann. Den Typen würde ich gerne mal live sehen!«

Egal, wer nun recht hatte, darüber zu sprechen, hatte geholfen. Ich fühlte mich nur noch halb so unwohl und konnte in das Lachen der beiden mit einstimmen.

Die Stimmung hielt. Am Abend gingen wir mit Ludvig und Pedro Essen und amüsierten uns später in einem Pub. Dort stießen wir auf Freunde von Pedro – drei Männer und zwei Frauen. Der Alkohol floss, Pedro flirtete wie wild mit Alexa, die offenbar kein Kind von Traurigkeit war.

»Gucken, riechen, schmachten erlaubt, gegessen wird zu Hause«, wisperte sie mir zu und kurbelte ihren Charme auf Hochtouren. Wenke war nach drei Gläsern Rotwein wieder die Alte – vergessen war ihre Sorge um meine geistige Gesundheit, angesagt war Ludvig, der sich von ihrer vollkommen natürlichen Art anstecken ließ und mit ihr herumalberte als wären sie Teenager auf einer Strandparty. Und ich? Wären wir allein geblieben, hätte ich mich vermutlich wie das fünfte Rad am Wagen gefühlt. Doch Pedros Freunde waren nette Gesellen und ich hatte noch nie Probleme damit gehabt, neue

Bekanntschaften zu schließen. Es wurde ein wirklich netter Abend und eine kurze Nacht.

Kapitel 4

Gary steuerte das kleine Fischerboot langsam in die enge Bucht, an deren Eingang sich die Wellen brachen und langsam zur Ruhe kamen. Es war rau dort draußen, mit hohem Seegang. Eigentlich kein Wetter, um die Reusen zu checken. Doch Gary hatte wie so oft das Bedürfnis verspürt, hinauszufahren, um sich vom Wind das Gehirn leerfegen zu lassen. Nichts half besser gegen zermürbende Gedanken als peitschende Gischt, windige Böen und das Gefühl, der Natur Antlitz zu Antlitz persönlich gegenüberzustehen. Dort draußen ging es ums nackte Überleben, und genau das brauchte Gary, um zu wissen, tatsächlich noch am Leben zu sein. Ursprünglichkeit. Nur er gegen die Naturgewalten.

Als das Boot in der Bucht zur Ruhe kam, atmete er die salzige Luft tief ein und streckte das Gesicht in den strömenden Regen. Die ersehnte innere Ruhe kehrte ein, wie die wohlverdiente Stille nach einem körperlich harten Arbeitstag mit zufriedenstellendem Ergebnis. Langsam tuckerte das Boot zur Anlegestelle. Der Wind war hier an der Küste erträglich. Nicht so hart wie draußen auf offener See, wo Gary in drei Meter tiefen Wellentälern verschwand, nur graues Wasser und weiße Gischt um sich herum, um kurz darauf vier Meter auf den Scheitelpunkt der nächsten Welle hinaufgetragen zu werden.

Gary vertäute das Boot, hievte zwei Reusen und einen Eimer an Land und sprang hinterher. Kein überwältigender Fang, doch für zwei Tage würde es reichen. Mit geübten Händen befreite er die Krabben aus den Reusen und warf sie zu den Fischen in den Eimer. Dann hängte er sich die Reusen über die Schulter, schnappte sich den Fang und stapfte durch den Regen den Klippenpfad hinauf zum Bootshaus. Dort ließ er die Reusen fallen und machte sich daran, die Fische auszunehmen. Echte, ursprüngliche Arbeit. Mit den Händen das Tagewerk erfüllen. Jeder Handgriff saß. Seine Gedanken waren nur auf die Tätigkeit konzentriert, genau wie jeden Tag.

Nur nachts, da kamen die Schatten. Und manchmal ließen sie sich gar nicht erst vertreiben …

Oben am Haus angekommen, begrüßte ihn bereits Egon, sein Cane Corso Italiano, ein italienischer Hütehund. Eine treue Seele von Tier, das ihm überallhin folgte, nur nicht auf das Meer. Gemeinsam sahen Mann und Hund nach den Ziegen und schüttelten sich beide den Regen ab, als sie endlich über die Türschwelle ins Trockene traten. Egon machte es sich mitten im Weg bequem, Gary umrundete seinen Hund gewohnheitsmäßig und brachte den Eimer mit dem Fang in die Küche.

Eine Stunde später roch es im ganzen Haus nach gebratenen Meeresfrüchten und Knoblauch. Gary stand in trockener Kleidung und noch nassen Haaren im Käsekeller und salzte die neuen Laibe ein. Er hatte den Dreh mittlerweile perfekt heraus. Es war genau, wie er es zu Tom gesagt hatte, man war nie zu alt dazu, etwas Neues zu erlernen. Tom … Hastig schob Gary die unwillkommenen Gedanken beiseite, die sich aufdringlich ihren Weg bahnten, salzte energisch die letzten zwei Käselaibe ein und erklomm mit schnellen Schritten die steinerne Treppe hinauf in die Halle. Sein Blick fiel auf die angebrochene Flasche Wein – selbst gekeltert, aus eigenen Trauben.

Er hatte ihren Traum wahr gemacht. Allein. Sogar ein paar Touristen fuhr er ab und an zum Whalewatching aufs Meer hinaus. Zumindest dann, wenn er mal nüchtern war und nicht die halbe Nacht damit verbracht hatte, innere Dämonen zu bekämpfen und die Schatten zu vertreiben.

Die zwei Apartments standen leer. Dauergäste zu haben, hieß auch, dauerhaft zurechnungsfähig zu sein. Davon war Gary allerdings weit entfernt. Das bisschen, was er an Geld benötigte, verdiente er sich mit kleineren Reparaturarbeiten zusammen. Gary war ein begnadeter Handwerker, es gab nichts, dass er nicht reparieren konnte. Er hielt das Anwesen gut in Schuss – Tom zu Ehren. Ginge es nur um ihn selbst, hätte er vermutlich alles verwahrlosen lassen, die Finca genauso vernachlässigt wie sich selbst. Arbeit lenkte aber ab, Arbeit brachte den Tag herum. Bis auf diese verflixten Tage, an denen er trotzdem abstürzte.

Heute war ein guter Tag. Zufrieden machte Gary sich über Krabben und Fisch in Knoblauch her und fütterte nebenbei Egon mit den Abfällen. Solche Tage mochte er. Stille. Innere Ruhe. Müde von getaner Arbeit.

Gary beschloss, noch die letzte Reparaturarbeit bei José vorbeizubringen, bevor er Feierabend machte. Ein defekter Außenborder, nun natürlich wieder voll funktionsfähig. Er packte das Teil ein und fuhr die zwei Kilometer hinüber zu José, ein Arzt kurz vor der Pension und leidenschaftlicher Angler.

»Schon fertig?«, fragte José überrascht, als Gary den Außenborder aus dem Auto hievte. »Das ging aber schnell.«

Gary grüßte den älteren Mann mit beginnender Glatze mit einem freundschaftlichen Schlag auf die Schulter.

»Soll ich ihn gleich wieder anschrauben?«

José warf einen Blick auf das tosende Meer. »Nee, lass mal. Da unten ist es zu ungemütlich.«

Gary nickte, obwohl ihm das Wetter nichts ausmachte. »Dann komme ich wieder vorbei, wenn es aufklart.«

»Du verwöhnst mich«, stellte José fest.

Gary zuckte mit den Schultern. »Einen Arzt als Freund muss ich mir warmhalten, bei meinem Lebensstil.« Er lächelte sarkastisch.

José grinste. »Lass es nicht darauf ankommen, Freundchen«, schalt er ihn. » Hast du schon gegessen? Rosa hat Tortilla gemacht.«

Rosa war Josés zauberhafte Frau und eine begnadete Köchin. Alles, was sie auf den Tisch zauberte, schmeckte einfach himmlisch.

»Hm, ich könnte ja lügen«, begann Gary.

José lachte. »Dann tu das«, zwinkerte er ihm zu. »Rosa freut sich immer über Gäste, die ihre Küche loben!«

»Das wäre dann die ganze Insel, wenn ich mich nicht irre«, grinste Gary. Und damit lag er gar nicht mal so falsch.

»Ja, jeder hier wünscht sich meine Rosa zur Frau«, nickte José und wirkte äußerst zufrieden mit sich selbst und seiner Welt. »Na, dann komm, mein Junge, bevor uns der Regen wegschwemmt!«

José hielt Gary die Tür auf, doch der war mitten in der Bewegung stehen geblieben und starrte ins Leere. Er ballte die Fäuste, den Kiefer fest zusammengebissen. José hielt inne und musterte Gary aufmerksam. Es war nicht das erste Mal, dass der junge Mann von einer Sekunde auf die andere die Stimmung wechselte, als hätte jemand einen Schalter umgelegt.

José verharrte in der Tür und wartete. Würde Gary wieder zu sich kommen? Er starrte an José vorbei, als sehe er etwas, das nur ihm offenbart wurde. Etwas, das ihn sehr aufwühlte und nahe ging. Der ganze Mann war gespannt wie eine Feder. Er sah aus, als würde er sich nicht entscheiden können, ob er vorwärtsstürmen oder Hals über Kopf fliehen sollte.

Bevor José sich entschließen konnte, Gary anzusprechen, ließ der einen derben Fluch los, machte auf dem Absatz kehrt und eilte zu seinem Auto. José beobachtete, wie Gary steinefliegend davonfuhr. Er seufzte traurig. Morgen würde er nach dem jungen Mann sehen. Er wusste aus Erfahrung, dass es heute unmöglich sein würde, an ihn heranzukommen. Gary kämpfte gegen seine inneren Dämonen, das verstand der Arzt ganz genau. Und heute Abend würde er sie einmal wieder ertränken, wie schon so oft in den letzten zwei Jahren. Doch trotz ihrer kumpelhaften Freundschaft und der Tatsache, dass José Garys Hausarzt war, hatte Gary noch nie erzählt, was in ihm vorging. José hatte trotzdem so seine Ahnungen, er hatte auch schon versucht, mit Gary zu reden, doch da biss er auf Granit. Gary war verschlossener als eine Auster.

Mit einem letzten Blick auf den davonrasenden Wagen schloss José die Tür hinter sich. Er seufzte und schüttelte besorgt den Kopf. Sollten die Schatten Gary sein ganzes restliches Leben verfolgen?

Gary trat das Gaspedal durch, knirschte mit den Zähnen und hielt das Steuer so fest, als würde er es zerquetschen wollen.

Es war solch ein ruhiger Tag gewesen. Warum nur? Warum jetzt? Es war viele Monate her, dass so etwas das letzte Mal passiert war. Und auch da war er bei José gewesen. Der liebenswerte Arzt hatte ihm helfen wollen, doch Gary wusste, dass ihm niemand helfen konnte. Nicht hierbei. Mit quietschenden Reifen hielt er vor seinem Haus, knallte die Fahrertür zu und hastete auf direktem Weg in die Küche. Egon zog sich vor Gary zurück. Der Hund wusste genau, wann es besser war, seinem Herrchen aus dem Weg zu gehen.

Gary schaffte es gerade noch, das erste große Glas Rum hinunterzustürzen, bevor die Tränen kamen. Er goss sich hastig ein zweites ein und trank, als wäre er am Verdursten. Bald würde der Schmerz nachlassen, bald würde der Alkohol seine Sinne vernebeln und das reißende Gefühl in der Brust dämpfen. Nur noch ein paar Gläser Rum, dann würde er ins Vergessen abtauchen …

Kapitel 5

Als ich am nächsten Morgen erwachte, fühlte ich mich wie gerädert. Irgendwie konnte ich früher mehr vertragen. Ich erinnerte mich an durchfeierte Wochenenden, und nun kroch ich nach einem Abend bereits übermüdet und zerknautscht ins Badezimmer. Ob das am Alter lag? Ich zog meinen Augenringen im Spiegel eine Grimasse und erweckte meine Lebensgeister mit einer kalten Dusche.

»Uff, ich werde zu alt für sowas«, stöhnte Wenke, als sie sich zu uns an den Frühstückstisch setzte. »Ich hab einen Kater! Und das, obwohl ich gar nicht sooooo viel getrunken habe!«

Ich lachte schallend los. »Von wegen! Vor lauter Flirten hast du die Gläser wohl irgendwann rückwärts gezählt!«

Wenke streckte mir die Zunge heraus und kippte ein Glas Orangensaft hinunter, als käme sie direkt aus der Wüste.

»Ich brauche noch mehr«, murmelte sie und holte die ganze Karaffe heran.

Alexa gähnte. »Irgendwie hatte man früher mehr Energie. Ich fühle mich wie ein Schluck Wasser in der Kurve … Aber cool war`s!« Und schon lachte sie wieder. Wenke nickte wild und verzog kurz darauf schmerzhaft das Gesicht. Ich grinste schadenfroh. Beste Freundinnen dürfen sowas.

»Tja, hättest du auf mich gehört, als ich fragte, ob du *wirklich* jetzt noch – es war halb zwei – mit Ludvig um die Wette trinken willst …«

»Echt?« Alexa sah Wenke ehrfurchtsvoll an. »Wer hat gewonnen?«

Wenke runzelte angestrengt die Stirn. »Hm, daran kann ich mich gar nicht erinnern ...« Dann lachte sie hell auf. »Aber, dass du mal wieder über deine eigenen Füße gestolpert bist, und quer über dem Tisch lagst, das weiß ich noch!«, rief sie und zeigte auf mich.

»Nee, meine Liebe«, grinste ich süffisant. »Das warst dieses Mal auch du!«

Alexa kicherte in ihren Kaffee und nickte, dass die Haare flogen. Wenke starrte uns verblüfft an. Dann vergrub sie ihr Gesicht in den Händen.

»Ich trinke nie wieder Alkohol«, quiekte sie verzweifelt. »Ludvig muss mich für völlig unfähig halten!«

»Da er mit dir zusammen auf dem Tisch gelandet ist, würde ich mir da nicht so viele Gedanken machen«, erwiderte ich trocken.

Alexa prustete los. Ihr Kaffee spritzte über den ganzen Tisch. Wenkes Blick war nicht mit Geld zu bezahlen.

»Ich trinke *nie wieder* Alkohol«, wiederholte sie und seufzte erbärmlich.

Wir waren spät dran zu unserem Whalewatching-Termin. Doch da die See mal wieder sturmgepeitscht war, rechneten wir bereits mit einer erneuten Absage. Wir sollten recht behalten.

»So kommen wir nie an die Wale und Delphine«, schmollte Wenke.

Der Tourguide zuckte hilflos mit den Schultern. »Versuchen Sie es heute Nachmittag noch einmal. Das Wetter kann hier immer unvorhergesehen drehen.«

Wir ließen uns eine Visitenkarte geben, um später anrufen zu können.

»Und was jetzt?« In Gedanken war ich schon wieder im Bett. Eigentlich kam mir das Wetter ganz recht, ich war hundemüde.

»Jetzt gehen wir reiten!«, schlug Alexa enthusiastisch vor.

»Reiten? Hier? Bei dem Wetter?« Ich zweifelte an ihrem Verstand. Hatte sie gestern doch mehr getrunken, als mir aufgefallen war?

Alexa nickte strahlend. »Es gibt hier einen Reiterhof, ich hab's in einem Prospekt gesehen. Als ich letztes Mal hier war, bin ich nur nicht dazu gekommen, weil ich jeden Tag zweimal auf Whalewachingtour war. Wir hatten Sonne pur!«

»Wovon wir jetzt nicht reden können«, knurrte Wenke. »Wir haben nicht mal die Heckflosse von irgendetwas gesehen.«

»Dafür können wir jetzt reiten gehen!«, beharrte Alexa.

»Das kann ich zu Hause auch«, maulte Wenke.

Ich schielte Wenke an, die eine Flappe zog. Verkatert und immer noch keine Wale. Sie brauchte dringend etwas zum Aufmuntern. Wenke liebte Pferde. Sie hatte sogar eine Reitbeteiligung auf einem Westernhof. In der Nähe dieser behaarten Vierbeiner konnte Wenke nicht anders, als gut gelaunt zu sein, das wusste ich aus jahrelanger Erfahrung. Sie hatte in unserer Kindheit und Jugendzeit unzählige Male versucht, mich mit dem Pferdevirus zu infizieren. Ich hatte sogar für ein halbes Jahr ein Pony mit ihr geteilt, geliehen natürlich, mehr konnten sich weder meine Mutter noch Wenkes Familie leisten. Doch so richtig erwischt hatte es mich nie. Für Wenkes Laune wäre Reiten also genau das Richtige. Der einzige Haken: Mir selbst war das nicht ganz geheuer. Ich hatte seit mehr als zwanzig Jahren nicht mehr auf einem Pferderücken gesessen.

»Das ist wie Radfahren«, winkte Alexa ab. »Das verlernt man nicht.«

»Und wenn man es nie richtig konnte?«, fragte ich zurück.

Sie zuckte mit den Schultern. »Wir können uns den Stall ja zumindest ansehen. Wenn er nichts taugt, fahren wir Sightseeing über die Insel.«

Ich hob die Augenbrauen. Sightseeing im Regen?

Als wir den Reiterhof endlich fanden – Hinweisschilder waren auf Pico Mangelware – hatte dichter Nebel den Regen ersetzt und der Wind blies weniger scharf. Vielleicht würden wir zur Nachmittagstour doch noch wal- und delphinmäßig auf unsere Kosten kommen. Beschwingt durch diese Aussicht, und ganz sicher nicht zuletzt aufgrund des Pferdegeruchs in der Stallgasse war Wenke wieder guter Dinge. Mir dagegen wurde immer mulmiger zu Mute, als ich die stattlichen Tiere betrachtete. Eines größer als das andere …

»Wer von euch kann reiten?«, fragte der sympathisch lächelnde Azoreaner namens Luís und musterte uns von oben bis unten. Sein Blick blieb an meiner geringen Größe hängen.

Ich zeigte sofort auf Wenke und Alexa. »Die beiden.«

Er runzelte die Stirn. »Du hast noch nie auf einem Pferd gesessen?«

»Doch, hat sie«, antwortete Wenke an meiner Stelle. »Sie kann reiten.«

»Das ist ewig her!«, protestierte ich.

Luís grinste. »Kein Problem. Ich habe für jeden das richtige Pferd.«

Ich hörte förmlich, wie er in Gedanken hinzufügte: Auch für Zwerge wie dich …

Um sicherzugehen, dass Wenke und Alexa tatsächlich reiten konnten, sattelte er ihnen zwei schicke Lipizzaner und ließ die beiden vor dem Ausritt auf dem Reitplatz vorreiten. Ich bekam ein schmales Hemd von Pferd, das eher einem Maulesel glich. Die Stute hieß frei übersetzt *Butterblume*. Obwohl das Tier einen gefühlten Meter kleiner war als die eleganten Rassepferde, kam ich mir trotzdem sehr weit oben vor – wir erinnern uns, ich, kleine einsvierundfünfzig …

Es war zwar nicht wie Radfahren, doch nach ein paar Runden auf dem Reitplatz fühlte ich mich nicht mehr ganz so deplatziert. Mein Pferdchen hatte liebe Augen und ein sanftes Gemüt. Im Vergleich mit den aufgekratzten Lipizzanern wirkte *Butterblume* fast trödelig, obwohl sie willig unter mir voranschritt. Ihr Tempo war eben gemäßigt und mir mehr als recht.

»Was für ein Pferd!«, strahlte Wenke und trabte glücklich an mir vorbei. Na, wer sagt`s denn, dachte ich zufrieden und begann, unseren Ausflug zu genießen.

Luís, der auf einer heißblütigen Stute saß, führte uns über einen schmalen, grün überwucherten Pfad vom Hof hinaus ins Innere der Insel. Dichte Nebelschwaden zogen an uns vorbei, die Sicht war gleich Null. Ich atmete tief ein und genoss die mystische Stille um uns herum. Nur das Klappern der Hufe war zu hören, als wir die alten Straßen entlang durch ein malerisches Dorf schritten. Eine seltene innere Ruhe erfasste mich, *Butterblume* schnaubte zufrieden und ich lächelte. Hier gefiel es mir. Mehr noch – hier fühlte ich mich so richtig wohl –, trotz Wind, Regen, Nebel und ständig klammen Klamotten. Das Tempo auf Pico war … Ja, wie sollte man es beschreiben? Eigentlich war gar kein Tempo vorhanden. Die Einheimischen gingen so gemächlich und gemütlich ihren Alltag an, als gäbe es so etwas wie Zeit nicht. Sogar die Polizei fuhr in Zeitlupe ihre Runden, hielt inne, redete mit Bekannten und hatte im Grunde nichts zu tun.

Während die Lipizzaner zu tänzeln begannen, als wir auf einen Sandweg abbogen, trottete *Butterblume* gemächlich weiter. Ich seufzte zufrieden und tätschelte ihren Hals. Der Wind verwehte den Nebel, sodass es aussah, als würden Rauchschwaden vorüberziehen. Es war eine märchenhafte Idylle mit einem Hauch von Mystik. Wir genossen die Natur in stiller Eintracht, bis Luís in eine schnellere Gangart wechselte. Während ich mich krampfhaft im Sattel hielt, lachte Wenke glockenhell vor Freude. Der mystische Bann war gebrochen. Luís zeigte mal hierhin, mal dorthin und erzählte von seiner Insel. Auf einem Berg machten wir Pause. Es gab eine Aussichtsplattform, doch durch den vorüberziehenden Nebel war die Sicht begrenzt. Trotzdem konnte man das aufgewühlte Meer sehen. Es war atemberaubend schön – vielleicht gerade dadurch, dass vom Wind verwirbelte Nebelschwaden den kleinen Berg umwaberten, der wie eine eigene Insel aus dem weißen Nass hervorwuchs.

Auf dem Rückweg rief Wenke am Hafen an, um zu erfahren, ob die Nachmittagstour zustande kommen würde. Die Antwort war nein, zu hohe Wellen und durch den Nebel kaum Sicht. Da würde man nichts zu sehen bekommen.

»Wahrscheinlich sind wir die Einzigen, die hierher zum Whalewatching kommen und abreisen, ohne je auch nur eine Flosse zu Gesicht bekommen zu haben«, witzelte Wenke. Zum Glück saß sie noch auf einem Pferderücken, also nahm sie die Nachricht gelassen auf.

»Sollen wir die Jungs anrufen?«, fragte sie dann und zückte auch schon wieder ihr Handy. Wir trabten gerade flott dahin, was meine gesamte Konzentration erforderte.

Ich hätte gerne noch drei weitere Hände gehabt, um mich ordentlich festzuhalten. Wenke dagegen knispelte fröhlich auf den Tasten herum, während sie einhändig ihren tänzelnden Lipizzaner steuerte. Genau in dem Moment geschahen mehrere Dinge gleichzeitig: Alexas Handy klingelte, und zwar gruselig schrill wie das aufgebrachte Kreischen eines Affen. Ihr Pferd machte erschrocken einen Satz nach vorn und stürmte davon. Direkt vor mir tauchte der Mann aus meinen Halluzinationen auf und rief: *Achtung! Halt dein Pferd fest!* *Butterblume*, die gerade hinter Alexa her stürmen wollte, rammte dann aber alle vier Hufe gleichzeitig in den Sandweg, sodass ich auf ihrem Hals landete. Ein Geräusch wie ein gestrandetes Walross entfuhr mir, dann hangelte ich verzweifelt nach den Zügeln, die mir aus der Hand geglitten waren. Wenkes Ross wieherte und drehte sich aufgeregt um sich selbst, während sie mit einer Hand ihr Handy umkrampfte und mit der anderen versuchte, ihr aufgebrachtes Pferd zu zügeln. Luís rief: »Halt ihn! Lass ihn nicht losrennen!« Seine eigene Stute stieg und bockte, sodass er alle Hände voll zu tun hatte. Nur *Butterblume* stand wie angewurzelt da und starrte auf den Mann mitten auf dem Weg vor ihr, der wie ein Fels in der Brandung wirkte und beide Hände wie ein Schild vor ihre Nase hielt. Ich starrte ebenfalls. Und zwar völlig entgeistert. Zum einen raste mein Herz aufgrund der durchgehenden Pferde. Zum anderen verstand ich die Welt nicht mehr. Der Mann war hier – schwarzhaarig, groß und mit diesen unglaublich grünen Augen – und *Butterblume* konnte ihn sehen?

Alexa kam wieder zurückgetrabt, sich offenbar der Panik unbewusst, die ihr *Affe* ausgelöst hatte. Sie hatte ihr Pferd wieder voll unter Kontrolle und hielt sich sogar ihr Handy ans Ohr. Wenkes und Luís` Pferd beruhigten sich schlagartig, als ihr Stallgenosse wieder auftauchte. *Butterblume* und ich starrten immer noch den Mann an, der nun langsam verblasste. *Butterblume* schnaubte erleichtert auf und ging zur Tagesordnung über, als wäre nichts geschehen. Was für sie bedeutete: Kopf runter und fressen. Ich hingegen war wie hypnotisiert.

»Das ist Pedro!«, rief Alexa fröhlich. »Er fragt, was wir vorhaben.«

»Ist Ludvig bei ihm?«, wollte Wenke wissen. »Ich wollte ihn gerade anrufen.«

»Ja, ist er. Warte, ich mach mal den Lautsprecher an.« Alexa drückte eine Taste und schon war Pedros Stimme zu hören.

»Na, Mädels? Wie ist die Lage?«

Luís sah von Wenke zu Alexa und schüttelte ergeben den Kopf. »Frauen«, murmelte er und warf in typisch südländischer Manier die Hände über den Kopf. »Aber wenigstens können sie tatsächlich reiten. Das ist doch schon mal etwas«, fügte er seufzend hinzu.

Nur mir war das alles zu hoch. Was zum Henker ging hier eigentlich vor sich? Durchgehende Pferde, der Mann aus meinen Halluzinationen und *Butterblume* … Ein Gedanke traf mich. Siedend heiß lief es mir den Rücken hinunter: Hatte der Mann mir gerade das Leben gerettet? Wenn *Butterblume* losgestürmt wäre … Ich hätte sie nicht halten können und vermutlich mich selbst auch nicht. Ich wäre gestürzt! Ich begann, am ganzen Körper zu zittern.

»Wir wollten rausfahren, Whalewatching«, sagte Alexa ins Telefon.

»Aber das wird wohl nie was«, seufzte Wenke.

»Ihr habt noch keine einzige Tour gemacht, seit ihr hier seid?«, fragte Ludvig über den Lautsprecher.

»Nope«, meinte Wenke. »Dafür sitzen wir gerade auf zwei rassigen Lipizzanern.«

66

»Hä? Wie bitte?«, rief Ludvig aus.

»Das sind Pferde, du Trottel«, erleuchtete Pedro Ludvig lachend.

»Ihr kennt hier nicht zufällig jemanden, der uns rausfährt?«, fragte Alexa.

»Bei dem Wetter? Nicht, dass ich wüsste«, meinte Pedro.

»Dafür dürft ihr euch aber auf uns freuen«, feixte Ludvig. »Ruht euch aus, heute Abend ist Party bei Miguel.«

Miguel war einer von Pedros Freunden, der am Vorabend auch im Pub gewesen war.

Gary kann euch rausfahren, hallte plötzlich eine Stimme durch den Nebel. Ich fuhr erschrocken zusammen. Es war der Mann, es war seine Stimme. Ich sah zu den anderen, mein Herz raste, doch sie schienen nichts bemerkt zu haben.

»Klar, warum nicht?«, freute sich Wenke. Ihr Gesicht strahlte bei dem Gedanken, Ludvig wiederzusehen. Ich bekam all das nur am Rande mit. Meine Sinne waren zum Zerreißen gespannt. Ich lauschte in den Nebel und fühlte mich von der Situation überfordert. Ich saß immer noch auf *Butterblume*, der ich nach der kürzlichen Episode nicht mehr halb so sehr vertraute wie zuvor. Immerhin wäre sie mit mir losgestürmt, wäre dieser Mann nicht gewesen. Ein Mann, den es nicht gab! Ein Mann, der zu mir sprach! Ein Mann, den auch *Butterblume* gesehen hatte …

»Was meint ihr?« Wenke wandte sich mir und Alexa zu. Alexa stimmte spontan zu. Ich lauschte mit großen Augen und klopfendem Herzen in den Nebel.

»Meli? Hallo?« Wenke schnipste mit den Fingern in meine Richtung.

Gary fährt euch raus. Gary fährt bei jedem Wetter ..., raunte die Stimme. Ich zog scharf die Luft ein und sah mich suchend um. War er hier?

»Meli!« Schnipp, schnipp, direkt vor meiner Nase. Wenke war neben mich geritten. »Träumst du? Was ist, bist du dabei?«

Ich blinzelte. Alle sahen mich erwartungsvoll an, sogar Luís.

»Ich ... ähm ...« Worum ging es? Ich schluckte und befeuchtete meine Lippen. »Äh ... Gary kann uns rausfahren«, brachte ich dann heraus. Es war, als hätte sich der Satz in meinem Kopf festgebrannt. Ich hatte was anderes sagen wollen. *Ja, ich bin dabei,* hätte vollkommen ausgereicht, um nicht als völlig bekloppt dazustehen. Egal, ob ich nun wusste, worum es ging oder nicht. Aber nein, ich musste ja mal wieder peinlich sein.

»Wer?«, fragte Wenke verblüfft.

Ich entschied mich für die Flucht nach vorne. Auch noch Luís in meine zurzeit chaotischen Erfahrungen einzuweihen, das ging mir entschieden zu weit. »Gary kann uns rausfahren«, wiederholte ich also. »Gary fährt bei jedem Wetter.«

»Gary? Wer ist Gary?« Wenke sah aus wie ein lebendes Fragezeichen.

Hm, da sagte sie etwas. Wer war Gary überhaupt? Ich sah mich schon von mitleidigen Blicken umgeben. *Sie halluziniert? Ach, die Arme.* Pillen und Zwangsjacke.

»Gary O'Sullivan?«, kam es aus dem Lautsprecher von Alexas Handy. »Gary, der verrückte Ire?«

»Ist der nicht Deutscher?«, fragte Ludvig.

»Er hat in Deutschland gelebt, bevor er herkam. Aber er ist Ire«, meinte Pedro.

Gary O'Sullivan? Von mir aus. »Genau«, ergriff ich den Strohhalm. »Der fährt uns raus, oder?« Ich betete, dass ich mit meinen wirren Halluzinationen keine Bruchlandung hingelegt hatte. Ich würde vor Scham im Erdboden versinken.

»Hm, ja ... bestimmt«, druckste Ludvig herum. »Der ist verrückt genug ... Aber ob das sicher ist?«

»Gary riskiert nicht die Sicherheit anderer Menschen«, fiel Pedro ihm ins Wort. »Nur seine eigene. Wenn er mit Touristen rausfährt, dann weiß er, was er tut. Nur, ob ihr was zu sehen bekommt, das bezweifle ich sehr. Bei Wellen und noch dazu Nebel übersieht man so ziemlich alles auf See.

»Egal!«, rief Wenke voller Inbrunst. »Hauptsache wir kommen mal raus aufs Meer! Deswegen sind wir hier. Und die Party ist erst heute Abend. Das ist perfekt. Wo finden wir diesen Gary?« Sie sah mich an. Natürlich ging sie davon aus, dass ich mehr wusste.

»Woher weißt du denn überhaupt von dem?«, stellte sie auch schon die nächste naheliegende Frage. Zum Glück kam ich um eine Antwort herum. Pedro gab uns die Adresse und eine genaue Wegbeschreibung.

Auf dem Rückweg zum Stall plauderten Wenke und Alexa ausgelassen. Ich gab mir Mühe, nicht zu sehr durch geistige Abwesenheit zu glänzen, was mir mehr schlecht als recht gelang. Ich konzentrierte mich auf das Pferd und auf das Gespräch, trotzdem zog es meine Gedanken wie magisch zu dem geheimnisvollen Mann. Ich konnte ihn einfach nicht aus meinem Kopf bekommen. Und wer zum Henker war dieser Gary O'Sullivan?

Noch eine Möhre für *Butterblume* und ein Nachmittagssnack für uns, dann waren wir auch schon auf dem Weg zur nördlichen Küste der Insel.

Gary atmete die salzige Meeresluft tief ein und hieß den Wind in seinem Gesicht willkommen. Die See war etwas ruhiger als am Vortag, dafür war die Sicht an manchen Stellen gleich Null. Zum Glück blies der Wind die Nebelschwaden rasch voran, sodass es für Gary einfach war, sich zu orientieren. Die Küstenlinie ständig in Sichtweite, schleppte er zwei Angeln hinter sich her, um den kurzen Trip aufs Meer wenigstens sinnvoll zu nutzen. Im Grunde hätte er es auch lassen können. Gary war nur hinausgefahren, um den Restalkohol der vergangenen Nacht aus seinem Gehirn pusten zu lassen. Es half. Er fühlte sich bereits wesentlich fitter und Hunger hatte er auch.

Nachdem er sich letzte Nacht einmal wieder ins Vergessen gesoffen hatte, war er gegen Mittag vollkommen verkatert von José geweckt worden, der nur einmal schauen wollte, ob er noch am Leben war – Josés eigene Worte. Nachdem sich der Arzt vergewissert hatte, dass es Gary den Umständen entsprechend gut ging, hatte er ihm einen defekten Rasenmäher sowie eine große Portion von Rosas Tortilla dagelassen und ihm geraten, sich den Wind um die Ohren blasen zu lassen. Als ob Gary darauf nicht selbst gekommen wäre, immerhin vertrieb er nicht zum ersten Mal einen Kater auf stürmischer See.

Seine Gedanken streiften kurz den Grund des erneuten Komasaufens. Hastig schob er die Erinnerungen beiseite und konzentrierte sich mit allen Sinnen auf Rosas Tortilla, seinen knurrenden Magen und die enge Einfahrt in die Bucht zu seiner Finca. Er würde sich ganz dringend mit etwas beschäftigen müssen, wenn er nicht den Vorabend exakt wiederholen wollte. Gary wurde den Verdacht nicht los, dass José das gewusst hatte. Daher der defekte Rasenmäher … Ob der alte Halunke das Ding wohl absichtlich beschädigt hatte, um ihm eine Aufgabe mitzubringen? Oder hatte er einfach so lange gesucht, bis er etwas passend Kaputtes gefunden hatte? Wer weiß, vielleicht war das nicht einmal Josés Rasenmäher. Gary schnaubte. Wundern würde es ihn nicht.

Egal wie, Gary war dem alten Kauz dankbar. Ein Auftrag war in seiner Verfassung genau das Richtige. Er zog die Angeln ein und lenkte das Boot sicher in die kleine Bucht hinein. Den Kopf voller Rasenmäher, Tortilla und einer schönen großen Tasse pechschwarzem Kaffee steuerte Gary den Anleger an.

Was war das? Durch die vorwärtstreibenden Nebelschwaden konnte er die Konturen dreier Menschen erkennen, die auf den Klippen standen. Touristen bei der Nebelsuppe? Gary fluchte. Das hatte ihm gerade noch gefehlt. Der Kater saß ihm noch in den Knochen, er war mies gelaunt und ganz und gar nicht aufgelegt, in irgendeiner Weise sozial zu interagieren. Hungrig war er auch. Eine echt fatale Kombination. Mit knirschenden Zähnen ließ er das Boot vorwärtstuckern und überlegte ernsthaft, ob er nicht einfach wieder umkehren sollte …

Wir hatten trotz mangelnder Schilder die von Pedro beschriebene Finca gefunden. Genau, wie er erklärt hatte, führte ein schmaler Pfad hinab in eine kleine natürliche

Bucht aus scharfkantigen Klippen. Gary würde sich meist irgendwo dort unten aufhalten, hieß es. Entweder im Bootshaus, wo er kleinere Reparaturarbeiten für ganz Pico erledigte, oder er war auf See unterwegs.

Wir hatten ihn weder im Haus noch im Bootshaus oder am Anleger gefunden. Stattdessen hatte uns ein freundlich wedelnder Hund begrüßt – groß wie ein Kalb. Genau genommen hatte das riesige Tier mich begrüßt. Alexa und Wenke wurden angebellt und dann ignoriert. Nun schwänzelte der Riese freudig um mich herum und forderte Streicheleinheiten ein. Zum Glück war ich ein Hundemensch und hatte keine Angst vor ihm – nur den nötigen Respekt. Und dann war da noch die Tatsache, dass ich mir neben diesem Tier hier wie ein Kind vorkam. Seine Schulter reichte mir bis zur Hüfte …

»Auf dem kannst du fast reiten!«, amüsierte sich Wenke. Ich zog eine Grimasse und kraulte den Vierbeiner hinter den Ohren. Er gähnte genüsslich und sabberte mir über das Gesicht.

»Ich glaub, der hat dich adoptiert«, grinste Alexa, die sich selbst etwas ängstlich fernhielt, obwohl der Riese keine Anstalten machte, weder sie noch Wenke näher zu inspizieren. Ein Schild an seinem Halsband verriet mir, dass er Egon hieß. Ich grinste. Cooler Name.

»Ich glaube, dieser Gary ist mit dem Boot raus«, meinte Wenke und zeigte auf einen leeren Anlegeplatz, neben dem noch ein altes, sehr kleines hölzernes Ruderboot vertäut lag. »Das da«, sie begutachtete die Walnussschale, »ist bestimmt nicht sein Fischerboot.«

»Und was ist hiermit?«, fragte ich. Hinter einer kleinen Klippe hatte ich einen weiteren Anleger ausgemacht. Ein großes Boot in Knallorange lag dort, versehen mit mehreren seltsam anmutenden Sitzreihen. Offenbar sollte man grätschend auf tonnenähnlichen Sitzen mit

Rückenlehne Platz nehmen, die Lehne des Vordermannes direkt im Anschluss. Fast wie auf diesen Bananenbooten, die man aus dem Fernsehen kannte, nur als Zweireiher in einem richtigen Boot aufgestellt.

»Das ist eines dieser Whalewatchingboote«, sagte Alexa und lugte über meine Schultern in den kleinen extra Minihafen.

»Vielleicht ist Gary gar nicht hier, sondern einkaufen oder so«, überlegte Wenke.

Wir sahen uns etwas unentschlossen um. Und jetzt? Warten? Es regnete zumindest nicht, dafür war es windig und diesig. Nebel hing über der Bucht, in der das Wasser relativ ruhig an den Anleger schwappte. Im Gegensatz zu schäumenden Brechern, die nur wenige Meter neben dem felsigen Arm an die Küsten schlugen, der als natürliche Felsbarriere die schmale, in die Länge gezogene Bucht bildete. Es handelte sich, wie auf fast ganz Pico, um poröse, scharfkantige, fast schwarze Lavagesteinsklippen, die bizarre Formationen bildeten, in denen die Fantasie diverse Gestalten erkennen wollte.

»Sieh mal!«, rief Wenke und lachte laut. »Der Fels sieht aus wie eine Ziege, die Kopfstand macht!«

Nun ja, mit etwas gutem Willen konnte ich ihrem Gedankengang folgen.

»Oh, seht! Da kommt ein Boot!« Alexa zeigte in den Nebel der Bucht hinein. Tatsächlich glitt dort gespenstisch still ein Fischerboot heran. Als es näher kam, konnte ich über den pfeifenden Wind einen tuckernden Motor heraushören. Ein Mann stand am Ruder – groß, breitschultrig und mit dunklen Haaren. Ich befand mich gerade am Anfang des Klippenarmes, hinter mir das aufgewühlte Meer. Nun richtete ich mich voll auf und blickte den Mann an. Er betrachtete uns drei, eine nach der anderen. Dann blieb sein Blick an mir hängen.

Trotz des ihn umgebenden Nebels fühlte ich eine atemberaubende Intensität von ihm ausgehen. Er fixierte mich, als wolle er sichergehen, dass ich auch echt war.

Langsam glitt sein Boot näher. Schwarze Haare … Und dann erkannte ich ihn. Ich starrte den Mann aus meinen Halluzinationen entgeistert an. Meine Sinne waren nicht fähig, zu begreifen, ob er echt oder wieder nur eine Vision war. Wir sahen uns an, ein Gefühl von Schwere ergriff mich, als ob eine Art Gravitationskraft uns erdete und zusammenband.

Erschrocken über diese gewaltige Empfindung, die ich nicht einzusortieren wusste, zog ich scharf die Luft ein, riss mich gewaltsam los und stolperte fluchtartig rückwärts. Ich rutschte weg, fuchtelte panisch mit den Armen, meine Augen weiteten sich in der Erkenntnis, dass ich mich nicht würde halten können, und schon stürzte ich rücklings über die Klippen in das tosende Meer. Ich spürte, wie ich mir die Haut aufschürfte, ein stechender Schmerz stach in mein Bein, dann schlug das eisige Wasser über mir zusammen. Schockiert atmete ich ein, schluckte salziges Wasser und hustete heftig, während ich versuchte zu orten, wo in diesem Chaos von Gischt, Strudeln und Luftblasen oben und unten war. Eine Welle packte mich und schleuderte mich gegen die Klippen. Mein Hinterkopf schlug hart auf, ich schrie und würgte, sah die berühmten Sternchen und schluckte noch mehr Wasser. Meine Kräfte schwanden …

Gary stand am Ruder und musterte die drei Frauen, die am Anleger auf ihn warteten. Sein Blick glitt über eine typische Modellschönheit, über eine Frau, die Natur pur ausstrahlte zu einer Gestalt, die er auf den ersten Blick für ein Kind gehalten hatte. Sie war klein, sehr klein. Sie hatte lange schwarze Haare, die sie zum Zopf geflochten trug, der ihr bis zur Hüfte hinabging. Ihr Körper war wohlgeformt, nicht hungrig schlank, sondern an den richtigen Stellen gepolstert, ohne dabei dick zu wirken. Egon schmiegte sich an ihre Beine und ließ sich sichtlich zufrieden kraulen. Gary starrte die Frau an, als wäre sie eine Erscheinung. Nicht nur, dass Egon sie offenbar vergötterte – und dieser Hund ignorierte sonst alle Menschen, außer seinem Herrchen Gary –, nein, sie war auch noch der Inbegriff allem, was er als attraktiv ansah. Er war noch zu weit entfernt, um ihr Gesicht genau zu sehen. Fast hoffte er schon, sie wäre hässlich, damit seine plötzlich aufgewühlten Sinne wieder zur Ruhe kommen konnten. Doch dann richtete sie sich voll auf und sah ihn direkt an. Makellose Züge – eine zeitlose Schönheit, die zu dieser Insel passte als wäre sie ihr fleischliches Abbild. Was für ein schnulziger Schmarrn, dachte ein Teil seines Gehirns. Doch dann stach ein seltsames Gefühl in Garys Herz – ein Gefühl, das er längst begraben geglaubt hatte. Die Schwerkraft änderte sich, erdete ihn und schlug eine Brücke zu dieser Frau, deren Anblick sich in seine Netzhaut einbrannte. Eine Brücke der Gravitation, die Gary seit seiner Geburt kannte und verloren hatte – für immer … Das hatte er zumindest gedacht.

Und dann geschah das Unfassbare. Die Augen der Frau weiteten sich, als hätte sie ihn erkannt. Vor Schreck zuckte sie zusammen und stolperte fluchtartig rückwärts. Gary hatte kaum Zeit zu erfassen, was gerade geschah, da stürzte sie bereits armfuchtelnd von den Klippen – einen ungläubigen und panischen Ausdruck im Gesicht.

Die beiden anderen Frauen schrien entsetzt auf und rannten zu der Stelle, an der die Frau verschwunden war. Sie riefen einen Namen.

»Meli! ... Meli! Oh, mein Gott! Meli!«, schrie die Naturschönheit panisch und beugte sich gefährlich weit über die Klippen.

Gary fluchte wie ein Kesselflicker, gab Gas, sprang an Land, noch bevor das Boot angelegt hatte, und sprintete mit gezielten Sprüngen über die Felsen, während er sich Jacke und Schuhe vom Leib riss.

»Aus dem Weg!«, brüllte er, stieß die schreienden Frauen beiseite und hechtete in die Fluten.

Gary war ein geübter Rettungsschwimmer, er wusste genau, was er tat, doch auch für ihn waren Wellen, die an die Küste krachten, kein Kinderspiel. Er hatte die Frau von oben kurz gesehen, bevor er sprang, doch nun war sie in einem der Wellentäler verschwunden.

»Meli!«, rief er über die tosende Gischt. Da, ein Arm stach aus den Fluten heraus. Gary kraulte los, voll konzentriert auf seine Aufgabe. Er würde sie herausholen. Er *musste* sie herausholen. Er musste sichergehen, dass sie wirklich echt war, dass er sich dieses einzigartige Gefühl der verbundenen Schwerkraft nicht eingebildet hatte. Das, welches er glaubte, für immer verloren zu haben ...

Ich kämpfte um mein Leben, dessen war ich mir auf brutale Weise derart klar bewusst, dass ich mich lebendiger als je zuvor fühlte. Doch als mein Kopf hart gegen die Klippen schlug, fühlte es sich an, als würde jede einzelne Gehirnzelle explodieren. Benommen sackte ich in mich zusammen, keuchte, schluckte noch mehr salziges Wasser und trieb zitternd vor Erschöpfung in das nächste Wellental. Alles drehte sich um mich herum, mein Schädel fühlte sich an, als würde er platzen.

»Meli!«, hörte ich wie von weit her meinen Namen rufen. Es war *seine* Stimme. Die Stimme meiner Halluzinationen. Ich streckte ihr automatisch eine Hand entgegen, dann schlug die nächste Welle über mir zusammen. Brodelndes Wasser, Luftblasen – wo war oben und wo war unten? Ich wusste es nicht, war nicht mehr fähig zu denken oder zu handeln. Ich sank …

Wie ein Schraubstock schloss sich etwas um mein Handgelenk. In einem letzten panischen Aufbäumen versuchte ich, mich loszureißen. Haie? Krokodile? Monster? Die groteskesten Kreaturen aus Film und Fernsehen huschten vor meinem geistigen Auge vorbei. Jemand wollte mich bei lebendigem Leib fressen! Ich riss und zerrte mit letzten Reserven, doch der Schraubstock hielt, zog mich erbarmungslos mit sich und durchstieß gemeinsam mit mir die Wasseroberfläche.

Ich atmete unbändig ein, Luft! Ich verschluckte mich, Wasser, überall nur Wasser! Ich war kurz davor, das Bewusstsein zu verlieren. Luft! Ich brauchte Luft! Ich hustete, rang nach Sauerstoff, doch irgendwie bekam ich immer nur mehr Wasser in die Lunge.

Ich musste kurz weg gewesen sein. Alles war schwarz um mich herum, dann spürte ich ein Beißen in der Brust, hustete, würgte Wasser aus der Lunge und atmete rasselnd ein und aus. Irgendetwas stach mir unbehaglich in den Rücken, mein Bein brannte wie Feuer und mein Kopf pochte, als hätte mir jemand einen Balken davor gezimmert. Ich schlug die Augen auf und sah direkt in die seinen – grün wie Seegras, tief wie das Meer. Oh je, ich musste ganz schön was abbekommen haben, wenn ich schon solch schnulzige Gedanken hatte. Er lag halb auf mir und starrte mich an, als wäre ich aus einer anderen Welt. War ich das vielleicht? War er das vielleicht? Immerhin war er eine Halluzination, oder? Doch er fühlte sich so schwer an. Sein Körper war an meinen gepresst, er stützte sich auf den Händen ab und begrub mich unter sich. Sein Atem ging schwer vor Anstrengung. Hatte er mich gerettet? Aber wie, wenn er eine Vision war?

Ich starrte wie hypnotisiert in seine Augen und hob eine Hand zu seinem Gesicht. Sie fühlte sich bleiern schwer an, doch ich musste ihn einfach berühren …

Er hielt die Luft an, als meine Finger näher kamen. Und als ich mit den Fingerspitzen seine Wangenknochen entlangfuhr, ließ er den Atem zitternd wieder heraus. Seine grünen Augen wurden auf einmal dunkel vor unterdrückten Emotionen. Einen Moment lang dachte ich im Ernst, dass er mich gleich küssen würde. Er zuckte zusammen und sah mich mit seltsamem Gesichtsausdruck an. Fast beschämt.

»Bist du echt?«, formten meine Lippen die Worte, doch es kam nur ein Krächzen heraus. Meine Lungen brannten wie Feuer, mein Hals brannte, alles brannte! Ich stöhnte, hustete und verkrampfte mich vor Schmerzen. Tränen stiegen mir in die Augen. Eine starke Hand legte sich in meinen Nacken und stützte mich, als ich noch mehr Wasser spuckte.

»Danke«, keuchte ich. Meine Stimme war rau, als hätte ich nächtelang durchgezecht. Er nickte nur, sah mich ernst an und presste die Lippen aufeinander. Das Wasser tropfte ihm aus den dichten, schwarzen Haaren in mein Gesicht. Er schob seine Hand aus meinem Nacken ein

Stück nach vorne, sodass er mit seinem Daumen die Tropfen entfernen konnte.

»Ich bin sowieso schon nass«, krächzte ich. Die paar Tropfen mehr oder weniger machten den Kohl auch nicht mehr fett. Es zuckte um seine Mundwinkel.

»Meli? Meli! Geht es ihr gut? Meli? Ist ihr was passiert?« Wenke und Alexa kletterten zu uns herab. Offenbar lagen wir auf einer Klippe weiter unten am Meer.

Gary sah mich weiter an, während er sagte: »Sie lebt. Klettert wieder hoch, ich bringe sie rauf.« Seine Stimme verpasste mir eine Gänsehaut. Er sah genauso aus wie der Mann in meinen Halluzinationen, doch er klang tiefer, rauer. Vielleicht das Salzwasser? Ich klang ja auch wie eine Krähe.

»Tut dir etwas weh?«, fragte er dann leise. Kannst du dich bewegen?« Er hatte sich noch nicht gerührt, lag immer noch halb auf mir – ein muskulöser Körper, warm und vertrauenserweckend.

»Schwer zu sagen«, krächzte ich. »Du liegst auf mir.« Wieder zuckte es um seine Mundwinkel. Dann hievte er sich hoch und kniete neben mir.

»Es brennt so im Hals«, formte ich tonlos. Ich schluckte und verzog das Gesicht.

»Das ist das Salzwasser«, sagte er. »Das geht vorbei. Kannst du mir sagen, wie du heißt?«

»Meli«, sagte ich.

Er lächelte. »Und weißt du, wie der Unfall passiert ist?«

Worauf wollte er hinaus? Er hatte mich doch abstürzen sehen. Nicht sehr elegant. Ich zog eine Grimasse. »Das hast du doch gesehen«, krächzte ich.

»Das stimmt, doch ich muss wissen, ob du dich an alles erinnerst«, meinte er leise. »Tut dir noch etwas weh außer dem Brennen in den Lungen? Kannst du mir zeigen, wo es weh tut?«

Ich versuchte, mich aufzusetzen und stöhnte. Mein Kopf dröhnte, alle Glieder schmerzten, es war, als hätte mich etwas Hartes so richtig durchgewalkt.

»Überall«, krächzte ich mit sarkastischem Unterton.

Ein Lächeln huschte über sein Gesicht. Mein Herz machte einen Satz. Dann bewegte ich mein Bein und schrie auf. »Verflucht!«, keuchte ich und fasste mir an den Oberschenkel. Irgendetwas tat dort höllisch weh, sodass ich sogar das Pochen am Hinterkopf vergaß. Er folgte meinem Griff und untersuchte mein Bein. Die Hose war aufgerissen, es blutete.

»Ein Schnitt. Die Felsen sind scharfkantig«, sagte er. »Das muss gesäubert werden.« Ohne Umschweife umfasste er mich und hob mich hoch, als würde ich nichts wiegen. Dann kletterte er mit mir auf dem Arm zu Wenke, Alexa und Egon hinauf, die ungeduldig und äußerst besorgt warteten.

»Meli? Geht es dir gut?«, fragte Wenke sofort. Egon bellte aufgeregt und schnupperte ausgiebig zu mir hinauf.

Ich nickte und versuchte zu antworten. Mein *Ich lebe* klang wie eine Schnarre. Jeder Atemzug schmerzte.

»Das Salzwasser hat ihre Lungen und die Atemwege gereizt«, sagte der Mann. »Laut sprechen fällt ihr schwer.«

»Du bist einfach abgestürzt! Alles ging so schnell!«, stieß Alexa hervor. »Bist du Gary?«

Mein Retter nickte und trug mich zum Anleger hinüber. Wir hinterließen eine Tropfspur, dicht gefolgt von Egon, der mich nicht aus den Augen ließ. Mein Blick fiel auf die Bucht, wo das Fischerboot führerlos trieb.

»Oh, dein Boot!«, krächzte ich und versuchte, aus Garys Armen zu entkommen. Er drückte mich an sich und sah mich fast vorwurfsvoll an. »Was soll das werden?«, fragte er gereizt.

»Dein Boot … holen«, formte ich tonlos. Ich zappelte in seinem Arm und stöhnte dann vor Schmerzen. Keine Ahnung, was in mich gefahren war, doch ich wollte tatsächlich sein Boot davor retten, an den Klippen zu zerschellen. Eine Art Dankesgeste? Oder geistige Umnachtung? Keine Ahnung. Mein Schädel brummte gewaltig.

Gary schüttelte fassungslos den Kopf und murmelte etwas, das ich als *Nicht zu glauben* oder so ähnlich identifizierte.

»Soll ich es holen?«, schlug Wenke vor.

Gary sah sie streng an. »Nein, das mache ich lieber selbst. Nicht, dass ich gleich noch eine von euch retten muss«, knurrte er.

Wenke verdrehte die Augen. Gary sah mich an. »Du wolltest mein Boot retten? In deinem Zustand?« Wieder zuckte es leicht um seine Mundwinkel. Ich sah ihn nur etwas trotzig an. Er lächelte schief und schüttelte den Kopf. Dann wurde er ernst. »Es dauert nur ein paar Minuten«, sagte er leise. »Wenn ich es nicht hole, dann habe ich morgen kein Brot mehr.«

Ich nickte. Entschuldigte er sich wirklich dafür, dass er kurz sein Fischerboot holen und anbinden wollte? Ich war ja nicht gerade am Sterben oder so. Nur äußerst verwirrt. Das war Gary? Aber er sah genauso aus wie der Mann in meinen Visionen. Was ging hier vor sich?

»Passt auf sie auf«, befahl er. »Ich bin sofort wieder da.« Gary sprang in das kleine Ruderboot, legte ab und arbeitete sich mit kräftigen Zügen zu seinem abgetriebenen Boot hinüber.

Wenke und Alexa knieten sich zu mir nieder. Egon knurrte beschützend. Offenbar hatte er den Befehl auf sich bezogen. Ich kraulte ihn geistesabwesend und starrte Gary nach.

»Oh, du blutest ja!«, rief Alexa.

»Und jede Menge Schürfwunden hast du auch«, stellte Wenke fest. »Ist sonst alles dran? Nichts gebrochen?«

»Ist der wirklich echt?«, krächzte ich und starrte immer noch den Mann an, der mir gerade das Leben gerettet hatte. Zweimal, denn er hatte auch *Butterblume* davor bewahrt, mit mir durchzugehen. Oder war es nicht derselbe Mann gewesen? Wie könnte es überhaupt derselbe Mann sein? Ich schaffte es nicht, einen klaren Gedanken zu fassen.

Alexa und Wenke folgten meinem Blick. »Gary? Ob er echt ist?«

»Könnt ihr ihn auch sehen?«, flüsterte ich.

Beide sahen mich mehr als besorgt an. »Ob wir ihn sehen können? Ich glaube, sie steht unter Schock«, meinte Wenke zu Alexa.

»Er ist der Mann aus dem Flugzeug«, erklärte ich und versuchte, so tonlos wie möglich zu sprechen. Es half nichts. Es tat höllisch weh. Ich schluckte und atmete rasselnd ein und aus.

»Gary ist der Mann, den du ständig siehst?« Alexa sah von mir zu Gary, der das Boot eingefangen hatte und bereits auf dem Rückweg war.

Ich nickte nur. Alexa machte große Augen. »Wow, was für eine unglaubliche Story! Das kann kein Zufall sein!«

Wenke sah mich umso besorgter an. Zweifelnd.

»Er ist es«, flüsterte ich heiser. »Er war es auch, der mir gesagt hat, dass Gary uns rausfahren würde. Von ihm weiß ich von Gary. Und nun ist er selbst Gary?« Ich verstand es einfach nicht.

Wenke klappte die Kinnlade herunter. »Der Typ in deinen Träumen hat dir von Gary erzählt?« Sie klang überrascht und skeptisch zugleich.

»Sieh ihn dir doch an«, sagte Alexa zu Wenke. »Er sieht genauso aus, wie Meli ihn uns beschrieben hat.«

Ich sah den Zweifel in Wenke Augen, aber auch die Verwirrung. War es möglich? Dieser Gedanke stand ihr im Gesicht geschrieben.

Gary atmete tief durch und versuchte zu erfassen, was mit ihm geschah. Diese Frau ging ihm unter die Haut. Mein Gott, er hätte sie beinahe geküsst, als sie so verwirrt und hilflos unter ihm lag – eine Frau, die gerade kurz vor dem Ertrinken gewesen war! Was war nur in ihn gefahren? Es war dieses Gefühl der gemeinsamen Schwerkraft, als ob sie eins wären … Er hatte es sich nicht eingebildet, das Gefühl war da. Einfach so … Er verstand nicht, wie es möglich war … Es hatte ihn noch einmal voll erwischt, als sie ihn aus ihren braunen Augen angesehen und dann sein Gesicht berührt hatte.

Bist du echt? Wer sagte denn sowas? Gary schnaubte ungehalten, obwohl er wusste, dass er etwas Ähnliches gedacht hatte. Sie war perfekt – zu perfekt. Unwirklich. Wie konnte solch eine Frau einfach so hier bei ihm auftauchen?

Das weißt du doch, hörte er Tom sagen. Gary biss die Zähne zusammen, dass der Kiefer knackte. Er ignorierte die Stimme in seinem Kopf. Doch sie hatte ihn an eines erinnert: Er war ein Wrack – nervlich und seelisch. Seit zwei Jahren ging er allem aus dem Weg, was in irgendeiner Weise Ärger bedeuten konnte – allem, was ihn emotional fordern könnte. Er war nicht bereit für das normale Leben, würde es wohl nie wieder sein. Er konnte es niemandem zumuten, mit jemandem wie ihm, Zeit zu verbringen. Er konnte es sich selbst nicht zumuten, sich emotional zu binden. Diese Frau war eine Touristin und in wenigen Wochen wieder verschwunden. Egal, wie perfekt sie war, egal wie sehr sie seine Sinne ansprach – etwas berührte, dass er für verloren gehalten hatte –, sie würde wieder nach Hause fahren, wo auch immer das war. Und das war auch gut so, redete Gary sich ein. Er war nichts für sie. Er würde sie nur mit in die Tiefe reißen.

Gary starrte verbittert zu ihr hinüber. Was wollte sie hier? Weshalb musste sie hier auftauchen und seine hart erkämpfte Ruhe stören? Er hatte monatelang damit verbracht, jegliche Emotionen zu unterdrücken, zu ignorieren, zu ersäufen. Sie hatte nicht das Recht, ihn so aus der Bahn zu werfen! Sie sollten sich alle von ihm fernhalten. Sie sollten ihn alle in Ruhe lassen!

Du kannst sie nicht ignorieren, sagte Tom sanft. *Ich habe sie dir geschickt ...*

»Oh doch, ich kann!«, knurrte Gary bitter und steuerte auf den Anleger zu. Er würde Distanz halten. Er würde sie kurz versorgen und dann zu José schicken. Der Arzt sollte sich vergewissern, dass es ihr soweit gut ging. Dann würde sie verschwinden, für immer. Sie sollte sich fernhalten. *Er* musste sich fernhalten. Es war besser so.

Als Gary wieder auf mich zukam, hatte sich sein Gesichtsausdruck verändert. Er wirkte verschlossen, unnahbar. Und er verhielt sich auch so. Er war nicht unhöflich, es war nur so, als wäre nie etwas zwischen uns gewesen, als hätte dieses Gefühl von Nähe nicht existiert.

Er sah mehr durch mich hindurch, als mich an … Oder bildete ich mir das nur ein? Immerhin hatte ich gerade eins an den Kopf bekommen. War da gar nichts gewesen? Hatte ich dieses seltsame Gefühl nur geträumt, als ich kurz bewusstlos gewesen war?

Gary hob mich wieder in seine Arme und trug mich hinauf zu seinem Haus. Alexa, Wenke und Egon folgten uns – besorgt, neugierig gespannt und Letzterer schwanzwedelnd. Ich schielte zu Gary hinauf. Sein Ausdruck war angespannt, seine Kiefermuskulatur bewegte sich, als würde er etwas bearbeiten. Seine Distanziertheit berührte mich unangenehm. Ich fröstelte und zitterte vor Kälte. Es lag nicht nur am Wind, der an meinen nassen Klamotten zerrte oder am Schock, fast ertrunken zu sein. Trotz der Kälte, die er ausstrahlte, suchte ich seine Nähe. Paradox. Als ich mich mit einem weiteren Frostzitteranfall an seinen Oberkörper drängte, spürte ich, wie sich seine Muskeln anspannten, und hörte ihn mit den Zähnen knirschen. Er zog mich dichter, schützte mich so gut es ging vor dem Wind, und doch sah ich es gefährlich in seinen Augen aufblitzen. Was war nur passiert? Meine Verwirrung steigerte sich, ich hätte nicht gedacht, dass das noch möglich wäre.

Am Haus angekommen setzte er mich vorsichtig auf einem Rattansofa in der eingeglasten Veranda ab. Er legte mir eine Decke um die Schultern und verschwand, um Verbandszeug zu holen. Im Wintergarten war es warm, doch trotz Decke zitterte ich.

»Sie muss aus den nassen Sachen raus«, sagte Gary, der mit einem Telefon in der einen und Verbandsmaterial in der anderen Hand in der Tür erschien. »Habt ihr etwas dabei?«

Wenke schüttelte den Kopf, Gary nickte nur, stellte alles neben mir auf einem Tisch ab und verschwand erneut.

»Der ist echt süß«, wisperte Alexa und grinste mich wissend an. »Von dem würde ich auch gern mal träumen.«

»Also wirklich«, schnaubte Wenke. »Meli hat wohl gerade andere Sorgen. Tut es sehr weh?« Sie blickte auf mein Bein.

»Was?«, fragte ich und zuckte schuldbewusst zusammen. Ich war mit meinen Gedanken bei Gary gewesen.

»Von wegen was anderes im Kopf!«, lachte Alexa.

Wenke verdrehte die Augen. »So schlecht kann es dir ja nicht gehen, wenn du nur Augen für ihn hast.« Sie stieß mich freundschaftlich an. Ich lief rot an und bibberte weiter. Oh doch, ich hatte Schmerzen, doch mein Gehirn war primär mit all den verwirrenden Umständen beschäftigt. Es war, als würde ich neben mir stehen, ein unwirkliches Gefühl, dass die Schmerzen beiseite drängte. Mein Kopf pochte und ich war müde. Ich sah alles wie durch einen Nebel. Seltsam.

Gary kehrte mit einem Handtuch und einem viel zu großen Jogginganzug zurück, der sicher ihm gehörte.

»Helft ihr, sich umzuziehen«, sagte er zu Wenke und Alexa, dann nahm er das Telefon und wählte. Er wandte sich zum Sprechen ab.

Mit Mühe schälten die beiden mich aus den nassen Sachen. Als Wenke mein Bein bewegte, ließ der stechende Schmerz mich aufstöhnen. Gary drehte sich ruckartig zu uns herum und starrte mich aus dunklen Augen an – besorgt und gleichzeitig wütend. Ich wurde nicht schlau aus diesem Mann.

»Geht schon«, wisperte ich heiser, als Wenke sich gefühlte tausend Mal entschuldigte.

Gary sprach auf Portugiesisch – schnell und knapp. Als er fertig war, trug ich seinen Trainingsanzugsoberteil, der mir bis zu den Kniekehlen ging. Die Unterwäsche hatte ich anbehalten. Striptease wollte ich nicht gerade vor einem fremden Mann machen.

»Ich werde dein Bein kurz verbinden, dann fahre ich euch zu José, einem Arzt. Er soll sich das genauer ansehen und auch die anderen Wunden versorgen«, sagte er, nachdem er aufgelegt hatte.

»Ein Arzt?« Ich hasste Ärzte. »Das ist nicht nötig«, krächzte ich. »Das sind nur Schürfwunden.«

»Was hier nötig ist, entscheide ich«, sagte er schroff.

Ich blinzelte ihn an. »Wohl kaum«, fauchte ich. »Das ist mein Körper!«

»Zwei Feuerwesen«, kicherte Alexa und betrachtete uns, als würde sie sich auf ein Duell freuen.

Gary biss die Zähne zusammen und unterdrückte nur mit Mühe seinen aufsteigenden Zorn. »Du wärst fast ertrunken, damit ist nicht zu spaßen. Du wirst zum Arzt gehen«, entschied er dann, als hätte ich gar nicht protestiert. Dann kniete er sich vor mich nieder und betrachtete mein Bein. Er umfasste meinen Oberschenkel mit beiden Händen und inspizierte den Schnitt. Seine Hände waren warm auf meiner kalten Haut und sie waren so groß, dass mein Bein fast in seinem Griff verschwand. Ein Schauer überlief mich.

»Er hat recht, Meli«, sagte Wenke – ganz die praktisch veranlagte. »Du könntest einen Schock haben oder noch andere Verletzungen.«

In Aussicht auf einen Arzt behielt ich meine Kopfschmerzen für mich. »Mir geht es gut«, krächzte ich.

Mein Hals brannte. Ich konzentrierte mich auf seine Hände auf meinem Bein.

»Das ist halb so schlimm«, stellte Gary fest. »Es ist nur ein oberflächlicher Schnitt. Sauber ist die Wunde auch.« Er schmierte irgendetwas Rotes darauf. Ich zuckte zusammen. Es brannte höllisch. Gary hielt mein Bein fest und streichelte mich beruhigend mit seinem Daumen. Ich ließ zischend die Luft raus. Noch ein Schauer durchfloss meinen ganzen Körper. Als er bemerkte, was er da tat, ließ er los, als hätte er sich verbrannt, schnappte sich eine Mullbinde und wickelte meinen Oberschenkel darin ein. Dabei presste er die Lippen so hart zusammen, dass sie nur noch zwei weiße Striche waren.

»Also los. Die Jogginghose brauchst du wohl nicht«, sagte er und ließ seinen Blick über meine nackten Beine gleiten. Er sah etwas zu lange hin. Alexa kicherte, Wenke blickte missbilligend.

»Kannst du gehen?«, fragte sie mich.

Ich erhob mich und schwankte. Mir war schwindlig, doch zum Glück dachten alle, es läge an meinem verletzten Bein. Mit zwei Schritten war Gary bei mir, hob mich vorsichtig hoch und trug mich wortlos zu seinem Auto.

»Fahrt hinter mir her«, wies er Wenke und Alexa an, dann schob er mich ebenso vorsichtig auf den Beifahrersitz. Egon lugte um sein Herrchen herum und sah uns etwas verloren nach, als wir den Hof verließen.

Gary sagte die Fahrt über kein einziges Wort. Er starrte auf die Straße und vermied es, zu mir hinüber zu sehen. Ich dagegen sah ihn an. Ich konnte es einfach immer noch nicht fassen. Er war der Mann aus meinen Halluzinationen und er war wirklich echt. Es sei denn, ich war doch ertrunken oder lag im Koma und bildete mir alles nur ein. Doch dafür hatte ich zu viel Schmerzen, ich war wach. Da war ich mir sicher. Doch wie war das alles möglich? Ich kam zu keinem Ergebnis. Womöglich lag das auch daran, dass die Fahrt vorbei war, bevor sie begonnen hatte. Dieser Arzt war offenbar ein Nachbar und, nun ja, die Insel war nun einmal klein …

Gerade als Wenke und Alexa neben uns parkten, klingelte Garys Handy. Er nahm an, während er ausstieg und zu mir herumging. Dann hielt er inne. »Was?!«, rief er ins Telefon. »Verflucht noch eins! Ja, ich komme sofort, er soll sich abregen! Ja … Ja, schon gut. Ich bin in zwei Minuten da! Wenn er ihm nur ein Haar gekrümmt hat, dann bring ich ihn um!« Er legte auf und zerquetschte fast sein Handy. »Dieser Mistkerl!«, zischte er wutentbrannt. Dann riss er die Beifahrertür auf und hob mich heraus. Mit langen Schritten trug er mich zur Veranda des Hauses, Wenke und Alexa uns dicht auf den Fersen.

»Was ist passiert?«, krächzte ich. Er sah zu mir herab, das Gesicht eine wütende Maske.

»Das hier kann nicht warten. Kommt ihr alleine klar? José ist auf dem Weg, er war zum Fischen draußen und muss jeden Augenblick hier auftauchen.«

Gary gehörte offenbar nicht zu den mitteilsamen Menschen, doch was auch immer passiert war, es schien wirklich dringend. Ich nickte.

»Klar, kein Problem«, krächzte ich.

Er nickte und setzte mich auf der Veranda ab. »Passt auf sie auf«, sagte er zu Wenke und Alexa, die ihm verblüfft nachstarrten, als er umgehend zurück zu seinem Auto sprintete und mit durchdrehenden Reifen davonraste.

»Hast du ihn gebissen?«, fragte Alexa kopfschüttelnd.

»Irgendetwas ist passiert, er bekam einen Anruf«, krächzte ich und verzog das Gesicht. Dann wurde mir klar, dass das hier meine Chance war. »Los helft mir zum Auto. Ich brauche keinen Arzt, ich will nur zurück ins Hotel. Sofort!«, fügte ich hinzu, als Wenke anfing zu protestieren. Ich versicherte ihr, gefühlte tausend Mal, dass es mir gut ging. Nur ein wenig durchgewalkt, sonst nichts. Da die Kopfschmerzen nachgelassen hatten, stimmte das sogar.

»Ich bin nur müde«, gähnte ich. »Ertrinken ist anstrengend.«

»Das ist nicht lustig«, knurrte Wenke. Ich zuckte mit den Schultern.

Ich bekam meinen Willen. Ich konnte sehr hartnäckig und überzeugend sein.

Zurück in meinem Apartment bekam ich von Wenke eine Jodsalbe – genauso rot wie die von Gary. Nachdem ich geduscht hatte – ohne Salzwasser in den Schürfwunden brannten diese nur noch halb so sehr –, verarztete Wenke mich ausgiebig, schickte Alexa los, um mir eine warme Suppe aus dem Restaurant zu besorgen und betrachtete mich misstrauisch. Erst nachdem ich aufgegessen und satt und zufrieden auf dem Sofa gähnte, entspannte sie sich. Nachdem ich Alexa und vor allem Wenke davon überzeugt hatte, dass mit mir den Abend nicht mehr viel anzufangen war – ich plante, bald ins Bett zu fallen –, ließen sie sich dazu überreden, mich allein zu lassen und zu Pedro und Ludvig auf die Party zu gehen.

»Ich schlafe eh gleich. Was willst du allein in deinem Apartment rumsitzen. Da kannst du dich auch amüsieren gehen«, beharrte ich. Wie schon gesagt, ich konnte sehr hartnäckig und überzeugend sein.

Für mich wurde es also ein kurzer Abend, während die beiden Mädels noch einmal loszogen. Bevor ich ins Bett ging, untersuchte ich noch einmal vorsichtig meinen

Hinterkopf. Eine riesige Beule wuchs dort, und die Haut war abgeschürft. Beim Duschen zuvor hatte ich auf Shampoo verzichtet und nur das Salzwasser aus meinen langen Haaren herausgespült. Allein die Vorstellung von Seife in den Schürfwunden ließ mich erschaudern.

Das war doch wieder typisch für mich. Ich konnte nicht einmal vor die Tür gehen, ohne zu stolpern. Aber gleich rückwärts die Klippen hinunter? Das war eindeutig Rekord. Seufzend streckte ich meine schmerzenden Glieder aus und versuchte, mich unter der warmen Bettdecke zu entspannen.

Irgendetwas weckte mich. Eine Ahnung? Ein Geräusch?

Die Silhouette eines Mannes an meinem Bett ließ mich ruckartig hochfahren. Es pochte gewaltig in meinem Kopf, Übelkeit überkam mich, ich stöhnte, sackte zurück in die Kissen und bekämpfte den Drang, mich zu übergeben.

»Du hast eine Gehirnerschütterung, damit ist nicht zu spaßen«, sagte Gary. Oder war es nicht Gary? Seine Stimme klang etwas anders. Nicht ganz so tief und rau. Und mehr so, als ob sie von weit her und doch von überall gleichzeitig kommen würde. Ich starrte ihn an – die schemenhaften Konturen wirkten wie Schatten in der Dunkelheit – vorhanden, doch nicht greifbar. Irgendwie unwirklich …

»Wer bist du?«, wisperte ich. Ich war immer noch heiser, mein Hals, die Luftröhre und Lungen fühlten sich wund an.

Er sah mich einfach nur an. »Lenk nicht ab. Du hast eine Gehirnerschütterung, du musst zum Arzt, um abzuklären, ob eine innere Blutung vorliegt!«

»Lenk nicht ab?«, brauste ich auf. »Ich will jetzt sofort wissen, was hier vor sich geht! Wer bist du?«

Gary – oder auch nicht Gary – hob eine Augenbraue und starrte mich ähnlich unnachgiebig an, wie der echte Gary es getan hatte, als er verlangte, dass ich zum Arzt gehen sollte. »Du musst zum Arzt. Und du brauchst Ruhe. Auf keinen Fall darfst du morgen zum Whalewatching hinausfahren, egal, wie schön die Sicht sein wird! Die Fahrt mit solch einem Boot über die Wellen ist hart für den Körper. Das Boot schlägt bei jeder Welle auf und ergibt einen Rückstoß, der auch gesunden Menschen heftig in den Rücken schlägt und das Gehirn durchschüttelt!«

Ich ignorierte, dass er womöglich recht hatte. »Wer verflucht nochmal bist du?«, herrschte ich ihn an und richtete mich erneut im Bett auf. Ich griff nach ihm. Er stand so nahe, dass ich ihn hätte berühren müssen, doch meine Hand ging ins Leere und die Silhouette verblasste. Er war fort. Er war nie da gewesen …

Was zur Hölle war mit mir los? Auf den Schlag an den Kopf konnte ich das nicht schieben, den hatte ich gerade erst bekommen. Weshalb sah ich einen Mann, den er tatsächlich gab, als Vision, Trugbild, Traum oder was auch immer es war?

Wenn es nur so war, dass mein Unterbewusstsein zu mir sprach, was die einzige annähernd plausible Erklärung für diese Visionen war, weshalb halluzinierte ich dann von einem Mann, den es tatsächlich gab? Woher kannte mein Unterbewusstsein Gary?

Ich starrte noch eine Ewigkeit in die Dunkelheit. Er kam nicht wieder. Vorsichtig stand ich auf, um mir ein Glas Wasser zu holen und atmete tief durch, als mir wieder übel wurde. In einem hatte diese Gary-Vision jedenfalls recht. Ich hatte eine Gehirnerschütterung. Na toll. Was für ein fantastischer Urlaub.

Gary saß auf der Veranda in einem Sessel und starrte auf das Rattansofa, auf dem er Meli abgesetzt hatte. Zu seinen Füßen lag Egon, einen Verband am Bein, was Gary nur noch mehr an die Szene am Nachmittag erinnerte. Egal, wie sehr er sich einredete, dass sie sowieso bald verschwinden würde und er ganz und gar keine Frau in seinem Leben gebrauchen konnte, Gary konnte nicht aufhören, an sie zu denken. Wie sie dagesessen und tapfer versucht hatte, ihre Schmerzen zu verbergen, nur in sein Trainingsoberteil gekleidet, die wohlgeformten Beine nackt …

Gary räusperte sich und kraulte Egon hinter dem Ohr. Der Hund seufzte zufrieden, froh bei seinem Herrchen zu sein. Als das Auto mit Herrchen und der lieben Frau vom Hof gefahren war, ohne Egon mitzunehmen, hatte er beschlossen, ihnen zu folgen. Weit war er nicht gekommen, Bremsen quietschten, wüste Beschimpfungen, dann hatte ihn der Lieferwagen vom Nachbarn auf der anderen Seite angefahren. Der Mann war böse, ein Hundehasser, dem Egon normalerweise aus dem Weg ging. Er hatte Egon beschimpft und getreten, obwohl er mit verletztem Bein auf der Straße lag. Zum Glück war ein anderer Nachbar gekommen und wenig später Herrchen. Der hatte dem bösen Mann die Nase blutig geschlagen und Egon zu einem Tierarzt gebracht. Alles viel zu aufregend, beängstigend und verwirrend. Nun trug er einen Verband, das Bein tat weh, aber er war zu Hause auf der Veranda bei Herrchen, der ihn kraulte und ihm eine Extraportion Fleisch gegeben hatte. Egon gähnte, schleckte Herrchen dankbar die Hand und legte seinen schweren Kopf auf dessen Füße ab.

Gary atmete tief durch und versuchte, den Zorn zu unterdrücken, der jedes Mal an die Oberfläche brodelte, wenn er an diesen verfluchten Bastard Jorge dachte, der seinen Hund angefahren und misshandelt hatte. Wäre Gio nicht dazwischen gegangen, er hätte dem Tierquäler mehr als nur die Nase gebrochen!

Was für ein Tag. Er kraulte Egon weiter, dankbar, dass der Hund nicht mehr als ein verstauchtes Bein und ein paar Prellungen davon getragen hatte.

Wie es dieser Meli wohl ging? Sie würde noch eine Weile heiser und sehr erschöpft sein. Als Rettungsschwimmer hatte Gary schon einiges erlebt. Die kräftigen Wellen, die scharfen Klippen, es war ein Wunder, dass ihr nicht mehr passiert war. Ihre Wunde am Bein würde eine Narbe hinterlassen. Schade eigentlich …

Gary schnaubte. Aber was ging ihn das an! Er sollte sie vergessen, und zwar schleunigst! Doch der Gedanke ließ ihn nicht los. Hatte sie vielleicht doch weitere Verletzungen davongetragen? Stand sie unter Schock? Es hatte zwar nicht so gewirkt, sie war ansprechbar gewesen, konnte sich an den Unfallhergang erinnern und hatte sich sogar um sein Boot gesorgt. Gary schnaubte erneut. Obwohl das wohl eher dafür sprach, dass sie nicht ganz geistesgegenwärtig gewesen war. *Sie ertrinkt fast und will dann wieder aufs Wasser hinaus. Nicht zu fassen* … Also gut, er musste es wissen. Als gewissenhafter Mensch, der er war – zumindest andere Menschen betreffend –, würde er morgen José anrufen und sich nach ihr erkundigen.

Heute war es einfach schon zu spät, Gary wusste, dass der alte Mann meist sehr früh zu Bett ging.

Der Gedanke, bald etwas von Meli zu erfahren, beruhigte Gary. Danach würde er wieder zur Tagesordnung übergehen können und sein Einsiedlerleben weiterleben, in der Gewissheit, das Richtige getan zu haben.

Gary goss sich einen dunklen Rum ein, schwenkte das Glas und roch daran. Das würzig fruchtige Aroma ließ ihm das Wasser im Mund zusammenlaufen. Er nippte daran, verteilte den Geschmack im Mund und schloss die Augen. Leider half es nichts. Das Bild der Frau ging ihm einfach nicht aus dem Kopf. Gary stürzte den Rum hinunter und goss sich nach.

Kapitel 6

Am nächsten Morgen fühlte ich mich wenn möglich noch erschlagener als am Vorabend. Jeder Muskel schmerzte, die Kopfschmerzen waren aber besser. Trotzdem beschloss ich, es extrem langsam angehen zu lassen, sonst würde ich womöglich doch noch einen Arzt benötigen.

»Und, wie geht es dir heute?«, fragte Wenke am Frühstücksbüffet.

Ich zog eine Grimasse. »Als hätte mich ein Bus überfahren«, sagte ich heiser. Zum Glück brannten Hals und Lungen kaum noch, doch meine Stimme war verschwunden. Ich klang wie Bonnie Tyler in *It's a Heartache*. Na, das passte doch.

»Reden wir lieber von euch«, schlug ich vor.

»Deine Stimme ist der Hammer!«, kicherte Alexa. »So verrucht, als würdest du uns beide abschleppen wollen!«

»Abschleppen ist das Stichwort«, raspelte ich. »Wie war's denn gestern auf der Party?« Ich sah Wenke schief an. »Aha«, grinste ich. »Erzähl!«

Offenbar hatte sich die *Beziehung* zu Ludvig zu einem echten Urlaubsflirt gemausert – mit allem Drum und Dran.

»Und, ist er gut im Bett?« Hey, ich bin nun mal neugierig.

»Oh ja! Er ist die Wucht«, schwärmte Wenke und bekam ganz glasige Augen. »Zärtlich, romantisch und … So groß!« Sie zeigte übertriebene dreißig Zentimeter. Alexa und ich sahen uns an und brachen in Gelächter aus. Meines klang wie eine wiehernde Hyäne. Was dazu führte, dass Wenke und Alexa brüllend vor Lachen unterm Tisch lagen. Soviel zum Thema Mitleid.

Ich knuffte die beiden an. »Das ist nicht lustig!«, raspelte ich.

»Oh doch, ist es«, benutzte Wenke meine eigenen Worte gegen mich. Gegen meinen Willen kicherte ich, was zu neuen Lachsalven der beiden führte. Quintessenz: Wer den Schaden hatte, der brauchte wirklich nicht für den Spott sorgen.

Als sie wieder fähig war, Luft zu holen, sagte Alexa: »Pedro hat erzählt, dass dieser Gary ein ziemlicher Eigenbrötler ist. Ein super Handwerker, liefert tadellose Arbeit ab, doch er selbst soll ganz gut im Arsch sein. Irgendein Schicksalsschlag, von dem er sich nicht erholt hat. Irgendjemand starb. Sein Freund oder sein Bruder, Pedro war sich nicht ganz sicher.«

Ich horchte auf. Jemand war gestorben? Sein Bruder? Es lief mir heiß den Rücken hinunter. Ein Gedanke wurde lebendig. Was, wenn der Mann aus meinen Halluzinationen Garys Bruder war? Dann war er gar keine Halluzination, sondern ein Geist! Ein weiterer Schauer überlief mich. Er war Gary allerdings zu ähnlich. Er sah genauso aus wie Gary …

Dann plötzlich ahnte ich es. »Was, wenn sie Zwillingsbrüder sind?«, flüsterte ich.

Wenke sah mich verwirrt an. »Pedro und Ludvig? Hast du doch was an den Kopf gekriegt?«

»Quatsch«, krächzte ich. »Bloß weil du in Gedanken noch Sex hast, dreht sich die Welt um dich herum trotzdem weiter!«

Alexa kicherte. »Pedro? Gary? Schicksalsschlag? Ein toter Bruder?«, half sie Wenke auf die Sprünge.

»Hä?« Sie hatte wirklich nicht mal mit einem Achtel Ohr zugehört, also erklärte Alexa alles von Neuem.

»Und ich glaube, Meli könnte recht haben. Ein Geist! Der Geist seines Zwillingsbruders! Das würde so einiges erklären.«

»Genau, ein Geist erklärt wirklich alles«, meinte Wenke sarkastisch. »Hört ihr euch eigentlich selbst zu? Ein Geist? Meli soll einen Toten gesehen haben? Und klar, der spricht auch noch zu ihr!«

»Genau!« Alexa ließ sich nicht beirren. »Deshalb wusste er auch von Gary. Vielleicht will er, dass du ihm eine Botschaft überbringst oder so?«, wandte sie sich aufgeregt an mich.

Ich nickte nachdenklich und kaute auf meiner Unterlippe herum. Durchaus möglich, aber …

»Und warum teilt er diese Botschaft seinem Bruder dann nicht selbst mit?«, stellte Wenke meine Frage. »Anstatt bei Meli zu spuken, kann er ja direkt bei Gary vorbeischauen.«

»Keine Ahnung.« Alexa zuckte mit den Schultern. »Ich kenne die Regeln der Geister nicht. Vielleicht braucht er einen Mittelsmann … – Frau, was weiß ich?«

Wenke verdrehte die Augen. »Regeln in der Totenwelt? Ich glaub, du hast zu viele Fantasyromane gelesen!«

Während die beiden weiter kabbelten, rotierte es in meinem Kopf. Verrannte ich mich da in etwas? Pedro hatte nicht einmal genau gewusst, wer gestorben war … Und trotzdem, ein Zwillingsbruder … Wenn das so war, was wollte er dann von mir? Wofür war ich die Richtige? Ging es tatsächlich um eine Botschaft? Oder wollte mich ein Geist etwa *verkuppeln*? Bei dem Gedanken durchlief es mich siedend heiß. Ich sah Garys Gesicht vor mir, wie er mich nach meiner Rettung angesehen hatte – so als hätte er mich küssen wollen … Ein weiterer heißer Schauer überlief mich, dann schüttelte ich über mich selbst den Kopf. So ein Unsinn. Diesen Part hatte ich mir garantiert eingebildet. Ich war so gefangen gewesen in diesen seltsamen Gefühlen, die mich erfasst hatten, dass meine Sinne sich verselbstständigt hatten. Der Schlag an den Kopf hatte sicher seines dazu getan. Und jetzt glaubte ich schon an Geister, nur weil Pedro was von einem Schicksalsschlag mit einem Toten erzählt hatte. Ich seufzte und knetete meine Schläfen. Mein Kopf begann wieder stark zu dröhnen, als wollte er mir sagen, dass dies alles zu harte Kost war.

Während meines geistigen Exkurses hatte Alexa bei den Whalewatchingtouren in Lajes angerufen und strahlte uns an.

»Die Tour findet statt! Die Sonne scheint!«

»Wo?«, fragte Wenke verdattert und schaute durch das Fenster im Speisesaal in eine diesige Brühe. Doch noch während sie ungläubig die Stirn runzelte, schob jemand wie von Geisterhand den grauen Vorhang beiseite und ließ den Garten in hellem Licht erstrahlen.

»Ha!«, lachte sie glockenhell. »Nicht zu fassen, diese schnellen Wetterwechsel!« Dann sah sie Alexa an. »Wann geht's los?« Im Prinzip hüpfte sie schon auf die Füße, bereit loszustürmen.

»In einer Stunde«, freute sich Alexa.

Ich rieb mir erneute die Schläfen und seufzte. Natürlich. Die Sonne schien, und ich war zu lädiert, um genau das zu tun, wofür wir überhaupt hergekommen waren. Mein *Geist* hatte einmal wieder recht behalten. Einen kurzen Augenblick erwog ich, doch einfach mitzufahren, doch als ich etwas zu ruckartig den Kopf hob, dröhnte es gewaltig und mir wurde übel. Na super. Die Wale und Delphine mussten wohl oder übel ohne mich auskommen. Ob sie das wohl verkraften würden?

»Meli?« Wenke hatte sich meiner besonnen und betrachtete mich nun besorgt. »Du bist nicht wirklich fit für die See, was?«

Ich zog eine Grimasse und schüttelte den Kopf. Noch mehr Brummen im Schädel.

»Ich kann auch bei dir bleiben«, bot Wenke an, doch ihr sehnsüchtiger Unterton war nicht zu überhören. Sie sah sogar ganz verzweifelt aus in ihrem Zwiespalt, es mir als Freundin recht zu machen und dem überwältigenden Wunsch, endlich hinauszufahren, um Delphine spielen und Wale wasserspeien zu sehen. Ich konnte nicht anders, ich grinste sie an. »Man sollte nicht anbieten, was man im Grunde nicht will.«

»Was?« Erschrocken rückte sie zu mir heran. »Nein, im Ernst, Meli! Ich bleib bei dir, kein Problem!« Sie rückte noch näher und nahm mich in den Arm.

»Und für mich ist es kein Problem, wenn du fährst«, sagte ich gedämpft durch ihren Pulli in meinem Gesicht. Sie ließ mir etwas mehr Luft. Ich grinste sie neckend an. »Ich sehe dir doch an der Nasenspitze an, dass du darauf brennst, endlich aufs Meer hinauszukommen.«

Wenke schüttelte vehement den Kopf. »Nein, nicht ohne dich!«

»Ach was, natürlich fährst du!«, protestierte ich nun etwas unwirscher. »Obwohl ich deinen Enthusiasmus nicht ganz nachvollziehen kann, wenn ich bedenke, wie grün du das letzte Mal auf See warst …«

»Oh nein! Erinnere mich bloß nicht daran!«, rief Wenke und ließ mich endlich aus ihrer Umarmung los. »Meinst du echt, das wird wieder genauso?« Ängstlich sah sie mich an.

»Ach was«, meinte Alexa. »Du nimmst einfach vorher schon einen Ingwerbonbon, dann wird das schon gut gehen!« Wenke und ich sahen uns an und lachten los.

Ich brauchte noch ein paar Minuten Überredungskunst, um Wenke davon zu überzeugen, dass es mir wirklich nichts ausmachte, allein zurückzubleiben. Natürlich ärgerte es mich, aber ich würde den beiden doch deshalb nicht den Spaß verderben. Soweit käme das noch! Also trottete ich eine halbe Stunde später allein zurück in mein Apartment, während Wenke und Alexa zum Whalewatching fuhren. Ich legte mich wieder hin, ich dachte, ich könnte nochmals einschlafen, doch meine Gedanken kreisten wie die Seevögel vor meinem Fenster. Gary, der Mann aus meinen Träumen und wieder Gary. Genervt von mir selbst, machte ich mir einen Tee und setzte mich mit einer Decke auf die Terrasse. Es war märchenhaftes Wetter, nur eine leichte Brise, die die Meeresoberfläche kräuselte und von der Sonne glitzernde Sterne darauf funkeln ließen. Trotz des beruhigenden Anblicks kreisten meine Gedanken weiter. Gary, der Geist, Gary, der Geist, ich, wie ich mal wieder tollpatschig den Vogel abschoss und nun wohl nie einen Wal zu sehen bekam. Und wieder Gary ... »Verflucht!« Ich fasste den Entschluss, ohne großartig darüber nachzudenken. Erst als ich im Leihwagen die Nordseite der Insel ansteuerte, fragte ich mich, was ich hier eigentlich tat. War ich tatsächlich auf dem Weg zu Gary? Was wollte ich dort? Was erwartete ich dort zu finden? Ich wusste es nicht. Vielleicht nur die Antwort darauf, ob ich mir dieses seltsame Gefühl nur eingebildet hatte, das mich so aus dem Konzept gebracht hatte, dass ich rücklings über eine Klippe ins Meer gestürzt war. Dieses Gefühl der Schwere, als ob mich etwas mit diesem Mann verband, als ob die Antwort auf alle meine Fragen dort bei Gary lagen ...

Ich verdrehte über mich selbst die Augen. Wie sich das anhörte, die Antwort auf all meine Fragen!

»Wie poetisch«, murmelte ich zynisch und bog in die Einfahrt zu Garys Finca ein. Ich bremste. Noch konnte ich einfach wieder umkehren. Ich stand mit laufendem Motor in der langen Einfahrt, zögerte, biss mir auf die Lippe und schüttelte ungläubig den Kopf. Was tat ich hier nur? Ich konnte ja schlecht hier auftauchen und ihn einfach fragen: »Hast du einen Zwillingsbruder, der tot ist und jetzt rumspukt?« Ich schnaubte.

Aber du könntest dich für die Rettung bedanken, gab ich mir selbst einen plausiblen Grund hier zu sein. Und dann könntest du vielleicht im Gespräch …

»So ein Quatsch!«, zischte ich ungehalten. Wie sollte das denn gehen? Sowas würde ich nie feinfühlig genug rüberbringen. Schon gar nicht vor dem Hintergrund, dass Pedro meinte, Gary habe diesen Schicksalsschlag nie überwunden. Zum dritten Mal fasste ich den Kupplungsknauf, um rückwärts wieder rauszufahren, doch wieder zögerte ich. Jetzt war ich schon hier … Und ich musste doch irgendwie herausbekommen, was es mit dieser Gary-Vision auf sich hatte … Ich biss mir erneut auf die Lippe. Wenn ich so weitermachte, hatte ich bald ein Loch reingekaut.

Und dann nahm mir ein riesiger Hund die Entscheidung ab. Egon waltete seines Amtes und sah nach dem Rechten. Wer lungerte dort in seiner Einfahrt herum? Der gewaltige Hund humpelte auf mich zu und bellte so tief und voluminös, dass ich mich nicht gewundert hätte, wenn ich seinen Bass in den Polstern des Autositzes gespürt hätte. Egon trug einen Verband am Bein, was meinen Beschützerinstinkt aktivierte. Ich konnte jetzt nicht einfach fahren, ohne ihn zu begrüßen, das wäre ein Unding für einen Hundemenschen wie mich. Also fuhr ich langsam näher, kurbelte das Fenster hinunter und ließ ihn erkennen, wer da störte. Er freute sich, dass der ganze Hund wedelte, was durch sein verletztes Bein keineswegs gedämpft wurde.

»Hey, immer langsam«, rief ich. »Sei vorsichtig mit deinem Bein. Was hast du denn da überhaupt gemacht?«, redete ich weiter und schob ihn mit der Autotür sanft beiseite, stieg aus und wurde sofort von fünfzig Kilo Hund rückwärts ins Auto gedrückt. Egon kletterte zur Hälfte auf meinen Schoß und schlabberte mich ab. Hätte mir die etwas unsanfte Landung mit Hund zurück auf den Autositz nicht ein ordentliches Brummen im Schädel verpasst, mit einer folgenden Welle von Übelkeit, dann hätte ich laut gelacht und diesen liebenswerten Riesen durchgeknuddelt. Doch nun begnügte ich mich mit einem Stöhnen und vorsichtigem Kraulen, bis Egon sich beruhigt hatte und mich unbeschadet aussteigen ließ. Für ihn war es offenbar selbstverständlich, dass ich ihm zum Haus folgen würde, denn er humpelte zufrieden voraus und sah mich mehr als verwirrt an, als er sich irgendwann nach mir umsah und mich immer noch am Auto stehend entdeckte. Er bellte auffordernd. Wer konnte da schon Nein sagen?

Das Haus lag ruhig da und die Tür stand offen.

»Hallo?«, rief ich etwas zurückhaltend. Keine Antwort. Egon humpelte in den Flur und verschwand in einem der Räume. »Hallo? Gary?«, rief ich noch einmal etwas lauter, doch der Einzige, der antwortete, war Egon mit einem erneuten dunklen Bellen. Vorsichtig wagte ich mich in den Flur. »Gary? Ist jemand zu Hause?« Ich folgte Egon durch die zweite Tür links, da ich irgendwie annahm, dass sein Herrchen vielleicht dort ein Nickerchen machte. Manche Männer würde nicht einmal ein Erdbeben aus dem Schlaf der Gerechten wecken. Egon ließ sich auf dem einzigen Teppich im Raum nieder und betrachtete mich, als wollte er sagen, na endlich, weshalb hat das so lange gedauert? Mich dagegen überkam ein unwohles Gefühl. Hier stand ich in einem fremden Haus – seinem Haus –, uneingeladen, wie ein Eindringling. Ich wollte gerade schnellstens wieder hinaus auf die Veranda, da weckte ein Foto meine Aufmerksamkeit. Wie gebannt wurde ich davon angezogen. Ich ging näher, vergaß, dass ich nur Sekunden zuvor nichts mehr gewollt hatte, als zu verschwinden, und betrachtete die zwei Männer mit halb offenem Mund. Es waren Gary und ... Gary. Oder zumindest jemand, der ihm zum Verwechseln ähnlich sah. Zwillinge, mein Gefühl hatte mich also nicht betrogen. Sie waren beide wesentlich jünger als heute, bestimmt fünfzehn bis zwanzig Jahre, doch die Gesichtszüge waren unverkennbar – kantig, männlich, mit ausgeprägten Kieferknochen. Sie trugen nur Badehosen, der eine in Schwarz, der andere in Blau, lachten in die Kamera, im Hintergrund ein Haus des DLRG. Wassertropfen glitzerten auf ihrer braun gebrannten Haut und betonten die gut bemuskelten Körper. Rettungsschwimmer – nach einem Einsatz oder einem Übungsschwimmen. Sie glichen sich wie ein Ei dem anderen, oder? Je länger ich die beiden betrachtete, desto mehr kleinste Unterschiede sah ich. Der junge Mann links hatte etwas weichere Züge, Nase und Kiefer waren etwas weniger markant. Bei beiden Männern saß der Schalk in den überwältigend grünen Augen, doch bei dem rechts war noch etwas Wildes darin verborgen, etwas Ungezähmtes ... Ich ging jede Wette ein, dass das Gary war. Bei dem Geist, der mir erschienen war, konnte ich mich nur an einen frechen Ausdruck erinnern, das Wilde fehlte. Gary dagegen ... Ein Schauer überlief mich, als ich an die grünen Augen dachte, die mich direkt nach meiner Rettung so intensiv betrachtet hatten ... Und im direkten Vergleich zu Gary war der andere Mann etwas zarter gebaut, nicht ganz so wettergeerbt, nicht ganz so kraftvoll. Ich erinnerte mich an Garys Stimme, die ich sofort als etwas rauer und tiefer empfunden hatte. Ja, rechts im Bild stand Gary, ganz sicher. Und wer war nun mein Geist? Wie hieß er und was zum Henker wollte er von mir? Ich war völlig im Bann des Fotos mit diesen sich so ähnlichen Zwillingsbrüdern, die im Detail doch so unterschiedlich waren, dass ich die Schritte hinter mir nicht hörte.

»Was tust du hier?«, zischte eine Stimme gefährlich leise. Garys Stimme … Eine zweite Stimme hallte von den Wänden wieder: *Mach jetzt keinen Fehler …* Etwas weniger rau, mit einem fast genervten Unterton. Oder war es eher warnend? Erschrocken wirbelte ich herum, es pochte in meinem Kopf. Ich starrte Gary überfordert an und horchte gleichzeitig nach der zweiten Stimme, der Stimme des Geistes, seines Zwillingsbruders.

Gary kniff die Lippen zusammen und ballte die Fäuste. Man sah ihm überdeutlich an, dass er sich mit aller Kraft zusammenriss, um nicht aus der Haut zu fahren. Mir wurde bewusst, dass ich etwas antworten musste.

»Ich … ich … bin Egon gefolgt«, stotterte ich, während meine Sinne noch immer ins Nichts lauschten und gleichzeitig versuchten, die Situation zu kontrollieren. Es gelang mir nicht.

»Du schnüffelst immer in fremden Häusern herum?«, fragte Gary mit vor unterdrücktem Zorn zitternder Stimme.

»N … nein … ich … dein Bruder …«, brachte ich hervor und zeigte verzweifelt auf das Foto hinter mir.

»Mein Bruder geht dich nichts an!«, sagte Gary etwas zu heftig.

In mir brannte irgendeine Sicherung durch. Mein Kopf brummte, das war mir alles zu verwirrend und der Druck suchte sich ein Ventil. Anstatt mich zu entschuldigen, ranzte ich ihn an, ohne über die Worte nachzudenken.

»Ach nein? Dann sag ihm das!«, zischte ich wutentbrannt. Je wütender ich wurde, desto heiserer klang meine Stimme. Ich war immer schon der Typ gewesen, der bei Gefahr eher zum Angriff überging, als sich in der Ecke zu verkriechen. Ich neigte dann allerdings dazu, unüberlegt zu handeln. Meine Mutter hatte das hitzköpfig genannt, Wenke sagte heißspornig dazu.

Ich blitzte Gary mit funkelnden Augen an und ballte meinerseits die Fäuste. »Dein Bruder geht mich nichts an? Dann sag ihm, dass er mich in Ruhe lassen soll!«

Garys Miene verfinsterte sich noch mehr. »Wovon zum Teufel sprichst du!«

»Wenn ich das nur wüsste!«, keifte ich. Der Druck in meinem Kopf stieg. Es sauste in meinen Ohren. »Er *erscheint* mir ständig! Erst im Flugzeug, dann in meinem Schlafzimmer und *Butterblume* hat ihn auch gesehen!« Ich weiß, für einen Außenstehenden musste das klingen, als hätte ich den Verstand verloren. Doch ich war außer mir, die zunehmenden Kopfschmerzen machten mich wahnsinnig und Garys feindselige Haltung half mir nicht gerade dabei, einen klaren Gedanken zu fassen.

Gary wurde blass, sein Zorn stieg. »Was spielst du für ein Spiel?«, presste er hervor. »Tom ist tot!« Diesen letzten Satz stieß er so voller Wut und Verzweiflung aus, dass sich sein Gesicht zu einer Fratze verzog.

»*Ich* spiele ein Spiel? Von wegen! Das gleiche könnte ich *dich* fragen! Tom heißt er also? Gut, dann sag *Tom*, dass er verdammt noch mal sagen soll, was er will!«

Gary explodierte. »Tu nicht so, als würdest du seinen Namen nicht kennen! Raus hier! Raus aus meinem Haus!« Er zitterte am ganzen Körper. »Wenn du Geld von ihm wolltest, dann bist du zu spät dran!«, brüllte er.

Ich starrte Gary sprachlos an. Geld? Von seinem Bruder? Was zum Henker ging denn jetzt ab?

»Raus aus meinem Haus!« Er zeigte zitternd und kreideweiß im Gesicht in Richtung Haustür.

Ich stürmte an ihm vorbei. Ich musste schleunigst von hier weg, bevor der Kerl vollkommen ausklinkte und mich womöglich noch eigenhändig vor die Tür setzte. Leider kam ich nicht sehr weit, Egon hechtete mir vor die Füße und bellte laut. Ich stolperte gegen den Türrahmen, mein Kopf drohte vor Druck zu platzen, mir wurde schwindlig, und bevor ich auch nur daran denken konnte, dem massigen Tier irgendwie zu entkommen, erbrach ich mich würgend und stöhnend auf der Türschwelle.

Gary war außer sich. Innerhalb weniger Minuten hatte er ein Gefühlskarussell heftigster Natur durchlebt. Als er ins Zimmer trat und diese wunderbare Frau dort stehen sah, dachte er zuerst, er bilde es sich ein. Wieder hatte ihn das einzigartige Gefühl der Zusammengehörigkeit erfasst, als würde eine eigenständige Gravitationskraft zwischen ihnen bestehen. Genauso wie diese Kraft zwischen ihm und Tom bestanden hatte – die einzigartige Verbundenheit von Zwillingen. Wie war es möglich, so etwas bei einer wildfremden Frau zu spüren? Diese Kraft machte ihm Angst. Er konnte seine eigenen Reaktionen nicht verstehen. Fast wäre er zu ihr gegangen. Nur mit

Mühe widerstand er dem Drang, sie an sich zu reißen, ihren Körper zu spüren … Er ballte die Fäuste und knirschte mit den Zähnen. Sie würde wieder abreisen, rief er sich ins Gedächtnis. Er wollte nichts mit ihr zu tun haben. Was machte sie überhaupt in seinem Haus? Was fiel ihr ein, hier einfach hineinzuspazieren? Und weshalb zum Teufel starrte sie das Foto von Tom und ihm an? Ein seltsames Gefühl überkam ihn, als würde sie ein Teil von allem sein, als würde sie sich dazwischen schieben. Das Gefühl war zu intim und erschreckte Gary noch mehr, als ihre Anziehungskraft ihm gegenüber.

»Was tust du hier?«, zischte er leise, bemüht darum, seine innere Anspannung unter Kontrolle zu halten.

Mach jetzt keinen Fehler, warnte Tom ihn ungehalten. Tom, der seit seinem Tod zu ihm sprach. Eine schizophrene Erinnerung daran, dass Gary andere Probleme hatte, als sich um eine Frau zu kümmern, für die er sich mehr als nötig interessierte. Niemand, der mit seinem toten Bruder Gespräche führte, sollte auf die Öffentlichkeit losgelassen werden. Er war nicht gut für sie. Er war für niemanden gut, nicht einmal für sich selbst. Gary wollte, dass sie ging, er wollte, dass sie gar nicht erst hier war. Doch als sie dann stotternd etwas über Tom hervorbrachte, traf ihn ein ungeheurer Gedanke. Sie kannte Tom! Meli – Melissa! Diese wunderbare Frau, die es Gary sofort angetan hatte, musste dieses Betthäschen sein, das Tom gevögelt hatte. Deshalb hatte sie sich auf den Klippen bei seinem Anblick derart erschrocken. Sie hatte geglaubt, Tom vor sich zu sehen! Eine unerwartete Eifersuchtsattacke durchfuhr Gary. Diese perfekte Frau gehörte Tom. Und sie war keineswegs perfekt, sie war eine geldgierige Schlampe, die versucht hatte, Tom auszunutzen. Und nun stand sie da und hatte die Unverfrorenheit zu behaupten, sie würde Tom *sehen*, dass

Tom sie *besuchen* würde. Und wer zum Teufel war *Butterblume*?

Als dieses Weib dann auch noch so tat, als würde sie Toms Namen gar nicht kennen, da brannte bei Gary eine Sicherung durch. Er war so enttäuscht, fühlte sich derart hintergangen, dass er sie am liebsten persönlich vor die Tür verfrachtet hätte. Und doch konnte er sich ihrer Anziehungskraft nicht erwehren. Gary hasste sich selbst dafür. Wenn er nicht bald die Faust irgendwo hineinrammen konnte, dann passierte noch ein Unglück.

»Raus aus meinem Haus!«, brüllte er. Sie starrte ihn fassungslos an, die Wut ins Gesicht geschrieben – und noch etwas … Las Gary Verzweiflung in ihren Zügen? Dann stürmte sie an ihm vorbei, wurde von Egon fast über den Haufen geworfen, der sich ihr bellend in den Weg stellte, und übergab sich geräuschvoll auf seiner Türschwelle. Gary verstand die Welt nicht mehr.

Steh nicht so da!, forderte Tom. *Hilf ihr! Sie hat eine Gehirnerschütterung, du Ignorant! Sie war nicht beim Arzt!*

Gary starrte Meli an, die sich nun zitternd am Türrahmen festklammerte und sich stöhnend den Kopf hielt. Egon stieß sie liebevoll mit der Schnauze an, dann sah er Gary vorwurfsvoll an. Gary schüttelte ungläubig den Kopf. Wie war es möglich, dass sein sonst so wählerischer Hund bei einer geldgierigen Frau wie Melissa zum Schoßhündchen wurde?

Das ist nicht Melissa, du Trottel, knurrte Tom. *Wie kommst du nur auf die Idee, ich würde dir Melissa schicken? Nicht zu fassen …*

Gary ignorierte seine Tom-Halluzinationen. Sie sagte nur, was er gern hören würde, doch so einfach war das nicht. Aber egal, ob das hier nun Melissa war oder nicht, er konnte einem Menschen nicht seine Hilfe verweigern. Wenn sie sich den Kopf verletzt hatte und wirklich nicht bei José gewesen war ... Gary fluchte, eilte vorwärts und packte sie am Arm, um zu verhindern, dass sie in ihr Erbrochenes fiel. Ihre Knie zitterten so sehr, dass es einem Wunder glich, sie noch auf den Beinen zu sehen. Sie versuchte, sich loszureißen, murmelte etwas von »Lass die Finger von mir, ich gehe ja schon« und funkelte ihn trotz ihres Zustandes wütend an. Sie war kreidebleich im Gesicht und hatte sichtlich Schmerzen, trotzdem schien sie um jeden Preis aus dem Haus zu wollen.

»Sei nicht albern«, sagte er, obwohl er sie selbst hinauskomplementiert hatte – und das mehr als rüde. »Du hast eine Gehirnerschütterung. Du warst nicht bei José, habe ich recht?«

Sie schnaubte und hielt sich immer noch am Türrahmen fest. Er nahm ihr Schweigen als Eingeständnis. Er schüttelte ungehalten den Kopf. »Ich setze dich auf seiner Veranda ab und du verschwindest dort bei der erstbesten Gelegenheit? Ich hätte es wissen müssen. Stur wie ein Esel«, schimpfte er.

Meli giftete ihn mit den Augen an, doch sie schwieg. Sie atmete schwer. Gary seufzte und wurde etwas weicher.

»Ist dir schwindlig?« Sie nickte und stöhnte gleich darauf. Gary zog sie von der Tür fort, dieses Mal leistete sie keinen Widerstand, und geleitete sie vorsichtig zum Sofa. Dort bettete er sie mit leicht erhobenem Oberkörper auf ein Kissen. Dann tastete er vorsichtig ihren Kopf ab. Als er auf die riesige Beule am Hinterkopf stieß, fluchte er aufs Neue. »Wieso hast du mir nicht gesagt, dass du dich am Kopf verletzt hast!« Gary war wirklich wütend, doch dieses Mal aus Sorge. Was eine Kopfverletzung anrichten konnte, das hatte er vor zwei Jahren schmerzlich erfahren müssen ...

»Ich wollte nicht zum Arzt«, murmelte Meli leise. Ihre Stimme war rau, noch immer vom Salzwasser angegriffen.

Gary schnaubte. Was für eine Logik! »Du wirst nicht drum herum kommen. Und so wie es aussieht, wird José alleine nicht ausreichen. Ich gehe jede Wette ein, dass er abchecken lassen will, dass keine Hirnprellung vorliegt. Sowas ist gefährlich! Verletzungen am Gehirn sind lebensgefährlich!« Er blitzte Meli voll unterdrückter Emotionen an. Tom, der Hirntumor, die Operation und dann das Undenkbare, während des Fluges in sein neues Leben. Ein Leben, das er niemals haben würde. Und es war Garys Schuld. Er verkrampfte vor Reue und Schuldgefühlen seine Hände, sodass das Weiße an seinen Knöcheln hervortrat. Sein Mund war nur noch ein schmaler Strich. Er hatte Tom dazu überredet, die Finca auf Pico zu kaufen. Es war ganz allein seine Schuld gewesen, dass Tom sich in diesem Flugzeug befunden hatte. Hätte er nicht einen Hof auf dem Festland wählen können? Vielleicht wären sie dann mit dem Auto gefahren … Fliegen nach einer Gehirnoperation konnte gefährlich sein. Gary hatte das gewusst, deshalb hatten sie auch das Karenzjahr und das Okay des Arztes abgewartet, bevor Tom einen Flug gebucht hatte. Gary hatte Tom sogar vorgeschlagen, mit dem Boot zu reisen, doch die Strecke wäre lang und anstrengend gewesen. Tom war davor zurückgeschreckt.

»Hör auf, dir Gedanken zu machen«, hatte Tom gesagt. »Das Jahr ist rum und die Ärzte sagen, ich kann fliegen, also wo ist das Problem?«

Das Problem war, dass Tom nun tot war. Ein geplatztes Hirnaneurysma, entstanden durch die Operation, übersehen von den Ärzten. Gary hätte darauf bestehen müssen, dass Tom das Boot nahm. Er hätte ihn begleiten müssen. Er hätte diese Finca gar nicht erst vorschlagen dürfen …

Als ständige Erinnerung an seine Schuld hatte sein Unterbewusstsein eine Tom-Halluzination hervorgebracht. Tom, der ihm immer wieder einen Spiegel seines jetzigen Lebens vorhielt. Ein Leben, das Tom nicht haben konnte. Durch sein Auftauchen wurde Gary immer wieder an seine Schuld erinnert, damit er nie vergaß, weshalb Tom nicht mehr am Leben war.

Das war nicht meine Absicht, flüsterte Tom traurig. *Ich wollte dich nur sehen, dir nur sagen, dass es mir gut geht und dass du nicht trauern sollst, sondern unseren gemeinsamen Traum für uns beide verwirklichen solltest …*

Gary schob Toms Stimme verbittert beiseite. Eine Stimme seines Unterbewusstseins. Eine Stimme, die nur seine eigenen Wünsche und Hoffnungen widerspiegelte. Die Hoffnung darauf, dass Tom ihm vergeben hatte, dass es ihm gut ging und dass er ihm ein schönes Leben wünschte. Wunschfantasien seines kranken Gehirns. Von solchen Schuldgefühlen konnte ihn niemand freisprechen.

*Doch, ich kann es …,*sagte Tom leise. *Und das werde ich auch. Deshalb ist sie hier. Sie ist die Richtige …*

Gary schluckte trocken und starrte Meli an, die mühsam versuchte, ihre Kopfschmerzen zu verbergen. Er konnte seine Schuld Tom gegenüber nicht rückgängig machen. Doch er würde sich so etwas nicht noch einmal aufladen, schon gar nicht bei Toms kleinem Betthäschen, egal wie sehr sie nur an seinem Geld interessiert gewesen war!

Das ist nicht Melissa …, seufzte Tom genervt.

Gary ignorierte seine schizophrene Seite. Er fixierte Melissas Augen. »Und dieses Mal kommst du nicht davon, dafür werde ich sorgen!«, drohte er, zog sein Handy hervor und wählte Josés Nummer.

Ich sah Gary geschlagen an. Krankenhaus! Er hatte mir mit Krankenhaus und Gehirnscan gedroht! Denn das so etwas nun folgen würde, das war so sicher wie schnelle Wetterwechsel auf Pico. Das hatte ich nun davon, so ein Mist. Hätte ich nicht einfach in meinem Apartment bleiben, mich faul ausruhen und einen gemütlichen Tag verbringen können? Nein, ich musste ja diesen wirren Verwicklungen auf den Grund gehen, dem Geist von Garys Zwillingsbruder folgen und mich so richtig in die Zwickmühle reiten.

»Das ist deine Schuld«, zischte ich leise ins Nichts und hoffte, Tom würde es hören. Gary telefonierte gerade mit diesem Arzt José auf Portugiesisch, sonst hätte ich das nicht riskiert. Wie er ausgeflippt war, als ich über Tom geredet hatte. Nun ja, meine Ausführungen waren nicht gerade leicht verständlich gewesen, das musste ich im Nachhinein zugeben. Doch diese Wut, dieser unterdrückte, unbändige Zorn … Und was zum Henker sollte das mit dem Geld? Ehrlich, ich stieg da nicht durch. Und dann diese Stimmungsschwankungen, da bekam man ja ein Schleudertrauma. Nur bei einem war ich mir recht sicher. So wie Gary auf meine Kopfverletzung reagiert hatte – bleich, erschüttert, verbissen, fast panisch –, würde ich ohne zu Zögern meine riesige Beule verwetten, dass Tom an einer Hirnverletzung gestorben war. Gary hatte wirklich Angst um mich. Das war auch der einzige Grund, weshalb ich hier noch saß und ihn herum telefonieren ließ. Das und die winzige Tatsache, dass es mir miserabel ging und ein Fitzelchen meines Gehirns der Ansicht war, dass Gary recht hatte: Ich musste zu einem Arzt, ich hatte mir den Kopf doch stärker angeschlagen, als ich gedacht hatte. Ich seufzte ergeben, zog mir die Wolldecke höher, die Gary mir übergelegt hatte, und betrachtete diesen widersprüchlichen, biesternen Mann, wie er im Zimmer auf und ab ging und in den Hörer sprach. Egon verfolgte sein Herrchen mit den Augen hin und her, hin und her. Dann einen Blick zu mir und wieder zu Herrchen – hin und her …

»Wir sollen ins Gesundheitszentrum kommen, und zwar sofort«, sagte Gary knapp, als er fertig telefoniert hatte. Ich verzog das Gesicht.

»Keine Widerrede, dafür bin ich nicht aufgelegt«, drohte Gary.

Egon stand auf, gähnte Gary an, humpelte zu mir hinüber und legte mir seinen monströsen Kopf in den Schoß. Ich kraulte ihm die Ohren. »Ich weiß, du hast bessere Manieren als dein Herrchen«, murmelte ich. Ich erntete ein gemütliches Brummen vom Hund und einen perplexen Blick von Gary. Dann kniff er wieder die Lippen zusammen.

»Zwei Sture unter einer Decke«, knurrte er vor sich hin. Dann orderte er Egon zur Seite. Als der Hund an ihm vorbeihumpelte, zischte er ihm so etwas wie »Das ist Verrat, Freundchen« zu, tätschelte ihm dabei aber liebevoll das breite Kreuz. Na, zumindest war er zu Tieren freundlich. Was mich daran erinnerte zu fragen: »Was ist eigentlich mit seinem Bein passiert? Musstest du deshalb gestern Hals über Kopf weg?«

Gary nickte und machte Anstalten, mich wie am Vortag zu tragen.

»Ich kann allein gehen«, protestierte ich hastig und rappelte mich mühsam auf.

»Damit du wieder davonläufst? Sicher nicht«, meinte Gary, packte mich und schon klebte ich wieder an seiner Brust. Das wurde noch zur Gewohnheit.

»Als ob ich weit gekommen wäre«, murrte ich und unterdrückte ein Stöhnen. Allein die schaukelnden Bewegungen auf Garys Arm ließen die Übelkeit erneut aufsteigen.

»Geht's?«, fragte Gary besorgt.

Ich nickte tapfer, wagte es aber nicht zu sprechen, aus Angst mich erneut zu übergeben. Genau wie am Vorabend schob Gary mich vorsichtig auf den Beifahrersitz.

»Egon wurde angefahren, mit Absicht«, erzählte Gary, als wir auf dem Weg ins nächstgelegene Gesundheitszentrum – wie die Arztpraxen hier hießen – fuhren.

»Was für ein elender Schuft!«, schimpfte ich, nachdem ich die genaueren Umstände um Egons *Unfall* erfahren hatte. »Ich hoffe, du hast ihm die Nase gebrochen, von mir aus auch einen Arm«, raspelte ich heiser und sehr empört. Wie konnte ein Mensch nur so mit Tieren umgehen?

Ein süffisantes Grinsen stahl sich auf Garys Gesicht. »Ja, habe ich. Die Nase«, erklärte er dann, als ich nicht sofort begriff.

Ich riss die Augen auf. »Echt? Sehr gut. Ich hoffe, er hat noch richtig lange was davon!« Ich meinte jedes Wort. Von mir aus konnte der Kerl den Rest seines Lebens mit einem plattgetrümmerten Zinken rumlaufen, damit er täglich daran erinnert wurde, was einem passierte, wenn man sich an Unschuldigen vergriff. Meine Reaktion schien Gary zu freuen. Er schenkte mir ein Lächeln, ganz kurz nur, doch es reichte aus, mir eine Gänsehaut zu verpassen. Nicht zu fassen. Der Mann benahm sich wie die Axt im Wald und dann reichte ein Lächeln und mein Körper vergaß gleich wieder alles? Ich schob das mangelnde Urteilsvermögen meines Körpers auf die Gehirnerschütterung. Offenbar war da noch etwas ganz anderes durcheinander gerüttelt wurden.

José stellte sich als netter, alter Mann heraus, der allerdings weniger Nettes zu berichten hatte. Nach einer kurzen Untersuchung stellte er ein paar Fragen, die ich ausweichend beantwortete. Ich musste ja nicht gleich übertreiben. Ja, ich hatte Kopfweh und mir war übel, aber sonst …

»Und ihr ist schwindlig und übergeben hat sie sich auch«, ergänzte Gary mit einem tadelnden Blick auf mich. Ich verdrehte die Augen.

»Stimmt das?«, fragte José in gebrochenem Englisch. Ich seufzte und nickte bedrückt. Egal, jetzt war ich schon hier – sollten sie meinen Kopf doch durchleuchten. Doch als so einfach stellte sich das Ganze dann nicht heraus.

»Er will eine Hirnquetschung ausschließen und den Innendruck messen«, übersetzte Gary ernst. »Während der Hubschrauber klargemacht wird, will er noch deine Wunde am Bein untersuchen.«

»Ein was?«, krächzte ich ungläubig. Wovon sprach Gary?

»Das nächste Krankenhaus ist auf Faial in Horta. Dort wird man ein CT deines Kopfes machen. José wird dich begleiten.«

Ich spürte, wie mir alle Farbe entwich. »In einem Hubschrauber?«, quiekte ich entsetzt. Ich machte Anstalten, vom Behandlungstisch zu klettern, doch Gary hielt mich mühelos zurück.

»Vergiss es«, knurrte er und blitzte mich gefährlich an. Er gab José ein paar Anweisungen auf Portugiesisch. Vermutlich schlug er ihm Handschellen vor. Und ich verfluchte meine Gedankenlosigkeit. Wie hatte ich auch annehmen können, dass es auf dieser Mini-Insel ein richtiges Krankenhaus geben würde? Ein Wunder, dass es auf den Azoren überhaupt eines gab!

Es gab sogar drei, das erfuhr ich von José, der mich auf dem Flug nach Horta mit ein wenig Infos fütterte – in einer schrulligen Sprachmischung, von der ich nur die Hälfte verstand. Vielleicht lag das aber auch daran, dass ich mir fast in die Hosen machte, als der Helikopter abhob und wir über das glitzernde Meer nach Faial hinübersetzen.

Ich hatte versucht, Wenke zu erreichen, doch da ging nur die Mailbox ran. Vermutlich hatte sie ihr Handy nicht mit auf das Whalewatchingboot genommen, aus Angst, es zu verlieren. So kam es also, dass ich mutterseelenallein – José mal ausgenommen – in einem Helikopter ins Krankenhaus geflogen wurde. Gary blieb auch zurück, vermutlich hatte er seine Pflicht erfüllt, dachte ich bitter, obwohl ich wusste, dass ich ihm vermutlich Unrecht tat. Es durften nur Ärzte und Pfleger mitfliegen, und Egon wartete auch auf ihn. Trotzdem, ich war einfach in einer dieser miesen Selbstmitleidstimmungen, in denen ich furchtbar arm dran war und sich kein anderer um mein Schicksal kümmerte.

Die Computertomographie zeigte eine leichte Schwellung innerhalb der Schädeldecke. Ich hatte eine starke Gehirnerschütterung mit Hirnprellung und wurde gleich dabehalten, zur Beobachtung. Solange der Hirninnendruck erhöht war, würde ich hier nicht rauskommen, verklickerte mir José freundlich. Doch die Schwellung innerhalb der Schädeldecke wäre nur gering, das dürfte nicht lange dauern. Wenn es nicht zu Komplikationen käme, natürlich. Dann fragte mich der behandelnde Arzt, wann mein Flug nach Hause ginge. Er schien äußerst froh zu hören, dass ich noch zweieinhalb Wochen hier sein würde … Na super, ein Urlaub im Krankenhaus!

Mir war übel und ich hatte Schmerzen. Mein Nervenkostüm war angekratzt. Ich fühlte mich sowas von alleine und hilflos. Ich schniefte heimlich in mein schneeweißes Krankenhauskissen, bis die Medikamente wirkten und ich erschöpft einschlief.

Mein Handy weckte mich. Es war bereits Abend. Ich blinzelte zermürbt, mein Kopf fühlte sich ganz träge und eingelullt an – vermutlich die Schmerzmittel –, und ich antwortete mit belegter Stimme und äußerst schlaftrunken.

»Ja? Was ist los?« Irgendwie ging meine Zunge nicht richtig mit. Ich schluderte, als wäre ich …

»Bist du betrunken?«, kam es auch gleich von Wenke aus dem Hörer. »Wo bist du? Geht es dir gut? Wir haben uns Sorgen gemacht! Warum bist du nicht rangegangen?«

Mein Gehirn arbeitete extrem langsam. Ich warf einen Blick auf das Display. Offenbar hatte Wenke schon sechs Mal angerufen. Was auch immer sie mir hier im Krankenhaus gegeben hatten, es hatte mich ganz gut ausgeknipst. Ich räusperte mich und gab mir Mühe, deutlich zu sprechen.

»Ich bin nicht betrunken.« Hm, irgendwie klang ich immer noch so … »Das sind die Medikamente. Ich bin im Krankenhaus.«

»Was?«, rief Wenke aufgebracht. »Wo? Wir kommen hin! Was ist passiert?« Ich atmete tief durch und erklärte, so gut ich konnte, wie ich hier gelandet war.

»Auf Faial?«, fragte Wenke mit einem Anflug von Verzweiflung. »Eine Gehirnschwellung? Oh mein Gott!«

»Halb so wild«, murmelte ich und gähnte ausgiebig. »Die haben mir irgendetwas gegeben. Ich bin ganz matschig …« Ich gähnte erneut.

»Vermutlich wollten sie sichergehen, dass du dich wirklich ausruhst, anstatt im Auto über die Insel zu fahren, um Geistern nachzujagen«, meinte Wenke trocken. »Wir kommen sofort, ich ruf dich gleich nochmal an.«

Sie rief gleich wieder an, doch das mit dem sofort kommen, stellte sich als unmöglich heraus. Es fuhr so spät keine Fähre mehr. Wenke war untröstlich, doch ich versicherte ihr, dass ich ohnehin zu müde und erledigt war, um noch Besuch zu empfangen. Also verabredeten wir uns für den nächsten Tag. Egal, wie tough ich das auch rüberbrachte, als wir aufgelegt hatten, erfasste mich das Einsamkeitsgefühl erneut. Was war nur mit mir los? So kannte ich mich gar nicht. Ich schniefte mich ein zweites Mal in den Schlaf und hoffte, dass morgen alles gut werden würde.

Als ich erwachte, benötigte ich eine halbe Minute, um zu verstehen, wo ich mich befand. Dann kam alles zu mir zurück. Gary, mein Sturz über die Klippen, der Geist Tom, mein Besuch bei Gary, die Gehirnerschütterung, der Hubschrauberflug und das Krankenhaus auf Faial. Ich stöhnte, sackte zurück in das Kissen und fühlte nach, wie es mir eigentlich ging. Zu meiner Erleichterung waren die Kopfschmerzen fast weg. Das war doch schon mal was. Dafür war meine Zunge so pelzig, als wäre da über Nacht eine Armee Schimmelpilze drübergelaufen. Es schmeckte auch so. Ein Himmelreich für eine Zahnbürste. Ich griff zum Handy, um Wenke daran zu erinnern, mir frische Sachen und diverse Utensilien mitzubringen. Akku leer und kein Ladegerät, so ein Mist. Und ihre Nummer konnte ich nicht auswendig. Ich verfluchte mein schlechtes Zahlengedächtnis.

Nach einem grauenhaften Krankenhausfrühstück und zwei Stunden Langeweile, Grübeleien und Einsamkeitsattacken klingelte mein Zimmertelefon. Das konnte nur Wenke sein. In freudiger Erwartung, bald bekannte Gesichter zu sehen, nahm ich ab. Es konnte nur besser werden. Vielleicht durfte ich ja auch schon mit zurück nach Pico? Im Apartment konnte ich mich genauso gut ausruhen wie hier. Ich würde auch hoch und heilig versprechen, mich nicht aus dem Bett zu bewegen. Alles war besser, als in einem fremden Land allein im Krankenhaus zu sein.

»Wenke?«, fragte ich erwartungsvoll.

»Meli? Wie geht es dir?« Ihre Stimme klang seltsam erstickt, als hätte sie geweint. Verwundert runzelte ich die Stirn.

»Ganz gut«, antwortete ich zögernd. »Die Kopfschmerzen sind fast weg und so furchtbar müde bin ich auch nicht mehr.

»Das ist gut«, kam es erstickt von Wenke zurück. Ihre Stimme klang viel zu abwesend, als ginge ihr etwas Wichtigeres durch den Kopf. Das war nicht ihre Art. Normalerweise würde sie sich voll und ganz auf mich konzentrieren. Meine Alarmglocken schrillten.

»Was ist los?«, fragte ich fordernd.

Wenke schluckte. »Dir geht's wirklich gut?«, versicherte sie sich erst noch einmal.

»Ja, ja«, erwiderte ich unwirsch. »Was ist passiert?«

Dann brach Wenke heulend zusammen. Ihre Katze war krank. Die Tierpension hatte angerufen und mitgeteilt, dass es sehr schlecht aussehe. Eine Operation wäre unumgänglich, und ob die helfen würde, wäre auch noch fraglich. Ich stöhnte auf. Das konnte doch alles nicht wahr sein! Langsam fragte ich mich, ob dieser Urlaub unter dem Einfluss von bösen Geistern stand. Ich dachte kurz an Tom, schob ihn dann aber resolut beiseite. Hier war Freundinnenhilfe gefragt, und zwar sofort. Wenke liebte ihren Kater über alles. So wie ich ein Hundemensch war, war sie eine Katzenfrau.

»Buch gleich für heute einen Flug für uns zurück«, sagte ich ernst. »Du hättest hier keine ruhige Minute mehr und würdest dir ewig Vorwürfe machen, wenn du Flauschi jetzt alleine lassen würdest.«

»Bist du sicher?«, schluchzte Wenke.

»Natürlich!«, sagte ich. »Rumliegen und mich ausruhen, kann ich auch bei dir zu Hause. Soweit ich das verstanden habe, ist der Urlaub für mich eh gegessen. Ich soll mich die nächsten zwei Wochen so ruhig wie möglich verhalten.« Ich dachte an den Arzt, der so froh gewesen war, dass ich erst in zweieinhalb Wochen zurückfliegen würde. Es gab auch bei Wenke Ärzte, die mich beobachten konnten. Mein Entschluss stand fest.

»Pack alles zusammen, komm her und hol mich ab. Ich hasse Krankenhäuser«, murrte ich zusätzlich.

Wenke gluckste kurz auf. »Ich weiß«, sagte sie dann. »Und danke!«

»Kein Problem«, beruhigte ich sie. »Wenn alles vorbei ist, und es Flauschi wieder gut geht, dann buchen wir einfach einen neuen Urlaub. Den werden wir dann brauchen. Und mir ist egal, was mein herrschsüchtiger Chef dazu sagt. Zur Not lass ich mich krankschreiben, und wir fahren einfach nur an die Nordsee oder sowas!«

»Du bist ein Schatz, Meli«, schluchzte Wenke.

»Ich weiß«, sagte ich lächelnd. »Und jetzt pack endlich.«

Doch als Wenke mich am Nachmittag abholen kam, erlebte ich die nächste unangenehme Überraschung. Ich stand fertig angezogen in meinem Zimmer, Wenke und Alexa warteten startbereit auf mich und unten stand das Taxi. Da kam der Arzt hereingefegt und musterte mich scharf. »Was glauben Sie denn, was Sie da machen?«, fragte er auf Englisch. »Sie brauchen Ruhe! Mit einer Hirnschwellung können Sie auf keinen Fall fliegen, das ist gefährlich. Sie sagten, ihr Flug ginge erst in zweieinhalb Wochen! Was dachten Sie denn, weshalb mir das so wichtig war? Die veränderten Druckverhältnisse können bei Kopfverletzungen zu Komplikationen führen. Das werde ich auf gar keinen Fall gutheißen.«

Ich starrte ihn überrumpelt an. Fliegen war bei Kopfverletzungen gefährlich? Da hatte ich gar nicht dran gedacht. Obwohl es eigentlich logisch war, jetzt wo er es erwähnte.

»Ich … äh …«, stotterte ich und seufzte dann ergeben. »Und wann kann ich frühestens fliegen?«, fragte ich mit einem Blick auf Wenke, die ganz verzweifelt von einem Fuß auf den anderen trat.

»Wenn die Schwellung ganz zurückgegangen ist. Wenn Sie danach mindestens drei Tage symptomfrei sind, werde ich es erlauben. Lieber wäre mir allerdings eine Woche. Ich gehe davon aus, dass Sie Ihren ursprünglichen Reisetermin einhalten können.«

So lange. Ich seufzte erneut und sah Wenke entschuldigend an. »Du musst wohl alleine fliegen.« Ich wusste, dass sie das hassen und in Panik geraten würde. Was für ein Schlamassel.

Wenke brach in Tränen aus. »Aber ich kann dich doch nicht hier alleine lassen! Du bist krank und Flauschi … Ich kann ihn auch nicht …« Die Verzweiflung war ihr ins Gesicht geschrieben. Sie war hin- und hergerissen vor

Sorge und Freundschaft zu mir und Liebe und Verantwortung gegenüber ihrem geliebten Kater. Dazu die Panik, alleine fliegen zu müssen. Ich wusste, sie musste nach Hause. Sie würde es sich niemals verzeihen, wenn sie nicht fliegen würde. Ich spürte das Verlassenheitsgefühl wieder in mir aufsteigen. Allein im Krankenhaus … Dann gab ich mir einen Ruck. Ich würde nicht sterben, Flauschi womöglich schon.

»Mach dir keine Gedanken«, sagte ich tapfer. »Ich komme schon klar. Und Alexa ist ja auch noch hier.«

Alexa biss sich auf die Lippe und schüttelte den Kopf. »Morgen ist mein letzter Tag. Ich hatte nur eine Woche gebucht.«

Ich schluckte und versuchte, mir nichts anmerken zu lassen. »Dann ruhe ich mich eben allein aus. Du kannst mir hier sowieso nicht helfen, und was willst du allein die Insel erkunden? Du würdest nur rumsitzen und dir Sorgen um Flauschi machen. Also sieh zu, dass du wegkommst und mir gute Neuigkeiten berichtest.«

Wenke hatte nicht viel Zeit, sich zu entscheiden, denn der Flug war gebucht und sie musste sich sputen. Sie verabschiedete sich tränenreich, während ich alles versuchte, meine zu unterdrücken. Wenn ich jetzt zusammenbrach, würde sie nicht fahren. Alexa rollte mir noch mein Gepäck ins Krankenhaus, dann begleitete sie Wenke zum Flughafen, um sie zu verabschieden.

»Ich komme morgen nochmal vorbei«, sagte sie und drückte mich. Dann waren beide fort und ich allein. Ich setzte mich voll angezogen auf das Bett und schüttelte verzweifelt den Kopf. Allein. Mich fröstelte es und ich fühlte die Tränen erneut in mir aufsteigen. Ich war doch sonst nicht so verletzlich. Und alleine zu sein, war ich gewohnt. Ich lebte allein in meiner kleinen Poppenbüttler Wohnung. Ich hatte nicht einmal einen Hund, denn ich war den ganzen Tag unterwegs. Meine Arbeit spannte mich ein, das wollte ich einem Tier nicht antun. Bei Wenke war das anders. Sie lebte am Stadtrand von Nürnberg. Und eine Katze kam wunderbar allein zurecht, mit Katzenklappe und Wald direkt im Anschluss. Hoffentlich schaffte Flauschi es. Er war Wenkes Ein und Alles.

Meine Gedanken wanderten, während ich versuchte zu ergründen, weshalb ich mich plötzlich so einsam und verlassen fühlte. Es muss mit der Gehirnerschütterung zusammenhängen, dachte ich. Ich fühlte mich, als wäre ich eine einzige offene Wunde, als wäre mir mein Schutzpanzer abhandengekommen, der mich sonst vor äußeren Einflüssen und Eindrücken schützte. Unbehaglich schlug ich die Arme um mich selbst und schauderte.

»Das ist alles deine Schuld … Tom«, wisperte ich ins Nichts. »Was willst du von mir? Warum kommst du zu mir?« Wie auf Kommando traten die unscharfen Konturen einer Person direkt vor meiner Krankenzimmertür auf. Ich starrte gebannt auf die Erscheinung, die an Stärke zunahm und trotz allem schemenhaft blieb. Ich fröstelte noch mehr und umarmte mich selbst noch stärker. War Toms Geist gefährlich, oder wollte er nur eine Botschaft übermitteln? War *er* verantwortlich dafür, dass ich nun allein auf den Azoren zurückgeblieben war? Aber was bezweckte er dann damit? War es sein Ziel gewesen, mich so verwundbar zu machen? Wollte er mir schaden? Die Gedanken kamen mir, obwohl Tom mir bisher nichts getan hatte. Im Gegenteil, er hatte *Butterblume* davon abgehalten, mit mir durchzugehen. Doch all die seltsamen Umstände, all das, was geschehen war, beunruhigte mich. Und ich war wirklich nicht gerade in mutiger Verfassung.

»Was willst du von mir, Tom?«, wisperte ich mit zitternder Stimme.

Er lächelte mich an. »Du brauchst keine Angst zu haben, Meli«, begann er, da ging die Tür auf und José trat direkt durch Tom hindurch. Sein Bild wurde verwischt und verschwamm wie Farbe auf einer Wasseroberfläche, durch die jemand eine Hand gezogen hatte.

José blieb wie angewurzelt stehen und schüttelte sich beklommen. »Quem está aí?«, fragte er und sah sich unbehaglich um. Das hieß so viel wie: *Wer ist da?*

»Tom«, hauchte ich. Mein Blick ging direkt durch José hindurch, wo die Schemen verblassten und dann gänzlich verschwanden.

»*Tom?* Garys *Bruder?*«, fragte José sichtlich erschüttert. »Meu deus«, hauchte er und bekreuzigte sich.

»Haben Sie ihn gesehen?«, fragte ich überrumpelt zurück und wunderte mich darüber, dass der Alte sofort »Wer ist da?« gefragt hatte und nicht etwas Naheliegenderes wie »Was ist hier los?« oder Ähnliches.

»Nein … gespürt Windhauch …«, murmelte José auf Englisch. Dann musterte er mich seltsam von oben bis unten. »*Tom?*«, fragte er mit fast lauerndem Unterton.

Ich schluckte und räusperte mich. Niemals über Tote reden, als wären sie da!, besann ich mich. Wenn jetzt auch noch herauskam, dass ich Halluzinationen hatte — egal wie echt sie für mich sein mochten —, dann kam ich hier niemals raus. Aber irgendetwas hatte der Alte gespürt …

»Ach, nichts«, sagte ich trotzdem so locker wie möglich. Ich durfte kein Risiko eingehen. »Ich musste nur gerade an ihn denken. Ich sah das Foto von Gary und … Tom … in Garys Haus.« Ein Schauer überlief mich. Alles war so bizarr. Wenn José mir das nicht abnahm, dann landete ich womöglich in einer ganz anderen Abteilung dieses

Krankenhauses. Und darauf konnte ich nun wirklich verzichten.

José nickte nachdenklich, betrachtete mich eingehend und zog sich einen Stuhl heran. Er setzte sich mir gegenüber und sah mich lange an. Ich schwieg. Was sollte ich auch sagen?

José nickte wieder, als hätten wir ein Gespräch geführt. Seltsamer Kauz. Dann sagte er: »Du unvorsichtig. Wo nur Kopf? Fliegen jetzt?« Er schnaubte ungehalten. Ich verzog das Gesicht und zeigte Reue. Hauptsache ich kam hier bald wieder raus.

»Du stur wie Gary«, murmelte er und tippte mir mit einem verschrumpelten Finger an die Stirn.

Kapitel 7

Gary saß auf der Veranda und starrte auf das ruhige Meer hinaus. Es war fast windstill und die Sonne schickte ihre Strahlen als glitzernde Diamanten über die Wasseroberfläche. Egon lag zu seinen Füßen und schnarchte. Gary focht einen Zweikampf aus. Auf der einen Seite war der Wunsch, mehr über diese faszinierende Frau zu erfahren, auf der anderen Seite plagte ihn das Wissen, dass so etwas in jeder Hinsicht schlecht wäre. Und er hatte seine Schuldigkeit getan. Gary hatte sie in ärztliche Obhut gegeben. Außerdem war sie nicht allein, sie hatte zwei Freundinnen, die ihr zur Seite standen. José würde ihm berichten, dass alles mit ihr in Ordnung war und sie bald gesund und munter aus einem abenteuerlichen Urlaub zurück in ihre Heimat flog. Thema durch, und sein Leben würde endlich wieder ruhig verlaufen.

Das Problem war nur, dass Gary einfach nicht aufhören konnte, an sie zu denken. Er verfluchte sich selbst dafür. Was wollte er mit einer Frau wie Melissa? Hatte Tom ihm nicht genug Haarsträubendes von ihr erzählt? Er knirschte mit den Zähnen und griff zur Flasche Rum. In dem Moment fuhr José die Auffahrt hinunter. Gary stellte die Flasche wieder weg. Sein Herz schlug auf einmal schneller. Ging es Melissa auch wirklich gut? Was war geschehen, nachdem José sie nach Faial begleitet hatte?

Schnaufend erklomm José die zwei Stufen zur Veranda hinauf. Sein Blick fiel auf die abgestellte Flasche, Garys Gesichtszüge verschlossen sich. Seine

Trinkgewohnheiten gingen niemanden etwas an. Das war allein seine Sache.

José verlor kein Wort über den Alkohol, er betrachtete Gary nur sehr eingehend, bis es ihm unbehaglich in seiner Haut wurde. Ungehalten drehte Gary sich ab.

»Willst du eine Tasse Kaffee?«, fragte er schroff. Der Alte nickte und folgte ihm in die Küche.

»Und, wie geht es ihr?«, fragte Gary mit dem Rücken zu José, nachdem mindestens fünf Minuten schweigend vergangen waren. Gary holte zwei saubere Tassen hervor.

»Ich dachte schon, du fragst nicht«, brummte José. Gary biss die Zähne zusammen und suchte nach dem Zucker. Er selbst trank schwarz, doch José liebte seinen Kaffee drei Teelöffel süß. Grauenhaft. Er spürte die Blicke des alten Arztes in seinem Rücken, als wollte er ihn durchbohren.

»Sie hat eine heftige Gehirnerschütterung mit leicht erhöhtem Hirninnendruck, also eine kleine Schwellung. Wie du sicher bemerkt hast, mag sie Ärzte nicht besonders.«

Gary schnaubte und fischte den Zucker aus der hintersten Ecke des Schrankes.

»Und Krankenhäuser hasst sie offenbar auch. Sie fühlt sich sehr unwohl dort und allein gelassen.«

»Sie hat ihre Freundinnen«, sagte Gary immer noch abgewandt. Er wollte sich nicht anmerken lassen, dass er nach mehr Informationen hungerte. Ein erhöhter Hirninnendruck? Es schnürte ihm den Magen zu. Das erinnerte ihn zu sehr an Tom. Der Hirntumor war so schnell gewachsen, der Druck zu schnell gestiegen. Die Operation hatte Entlastung gebracht, doch auch ihren Schaden hinterlassen ... Gary riss sich zusammen. Es hatte ihn nicht zu interessieren. Es *sollte* ihn nicht interessieren. Melissa war in guten Händen.

»Nein«, sagte José. »Sie ist allein. Ihre Freundinnen sind abgereist, irgendein Notfall.«

Gary versteifte sich. »Was? Sie lassen ihre kranke Freundin zurück?«, fragte er empört und drehte sich endlich zu José um.

»Sie hat es so gewollt. Sie ist tapfer. Oder eher stur … Wie du«, fügte José hinzu und betrachtete Gary aufmerksam. Zu aufmerksam für Garys Geschmack. Er ahnte, was nun kommen würde.

»Sie könnte ein wenig Unterstützung gebrauchen«, sagte José auch prompt. Gary kniff verärgert die Lippen zusammen. Er wollte da nicht noch weiter hineingezogen werden.

»Sie ist erwachsen, sie kommt allein zurecht«, presste er hervor.

José hob die Augenbrauen. »Sie wollte sich selbst entlassen und gleich mit nach Hause fliegen …«

Gary wurde blass. »Das …ist gefährlich«, sagte er leise.

José nickte. »Deshalb ist sie auch noch hier. Doch sie ist stur genug, doch noch zu fliegen …« Er betrachtete Gary fast berechnend.

Eine nagende Angst erfasste Gary. Ihr durfte nichts passieren! Nicht auch noch ihr, wer sie auch war, nicht eine Wiederholung seiner täglichen Qualen. Hätte er sie doch nur nicht allein auf Josés Veranda gelassen. Wie hatte er nur darauf vertrauen können, dass ihre Freundinnen auf sie aufpassten? Sie war zu stur, sie war es gewohnt, ihren Willen durchzusetzen. Er hatte es gespürt, sie war wie er … Sie durfte nicht fliegen!

»Du wirst das verhindern!«, presste Gary hervor.

Es leuchtete kurz in Josés Augen auf. »Das werde ich«, nickte er dann fast gemütlich. »Keine Bange, mein Junge.«

José nippte sehr zufrieden mit sich selbst an seinem Kaffee. Drei Teelöffel Zucker, so wie er ihn liebte. Und Gary hatte er auch dort, wo er ihn haben wollte. Er hatte sich nicht geirrt. Diese Frau beschäftigte Gary. Es war nicht nur die Sorge und die Erinnerung an Toms Tod, die da aus ihm sprach, da war mehr. Diese sture Frau hatte Gary aufgerüttelt, ihn aus seinem Trott geweckt. Jetzt brauchte das Schicksal einen Knuff in die richtige Richtung und für den würde José sorgen. José hatte immer geahnt, dass Gary von inneren Dämonen gequält wurde. Doch ganz so wortwörtlich hatte er es sich nicht vorgestellt. Ein Schauer überlief den alten Mann, als er an das übermächtige Gefühl zurückdachte, das ihn im Zimmer dieser kleinen, schwarzhaarigen Frau erfasst hatte. Tom … Er hatte keine Ahnung, wie es möglich war, doch José war zu alt und hatte zu viel gesehen und erlebt, als dass er es ignorieren würde. Hier waren alte Mächte am Werk. Mächte, so alt und kraftvoll wie die Inseln selbst … Und wer wäre er, sich solchen Mächten in den Weg zu stellen?

Ich schlief schlecht in dieser Nacht. Irgendwie erwartete ich, jeden Augenblick Tom zu sehen. Ich rief ihn sogar einmal und kam mir äußerst verrückt vor, als niemand auftauchte. Mein Zimmer lag im Halbdunkeln, der Mond warf graue Schatten auf meine Bettdecke und an die Wände. Ich lag wach und starrte hinaus auf die blasse Sichel. Was machte ich hier nur? Wie zum Henker war ich in diesen Schlamassel geraten? Meine Gedanken schweiften von Tom zu Gary. Zwillinge – verbunden über den Tod hinaus. Doch was bezweckte Tom? Was wollte er von mir, wenn er doch Gary persönlich erreichen könnte? *Butterblume* hatte ihn gesehen, und ich könnte schwören, auch José hatte ihn zumindest gespürt. Weshalb sollte er seinen eigenen Bruder dann nicht irgendwie kontaktieren können? Das wäre unlogisch. Also warum ich? Ich schnaubte und starrte den Mond an. Von wegen unlogisch. Seit wann war bei Geistern Logik im Spiel. Ein Geist! Tom war ein Geist! Daran war nichts logisch. Ganz im Gegenteil. Daran war wirklich alles unglaublich. Trotzdem suchte mein Gehirn weiter nach Zusammenhängen – Tom, Gary, *Butterblume*, José … Die Stimme in der Lavagrotte … *Du gehörst hierher … dein Land* … Und Pedro, der sagte, die Inseln hießen mich willkommen … Ein Schauer überlief mich. *Du bist die Richtige* … Aber wofür? Und Gary … Diese seltsame Kraft, die ich in seiner Nähe empfand … War sie gut oder schlecht? War sie überhaupt da? Gary schien sie nicht zu spüren. Er schien sich ohnehin nicht um mich zu kümmern. Seit er mich bei José abgeladen hatte, glänzte er mit Abwesenheit. Nicht einmal erkundigt hatte er sich nach mir. Für ihn war ich nur irgendeine dumme Touristin, die über ihre eigenen Füße ins Meer gestolpert war und dann auch noch so unverantwortlich gehandelt hatte, dass er sich kümmern musste, obwohl er ganz offensichtlich nichts mit mir zu tun haben wollte. Er hatte mich rüde hinausgeworfen und mir offenbar nur geholfen, weil ihn etwas an Tom erinnert hatte. Ich interessierte ihn nicht im Geringsten. Ganz im Gegenteil. Und aus irgendeinem Grund ärgerte und verletzte mich das. Ich redete mir ein, dass es an meiner merkwürdigen

Verbindung zu Tom und Gary lag. Für mich gab es da ein Geheimnis, eine nicht erklärbare Zugehörigkeit. Für ihn ganz offensichtlich nicht. Für Gary war ich nur irgendeine Frau, die zufällig seinen Weg kreuzte. Und wenn ich an seinen Wutausbruch und die haltlosen Vorwürfe dachte, die er aus dem Nichts gezogen hatte, tat ich vermutlich gut daran, ihm aus dem Weg zu gehen. Und das würde ich auch tun. Wer braucht schon einen Psychopathen in seinem Leben?, dachte ich verärgert. Ich wusste, dass ich maßlos übertrieb. Oder ich ahnte es, denn mein Gespür sagte mir, dass dort ein Geheimnis lag. Doch meine Logik riet mir dringlichst davon ab, in seiner Nähe zu sein. Er reagierte unvorhersehbar. So etwas konnte äußerst gefährlich sein. Gefühle hin oder her, man sollte doch auf die Logik hören, wenn das eigene Wohlergehen auf dem Spiel stand. So hatte ich bisher immer gehandelt und war sehr gut damit gefahren. Doch dieses Mal fiel es mir verdammt schwer, mich an meinen eigenen Rat zu halten. Wie auch, wenn einem ein Geist erschien? Ich wollte wissen, was hier gespielt wurde. Warum ich? Meine Gedanken kreisten weiter: Gary, Tom, die Stimme in der Lavagrotte … Tom, Gary … Irgendwann musste ich doch eingeschlafen sein, denn als ich die Augen wieder aufschlug, war der Mond verschwunden und die Sonne an seine Stelle getreten.

Alexa besuchte mich wie versprochen. Wir aßen in meinem Zimmer zu Mittag – sie hatte wohlweislich etwas Leckeres mitgebracht –, redeten über all die seltsamen Ereignisse, über Wenke und ihre Katze und über mein Pech, nun hier im Krankenhaus festzusitzen.

Alexa sah mich in ihrer typisch euphorischen Art an, doch ein Hauch von Ernsthaftigkeit schwang in ihrer Stimme mit. »Ich bin sicher, dass dein Abenteuer noch nicht vorbei ist, Meli. Das ist alles kein Zufall, da steckt mehr dahinter, bestimmt! Du sollst das Geheimnis lüften. Nur du. Das ist der Grund, weshalb du allein hier bleibst. Es geht um dich. Das ist so spannend!«, zwitscherte sie dann. »Ich wünschte, ich wäre ein Teil davon. Ich habe schon immer daran geglaubt, dass es das Übernatürliche gibt. Aber ich habe es noch nie selbst erfahren.«

Ich schüttelte über ihren kindlichen Enthusiasmus den Kopf. Trotzdem war ich ihr dankbar, dass sie mich nicht für verrückt erklärte. »Du bist ein Teil davon. Du warst dabei«, sagte ich.

Sie schüttelte den Kopf. »Nein. Du warst dabei. Du *bist* dabei. Ich höre nur, was du erzählst.«

Zum Abschied nahm ich Alexa in den Arm und drückte sie fest. »Vielen Dank für alles«, murmelte ich. »Und ich verspreche, dir zu erzählen, wie es ausgeht.«

Sie strahlte mich an. Ich zuckte mit den Schultern. »Obwohl ich vermutlich nur zu berichten haben werde, dass ich mich hier zu Tode gelangweilt habe, bevor ich ganz unspektakulär zurück nach Hamburg geflogen bin.«

»Das glaube ich nicht«, sagte Alexa. »Das ergäbe keinen Sinn, das wäre unlogisch.«

Da war sie wieder, die Frage nach der Logik bei etwas, das ganz und gar nicht nach den Regeln der gängigen Realität spielte. Musste es bei paranormalen Begebenheiten überhaupt einen Sinn geben? Wer behauptete denn, dass Geister sich nach bekannten Regeln richteten? Was, wenn sie nur spielen wollten – im wahrsten Sinne des Wortes?

Die Nachmittagsuntersuchung zeigte, dass mein Hirndruck sich schnell normalisierte. Mir war trotzdem immer noch übel und leicht schwindlig. Vor Müdigkeit fielen mir fast die Augen zu, nur schlafen konnte ich nicht. Gegen Abend rief Wenke an. Flauschi hatte die Operation überstanden, doch außer Gefahr war er noch nicht. Sie fragte nach mir und meinem Befinden. Ich beruhigte sie und versicherte ihr, dass es mir an nichts fehle. Ich übertrieb ein wenig und erzählte, dass ich einen netten Tag mit Alexa verbracht hatte, dabei waren es nur zwei Stunden gewesen, und nun wäre ich müde und würde mich auf mein Bett freuen. Es war klar, dass Wenke nicht hundertprozentig bei mir war, denn sonst hätte sie sofort reagiert. Niemand, der Krankenhäuser hasste, *freute* sich auf das Bett, egal, wie müde er war. Sie wünschte mir alles Gute und ich das gleiche ihrem Flauschi, dann war ich mit meinen Gedanken wieder allein.

Am nächsten Vormittag erwartete mich die erste gute Nachricht seit Tagen: Die Schwellung in meinem Kopf war zurückgegangen, was man von der Beule am Hinterkopf nicht sagen konnte. Aber es bedeutete, dass mein Hirninnendruck wieder normal war und ich nicht unbedingt im Krankenhaus bleiben musste, wenn ich mich weiter ausruhen und auf gar keinen Fall Hals über Kopf nach Hause fliegen würde. José hatte offenbar ein gutes Wort für mich eingelegt. Er hatte die Verantwortung übernommen. Ich durfte gehen, wenn ich einmal täglich bei ihm im Gesundheitszentrum auf Pico vorstellig wurde, bis meine Symptome ganz verschwunden waren. Ich atmete erleichtert aus, ließ mir an der Rezeption ein Taxi zum Hafen bestellen und packte meine sieben Sachen. Zum Glück war das Meer ruhig, sonst hätten sie mich womöglich mit dem Helikopter wieder zurückgebracht. Ich überlegte, was schlimmer wäre, eine Bootsfahrt bei Sturm oder der angsteinflößende Flug. Ich konnte mich nicht entscheiden und musste es auch nicht. Kein Windhauch war zu spüren, die Sonne schickte wärmende Strahlen auf mich herab, Faial zeigte sich von seiner besten Seite. Ich atmete tief durch, zog meinen Koffer hinter mir her und ging auf das wartende Taxi zu. In Gedanken war ich bereits in meinem Apartment und sonnte mich auf der Terrasse mit Blick auf das glitzernde Meer. Endlich einmal kein Wind und Regen, das wollte ich genießen, so gut es ging.

Der Taxifahrer stand mit verschränkten Armen an seinem Auto gelehnt und sah mir entgegen. Ich lächelte automatisch, ich bin ein freundlicher Mensch – meistens. Dann erkannte ich ihn, mein Lächeln gefror mir auf den Lippen und ich hielt abrupt inne. Gary. Wie kam Gary hierher? Fuhr er Taxi auf Faial? War das nicht unpraktisch, wenn man auf Pico lebte? Und warum zum Henker holte gerade er mich ab? Er hatte nicht *einmal* nach mir gefragt! Er sah gut aus … Aber schon wieder dieses biestere Gesicht! War Tom auch hier …? Ich sah mich rasch nach verdächtigen Schatten um. All dies ging mir in wenigen Sekunden durch den Kopf, teilweise durcheinandergewürfelt. Herausbrachte ich allerdings nur ein Wort: »Du?«, fragte ich in einer Mischung aus Ungläubigkeit, Abwehrhaltung und einem Anflug von Freude. Freude? Mein Herz schlug schneller, ich atmete stärker, und ein seltsames Kribbeln fuhr durch mich hindurch. Mein Körper reagierte eindeutig auf diesen Mann, doch in welchem Sinne eindeutig? War ich froh, ihn zu sehen oder machte sich alles in mir zur Flucht bereit? Ehrlich, ich war mir meiner Sache nicht sicher, denn das spontane Wort *Freude* änderte sich schnell in Misstrauen und Vorsicht.

Ich blieb einfach stehen und starrte Gary mit großen Augen an. »Was willst du hier?« Hatte ich das gerade laut gesagt?

Sein verschlossener Ausdruck änderte sich in ein zynisches Grinsen. »Das wüsste ich auch gern«, knurrte er und rührte sich genauso wenig vom Fleck wie ich. Die Fahrertür öffnete sich und ein untersetzter älterer Herr stieg aus. Mein Gehirn zählte eins und eins zusammen. Das war also der Taxifahrer und Gary sein Fahrgast.

»Wolltest du hier jemanden besuchen?«, fragte ich. »Dann ist das gar nicht mein Taxi?« Ich biss mir auf die Zunge. Was redete ich da?

Gary hob die Augenbrauen. »José hatte wohl recht, es hat dich härter erwischt, als ich dachte«, witzelte er. »Das *ist* dein Taxi. Und ich bin hier, um *dich* abzuholen«, sagte er extrem langsam, als ob er mit jemandem Zurückgebliebenem sprach. »José bat mich darum, er hatte was zu erledigen.« Mit jeder Faser seines Körpers erzählte er mir, dass er nicht erpicht auf diese Aufgabe gewesen war.

José, aha. Nun verstand ich die Zusammenhänge und giftete Gary böse an. »Spar dir deine *netten* Worte. Und tut dir bloß keinen Zwang an. Ich komme auch allein zurecht!« Damit marschierte ich auf den Kofferraum zu, ignorierte Gary und lächelte den Taxichauffeur an. Der nickte mir freundlich zu und hievte mein Gepäck ins Auto. Als ich mich umwandte, hatte Gary mir die Tür geöffnet und wies mich galant an, einzusteigen. Dabei umspielte ein satanisches Lächeln seine Lippen. Ich hob das Kinn, giftete ihn an und stieg wortlos ein. Es blitzte in seinen Augen auf – ich war mir nicht sicher, ob amüsiert oder gefährlich. Es konnte mir auch egal sein, bald war ich ihn wieder los. Mein Apartment wartete auf mich. Es war mir aber nicht egal, und gerade das ärgerte mich maßlos. Alles an diesem Mann ärgerte mich. Oder eher, alles an ihm verwirrte mich. Diese seltsame Anziehungskraft, ich spürte sie auch jetzt wieder, als würde sich die Welt um uns drehen, als wären wir der Angelpunkt. Seine widersprüchlichen Signale – einmal abweisend schroff, dann zynisch und sarkastisch, dann wieder besorgt und hilfsbereit und einmal … Ein Schauer überlief mich, als ich an den Moment bei den Klippen zurückdachte – so intensiv … grüne Augen, die mich in ihren Bann zogen und eine Sekunde, in der ich dachte, er würde mich küssen …

Ich schluckte und schob die Erinnerung verärgert beiseite. Da war nichts gewesen. Ich hatte mir gehörig den Kopf angeschlagen, und außerdem hatte ich nicht einmal genau gewusst, ob er nun Gary oder Tom war. Tom, der Geist. Kein Wunder, dass ich so verwirrt war. Mein Radar war durch Geister und Kopfverletzung derart durcheinander, dass ich bereits daran zweifelte, je einen Geist gesehen zu haben. Wenn ich nicht bald Ordnung in das Chaos brachte, dann würde ich noch verrückt werden – im wahrsten Sinne des Wortes.

Gary schloss die Tür hinter Meli, sie fiel etwas zu hart ins Schloss. Diese kleine Frau hatte es wirklich in sich, ihn in null Komma nichts zur Weißglut zu bringen. Er biss sich auf die Zunge, jetzt nicht unhöflich werden – zumindest nicht mehr, als er es bereits gewesen war. Sie konnte ja nichts dafür, dass José sich da irgendetwas in den Kopf gesetzt hatte. Ja, Gary roch den Braten. Er lebte zwar zurückgezogen, doch auf den Kopf gefallen war er nicht. José hatte vor, ihm diese Frau aufs Auge zu drücken. José hatte offenbar in einem Anfall von Nächstenliebe die Verantwortung für sie übernommen. Einer fragwürdigen Nächstenliebe, und zwar nicht Meli, sondern Gary gegenüber. Das hier war ein Fall von *Ich drück sie dir aufs Auge, vielleicht kommt ihr euch ja näher.* Gary würde sich José schon noch vorknöpfen. Er hatte auf keinen Fall vor, sich mehr als nötig zu kümmern. War José von allen guten Geistern verlassen? Seit wann lieferte er schutzlose Touristen einem unberechenbaren Irren aus? José wusste, dass Gary kein Umgang für Frauen war, nicht in seinem desolaten Zustand. José hatte Gary vor zwei Stunden angerufen und ihn gebeten – oder eher genötigt – Meli für ihn abzuholen. Sie wurde auf seine Verantwortung früher entlassen.

»Warum holst du sie dann nicht selbst?«, hatte Gary gefragt.

»Ich hab zu tun«, hatte José ausweichend geantwortet.

»Dann soll sie sich ein Taxi nehmen.«

»Du wirst sie abholen, das schuldest du mir.«

»Ich schulde dir was? Wofür?«

»Das weißt du nicht mehr? Dann weißt du ja jetzt warum.«

»Was?« Gary schüttelte verwirrt den Kopf. Er dachte angestrengt nach. Hatte José ihm etwa im Suff einen Gefallen getan? Möglich wäre es … Doch Gary vermutete stark, dass José einfach nur pokerte. Dieser alte Halunke hatte es faustdick hinter den Ohren.

»Ich glaub dir kein Wort, ich weiß von nichts«, knurrte Gary.

»Wie auch, wenn du betrunken warst«, konterte José.

»Ich werde Melissa nicht abholen«, schnaubte Gary. »Denk dir was anderes aus!« Er hatte seine Schuldigkeit getan, es ging Melissa offenbar wieder recht gut. Auch wenn er sich seltsam zu ihr hingezogen fühlte, er würde sich nicht näher mit dieser Frau befassen. Für Spielchen wie das ihre war er nicht zu haben. Sie war Toms Geliebte gewesen und nun versuchte sie sich, auf infame Weise einzuschleichen. Doch wenn er an sie dachte, zog sich sein Magen seltsam zusammen. Oh ja, er verstand genau, was Tom an Melissa gefunden hatte. Sie war genau sein Geschmack – sie hatte Feuer, sah umwerfend aus und hatte sogar Egon sofort überzeugt. Entweder sie war eine brillante Schauspielerin, oder aber sie besaß tatsächlich Charme und Tierliebe. Doch was nutzte das, wenn sie ein berechnendes Luder war? Nein, Gary tat gut daran, sie zu meiden. Solche Frauen brachten nur Ärger.

»Wer ist Melissa? Du wirst Melisande Berger sicher zurück nach Pico bringen. Sie ist bezaubernd. Es wird dir gut tun, die Nähe einer jungen, hübschen Frau zu genießen«, sagte José.

»Melisande? Wer zum Teufel ist Melisande?« Gary hielt in der Bewegung inne und versuchte, dem Sprung in Josés Gesagtem zu folgen. Melisande? Er sollte gar nicht Melissa abholen? Moment mal, hier stimmte etwas nicht. Hatte José noch eine andere Patientin?

»Sag mal, bist du schon wieder betrunken?«, fragte José ungehalten. »Steck den Kopf in einen Eimer kaltes Wasser. Wenn du dich nicht einmal an eine Frau erinnerst, die du selbst aus dem Meer gefischt hast, dann frage ich mich langsam, mit wie vielen Gehirnzellen ich mich gerade unterhalte. Und jetzt sieh zu, dass du in Gang kommst. Sie wird die Nachmittagsfähre nehmen und ich kann nicht verantworten, dass sie allein fährt. Das bedeutet, dass *ich* Ärger bekomme, wenn du nicht rechtzeitig dort bist.«

Gary hatte zugesagt, und zwar aus nur einem Grund: Er musste es einfach wissen, hatte er nun Melissa getroffen oder doch eine ganz andere Frau? In seinem Inneren herrschte Chaos. Seit sie aufgetaucht war, ging alles durcheinander – allem voran Garys sorgsam aufgebautes Leben in abgeschiedener Einsamkeit. Er ließ niemanden an sich heran, doch diese Frau hatte ihn nur ansehen müssen … Nur ein Blick …

Zischend sog Gary die Luft ein und starrte auf die Straße. Er spürte Melis Augen auf seinen Rücken gerichtet, während das Taxi zum Hafen hinunterfuhr. Sie hieß Melisande Berger, genau, wie José es gesagt hatte. Gary hatte im Krankenhaus einen Blick auf ihr Anmeldeformular werfen können, als er nach seinem *Fahrgast* gefragt hatte. Melisande. Was war das überhaupt für ein Name? Was hatte man verbrochen, umso getauft zu werden? Kein Wunder, dass sie sich Meli nannte. Er hatte voreilige Schlüsse gezogen und ihr Unrecht getan. Er würde versuchen, es wiedergutzumachen und sie sicher in ihrem Hotel abliefern. Vielleicht noch eine Einladung zum Abendessen, doch dann musste Gary auf Abstand gehen. Sie war nicht Melissa, sie war offenbar ein netter Mensch, Egon irrte sich nie. Gary hätte es wissen müssen. Doch das änderte nichts an der Tatsache, dass er keine Frau in seinem Leben gebrauchen konnte. Nicht bei seiner Vorgeschichte, nicht bei seinem verkorksten Leben. Tom … Sie hatte das Foto von ihm und Tom gesehen … Es lief Gary siedend heiß über den Rücken, als ihm einfiel, *weshalb* er sie für Melissa gehalten hatte. Sie hatte von Tom erzählt, als würde er ihr *erscheinen* … Doch wenn sie nicht Melissa war, wenn das kein abgekartetes Spiel war, was zum Teufel war dann hier los?

Gary ballte die Fäuste und versuchte, Klarheit in sein Gefühls- und Gedankenchaos zu bringen – chancenlos. Stattdessen hielt das Taxi an der Fähre und die Gegenwart forderte seine Aufmerksamkeit. Gary riss sich zusammen, zahlte und holte das Gepäck aus dem Kofferraum.

»Ich kann das allein ziehen«, sagte Meli und musterte ihn misstrauisch. Er konnte es ihr nicht verdenken. Er hatte sich vollkommen daneben benommen. All das, was er ihr an den Kopf geworfen hatte … Sie musste ihn für komplett verrückt halten. Er schnaubte innerlich. Wo sie recht hatte, hatte sie recht.

»Das kannst du sicher«, antwortete er und ging einfach mit ihrem Gepäck weiter zur Fähre hinüber. Sie folgte ihm mit einigem Abstand.

Ich betrachtete misstrauisch seinen breiten Rücken. Mein Koffer wurde wie bei unserem Urlaubsbeginn unsanft von einigen Bootsleuten an Bord geworfen, dann wandte Gary sich mir zu und bot mir eine helfende Hand an. Ich fixierte ihn, dann den schmalen Bootssteg und haderte mit meiner Tollpatschigkeit. Letztendlich gab ich nach, seufzte und griff nach seiner Hand. Keine Sekunde zu früh, denn ich hatte gerade einmal drei Schritte über die Brücke gemacht, da verhakte sich mein Fuß an irgendetwas Unerfindlichem und ich hangelte mich zähneknirschend an Garys Arm fest. Er zog mich mit einem Ruck an sich heran, hob mich schwungvoll an Bord und blickte kopfschüttelnd auf mich herab.

»Kannst du keine zwei Schritte machen, ohne ins Meer zu stürzen?«, fragte er ungläubig.

»Es waren drei«, zischte ich und glättete völlig unnötig meine Jacke.

Gary grinste mich schief an, dann führte er mich am Arm gepackt durch die Menschenmassen zur Treppe, die an Deck führte. Ich erinnerte mich, hier Tom gesehen zu haben, oben auf der letzten Stufe, danach hatte die Höllenfahrt begonnen. Doch heute gab es weder Tom noch Wellen. Die Sonne schien, das Meer lag ruhig vor uns und an Deck wehte eine laue Brise. Gary machte keine Anstalten, meinen Arm wieder loszulassen. Vermutlich hatte er Angst, ich würde bei erstbester Gelegenheit über die Reling stürzen. Meine Versuche, mich loszueisen, ignorierte er einfach.

»Ich würde dich gern zum Abendessen einladen«, sagte Gary unvermittelt. Seine grünen Augen glitzerten mich an. Als ich ihn sprachlos ansah, fügte er leicht reumütig hinzu: »Als Entschuldigung. Mein Benehmen …« Er hielt inne und verzog die Mundwinkel. »Sagen wir einfach, ich hatte einen schlechten Tag«, schlug er etwas zynisch vor.

Ich hob die Augenbrauen und blickte demonstrativ auf meinen Arm, der in seiner riesigen Hand fast verschwand. »Nur *einen* schlechten Tag?«

Er sah mich todernst an. »Ich verhindere nur, dass du dir erneut den Kopf irgendwo anstößt. Bei deinem Gleichgewichtssinn schaffst du es von hier aus direkt die Treppe hinunter.«

»Pöh«, knurrte ich und zog einen Schmollmund. Die Treppe war gute fünf Meter entfernt. Das würde nicht einmal ich schaffen. Und überhaupt, wie konnte er es wagen …?

Gary lachte leise, er ließ mich allerdings nicht los. Ich blieb ihm eine Antwort bezüglich des Abendessens schuldig, er konnte sich ruhig noch ein bisschen mehr anstrengen.

Als ich an der Rezeption meines Hotels die Schlüssel zu meinem Apartment abholen wollte, sah die Frau mich verdutzt an. »Aber Sie haben ausgecheckt, Senhora. Ihr Apartment ist bereits neu vergeben, es tut mir sehr leid. Ihre Mitreisende sagte ganz eindeutig, dass Sie beide früher abreisen müssten.«

Ich starrte sie perplex an. Daran hatte ich gar nicht gedacht. Verflixt!

Gary, der so dicht hinter mir stand, dass er mich bei jeder kleinsten Bewegung sofort auffangen konnte, lächelte die Frau entwaffnend an. Nanu, was für ein Blick, den hatte er für mich noch nicht übrig gehabt, stellte ich pikiert fest.

»Senhora Berger war im Krankenhaus. Sie hatte vor, mit ihren Freundinnen abzureisen, doch sie darf noch nicht wieder fliegen. Da ich annehme, dass Sie die Kosten für ihren Aufenthalt bei Ihnen nicht zurückerstattet haben, werden Sie sicher eine andere Bleibe für Senhora Berger finden«, sagte er und setzte seinen ganzen Charme ein.

Die Frau schmolz dahin. Eine leichte Röte überzog ihre Wangen. Sie räusperte sich. »Das würde ich sehr gern, Senhor, nichts lieber als das, doch wir sind komplett ausgebucht. Es ist Hochsaison und Sie wissen sicher, wie es da sein kann. Es tut mir wirklich schrecklich leid.« Sie sah nun erstmals wieder mich an. Ihr Mitleid war echt, leider half mir das auch nicht weiter.

»Geben Sie mir doch bitte ihre Handynummer, dann rufe ich Sie an, sollte wider Erwarten doch etwas frei werden«, sagte sie. »Doch …« Sie schüttelte entschuldigend den Kopf.

»Ich verstehe«, murmelte ich. »Und jetzt? Hochsaison ist wohl überall, oder wie soll ich das verstehen?«

Sie nickte verzweifelt. Dann sah sie Gary intensiv an. »Sind sie nicht Senhor Gary, der die Finca vom alten Maxi gekauft hat?«

Gary versteifte sich und nickte knapp. Der plötzliche Gemütswechsel nahm der Frau fast den Mut.

»Sind Ihre Apartments auch belegt?«, fragte sie dennoch und schien es gleich darauf zu bereuen. Sie zuckte unter Garys Blick zusammen, ihre Augen flatterten kurz zu mir.

Ich sah Gary irritiert an. »Du hast Apartments?«

Er atmete zischend aus und nickte steif. Es kostete ihn eindeutig Überwindung. Ich sah, dass er sich dazu durchrang, mir eine Bleibe anzubieten.

»Vergiss es«, schnaubte ich ihn ungehalten an. »Ich werde schon etwas anderes finden. Von wegen *ein* schlechter Tag, was?« Ich war wütend, verletzt und erleichtert zugleich. Wütend und verletzt, weil er mich ganz eindeutig nicht bei sich haben wollte. Das Abendessen konnte er sich sonst wohin schieben. Und erleichtert, weil ich ihm immer noch nicht traute. Seine Stimmungsschwankungen waren nicht gerade vertrauenseinflößend.

Ich wandte mich ab, verfolgt von erschrockenen Blicken der Rezeptionistin. Doch Gary ergriff wieder meinen Arm und zog mich mühelos zu sich herum. Er sah mir direkt in die Augen, seine Gesichtszüge arbeiteten, ich konnte nicht recht deuten, was in ihm vorging.

»Entschuldige bitte. Ich habe es wieder getan, dich verletzt.«

Ich kniff die Lippen zusammen. Er hatte zwar recht, aber zugeben wollte ich das nicht unbedingt.

»Vergib mir«, sagte er leise. »Selbstverständlich steht dir mein Apartment zur Verfügung.«

Wir sahen uns stumm an. Dann fügte er rau hinzu: »Egon wird sich freuen.«

Ach, Egon würde sich freuen, und er? Sehr freundlich. Ich focht einen inneren Kampf aus. Zum einen traute ich ihm wie gesagt immer noch nicht. Zum anderen war ich nach der Vorstellung eben gerade nicht gerade erpicht darauf, sein Angebot anzunehmen. Willkommen fühlte sich anders an. Ich fühlte mich in meinem Stolz verletzt und würde eher im Auto schlafen, als … Nein, eigentlich nicht. Allein die Vorstellung, mich mit meinem zermürbten Körper auf den Rücksitz zu knoten, machte es mir schwer, standhaft zu bleiben. Ein warmes Bett … Und dann war da noch Tom. Was wollte er? Wenn ich das herausfinden wollte, dann bot sich mir hier die Gelegenheit …

»Bitte«, wisperte Gary fast unhörbar. Er hielt mich immer noch fest und sah mir in die Augen – ernst, intensiv, fast verzweifelt.

Ein Schauer lief mir den Rücken hinunter und ich gab mir einen Ruck. »Also gut …«, hörte ich mich sagen. Gary nickte knapp, drückte meinen Arm als eine Art Dank oder Bestätigung und schnappte sich meinen Koffer.

»Darf ich bitten?«, wies er mir den Weg zurück zum Auto. Sein zynisches Grinsen war zurück an seinem Platz. Ich schüttelte ergeben den Kopf, ging voran und befand mich wenig später gemeinsam mit Gary auf dem Weg in den Norden der Insel.

»Es ist nicht … gemütlich«, sagte Gary entschuldigend, als er meinen Koffer in einem lichtdurchfluteten Apartment mit Aussicht auf das Meer abstellte. Egon drängelte sich zwischen uns und stieß mich fast um bei dem Versuch, meine ungeteilte Kraulaufmerksamkeit zu bekommen. Ich tätschelte ihm den riesigen Kopf und sah mich neugierig um. Alles war aus Naturstein – Wände, Boden, Decke, sogar das Waschbecken im Bad. Es war urig, doch ich verstand, was Gary meinte. Es fehlte Wärme trotz der hellen Sonnenstrahlen.

»Ich vermiete die Apartments sonst nicht, also sind sie nicht hergerichtet«, erklärte Gary.

Nicht hergerichtet war untertrieben. Es gab ein Bett ohne Matratze, einen kaputten Holzstuhl und sonst nichts.

»Mach es dir mit Egon auf der Veranda bequem«, schlug er vor. »Ich werde das Bett …« Er zeigte auf das leere Gestell und verschwand dann ohne weitere Worte.

Ich sah ihm unsicher nach. »Was habe ich mir da nur eingebrockt?«, murmelte ich und kraulte Egon hinter den Ohren. Er drückte seinen enormen Schädel an meine Hüfte und seufzte wohlig. Zumindest einer, der sich über meine Anwesenheit ehrlich freute. Egon gähnte, begleitet von einem Geräusch, dass man glaubte, gleich verschlungen zu werden, dann schmatzte er und schüttelte sich. Sein massiger Körper wabbelte hin und her und schubste mich fast um dabei. Gemeinsam gingen wir zu Veranda hinüber und harrten der Dinge, die da kommen würden.

Nachdem Gary eine Matratze angeschleppt und das Bett bezogen hatte, war das Zimmer zwar immer noch kalt, aber zum Übernachten reichte es. Ich bekam noch zwei Handtücher und eine Wolldecke, für den Fall, dass ich unter der Bettdecke frieren würde, dann stand Gary mir etwas unsicher gegenüber. »Ich hoffe, das geht so …«, murmelte er und runzelte die Stirn. Dann sah er mich abschätzend an. »Wir könnten immer noch essen gehen …«

Ich nickte. Um ehrlich zu sein, war ich todmüde und mir wurde schon wieder leicht übel. Auch mein Kopf fühlte sich überfordert an. Ich atmete tief durch und wappnete mich tapfer. Essen gehen mit Gary. Obwohl ich kurz zuvor nicht einmal das gewollt hatte, stand ich nun in seinem Apartment und würde bei ihm auf der Finca übernachten. Was für ein Sprung in die entgegengesetzte Richtung.

Gary musterte mich. »Du bist blass.«

Oh, danke … Ich verzog die Mundwinkel.

»Magst du Fisch?«, fragte er dann übergangslos.

Öh, ja, mochte ich. Was kam jetzt? Ein luxuriöses Fischrestaurant? Ich nickte langsam und ging in Gedanken meine Garderobe durch.

»Gut«, entschied Gary. »Du brauchst Ruhe, dafür hat José sich verbürgt. Ach, den Halunken muss ich auch noch anrufen«, schweifte Gary biestern ab.

Hm, was war da im Busch und noch wichtiger, was kam jetzt?

Ich wurde zurück auf die Veranda komplementiert, mit Wolldecke auf das Rattansofa gebettet – keine Widerrede möglich –, und dann verschwand Gary mit einem Eimer im Haus. Ein schuppiger Fischschwanz hing über den Rand hinaus – offenbar sein heutiger Fang. Und genauso offenbar wollte Gary für uns kochen. Ich hätte gern wegen seiner üblichen Befehlsart protestiert, doch meine Kopfschmerzen nahmen zu und ich war heilfroh, in der Waagerechten zu liegen und nicht noch um die Insel fahren zu müssen. Egon machte es sich vor meinem Sofa bequem, so als wollte er sichergehen, dass ich nicht heimlich verschwand. Ich döste weg, während ich Gary in der Küche werkeln hörte und der Geruch von Knoblauch und Ingwer in meine Nase stieg.

Kapitel 8

Als ich erwachte, war es mitten in der Nacht. Ein Mann saß mir gegenüber. Seine schemenhaften Konturen warfen vom Mond geschaffene Schatten in die fahlgraue Nacht. Ich zog scharf die Luft ein, hievte mich auf die Ellenbogen und starrte die Erscheinung an. »Tom?«, hauchte ich. Der Mann zuckte zusammen, seine Lippen wurden zu schmalen Strichen.

»Dein Essen steht auf dem Tisch«, sagte Gary mit rauer Stimme. »Es ist längst kalt, ich wollte dich nicht wecken.« Dann erhob er sich und verschwand ohne ein weiteres Wort im Haus. Oh je, ich hatte ihn verärgert … Oder verletzt? Mit zitternden Händen raffte ich die Decke um mich herum und trat fast auf Egon drauf, als ich aufstehen wollte. Er gähnte, streckte sich zur vollen Länge und blieb einfach liegen. Vorsichtig stieg ich über ihn hinweg und atmete tief durch, um den Adrenalinschub unter Kontrolle zu bekommen, den die Vorstellung von Tom ausgelöst hatte.

»Na, dann wollen wir mal«, murmelte ich. »Willst du mich nicht sicherheitshalber begleiten?«, fragte ich Egon hoffnungsvoll. Als ich zu Tür ging, rappelte er sich umständlich auf und trottete brav hinter mir her. Mein persönlicher Wachhund, sehr praktisch. Ich fragte mich allerdings, wie weit seine Loyalität ging, wenn er zwischen mir und Gary entscheiden müsste. Da ich vorhatte, von Gary ein paar Antworten zu erhalten, würde ich das vielleicht gleich herausfinden.

Ich fand Gary im Wohnzimmer, dort wo auch das Foto der beiden Brüder auf der Anrichte stand. Gary kippte gerade ein volles Glas Rum in sich hinein und schenkte sofort wieder nach.

»Vielleicht ist es einfacher, direkt aus der Flasche zu trinken«, schlug ich sarkastisch vor. Ich biss mir sofort auf die Zunge. Das war bestimmt nicht die richtige Tonart, um ans Ziel meiner Fragen zu gelangen. Korrekt. Gary blitzte mich an und setzte demonstrativ die Flasche an den Mund. Der Schmerz hinter der Wut in seinen Augen raubte mir fast den Atem. Es war, als würde ich alles mit ihm fühlen – Verachtung, Reue, Schuldgefühle, Trauer, Wut – alles auf einmal, so intensiv, dass es wie eine offene Wunde schmerzte. Ich unterdrückte ein Stöhnen und versuchte, die Situation zu erfassen. Gary litt. Er litt Qualen aufgrund von Toms Tod. Er trank, um den Schmerz zu unterdrücken. Er trank viel … und oft. Der Griff zur Flasche war bereits so zur Gewohnheit geworden, dass er nur bei der geringsten Erinnerung an Tom versuchte, ihm mit Alkohol zu entfliehen. Warum fühlte es sich schuldig? Hatte er etwas mit Toms Tod zu tun?

»Woher kennst du Tom?«, brach Gary die Stille zwischen uns.

Ich schüttelte den Kopf. »Ich kenne Tom nicht«, begann ich leise.

»Lüg mich nicht an!«, herrschte Gary mich an und umklammerte Glas und Flasche etwas zu fest. »Ich dachte zuerst, du wärst Melissa, aber du bist nicht sie. Doch du kennst Tom. Welches makabre Spiel spielst du? Was willst du hier?«

»Du hast mich für jemand anderes gehalten? Das erklärt einiges«, murmelte ich. Ja, so hatte er mich angesprochen, als ich das letzte Mal in diesem Zimmer stand. So, als ob er mich kennen würde. Jemanden, der

hinter seinem Geld her war … Oder hinter Toms …
Aber wie war das möglich? Sah sie mir ähnlich?

»Wer ist Melissa?«, fragte ich.

»Lenk nicht ab«, sagte er barsch. »Was willst du von mir?«

»Reiß dich zusammen, bevor du dich ein zweites Mal entschuldigen musst!«, sagte ich nun ebenso scharf. Dann wurde ich wieder sanfter. Gary war offenbar genauso verwirrt wie ich. Er erfasste genauso wenig die Zusammenhänge. Wie auch? Hier kam ich und redete wirres Zeug davon, dass ich Tom *gesehen* hätte, obwohl er tot war. Sowas war unmöglich. Zumindest nach gängiger Meinung. Also musste ich Tom kennen, das war die logische Schlussfolgerung.

»Ich kenne Tom wirklich nicht«, versuchte ich trotzdem mein Glück. Wie sollte ich sonst herausbekommen, was hier lief? Und eine passende Lüge, die meine Kenntnisse erklärte, fiel mir sowieso nicht ein. Zumindest nicht auf die Schnelle. »Ich *kannte* Tom nicht«, korrigierte ich mich, als Gary sich schon wieder aufregen wollte. Ich hob beschwichtigend eine Hand, während ich mit der anderen die Decke um mich gewickelt hielt. Egon saß an meiner Seite und blickte neugierig von einem zum anderen. Gary starrte mich herausfordernd an.

»Es geschehen seltsame Dinge, seit ich auf Pico bin«, flüsterte ich und erschauderte. »Und ich will wissen, wieso. Wieso gerade ich?«

Weil du die Richtige bist, sagte Tom. Seine Stimme hallte als Echo von den Wänden wieder. Ich zuckte zusammen und zog die Decke noch dichter. Gary zerquetschte das leere Glas. Es zersprang mit einem Knall, Glassplitter flogen umher, die Scherben schnitten in seine Hand.

»Geh jetzt«, presste er hervor. Blut tropfte auf den Boden, Gary zitterte vor Anstrengung. Ich glaube, er bemerkte den Schmerz nicht einmal, oder er hieß ihn willkommen – als Strafe für seine Schuld oder so etwas in der Art. Ich wusste es nicht genau, ich wusste nur, dass er blutete. Anstatt zu gehen, ließ ich die Decke fallen und eilte zu ihm. Ich griff nach seiner Hand, die er immer noch zur Faust hielt.

Er zuckte zurück. »Jetzt, sofort!«, sagte er schroff, seine Stimme bebte.

»Sei nicht albern«, benutzte ich seine eigenen Worte und zeigte auf das tropfende Blut. »Das sieht nach tiefen Schnitten aus, das muss versorgt werden!«

Sein Blick flackerte, sein Atem ging stoßweise, er versuchte, mit aller Kraft seine Anspannung zu unterdrücken.

»Raus hier, bevor ich …« Er stockte. Bevor er was? Ausflippte? Mir etwas antat? Egon gab einen winselnden Ton von sich. Und ich tat das Gegenteil von dem, was logisch war. Wo war mein Selbsterhaltungstrieb geblieben? Hatte ich Todessehnsucht?

»Nein!«, hörte ich mich sagen. »Ich habe keine Angst vor dir!« Ich vermute, diesen Satz sagte ich nur, um mich selbst zu überzeugen. Obwohl ich innerlich zitterte, hob ich trotzig das Kinn und blickte ihn an. »Und jetzt zeig mir deine Hand! Sofort!«

Gary rührte sich nicht vom Fleck, er starrte mich nur fassungslos an. Vermutlich überlegte er, ob er mich gleich erwürgen oder sich totlachen sollte. Ich griff erneut nach seiner Hand, dieses Mal zuckte er nicht zurück, und öffnete vorsichtig seine Faust. Er ließ es geschehen, blickte nur weiter auf mich herab – so intensiv, dass ich eine Gänsehaut bekam. Dann sah ich die Bescherung und zog scharf die Luft ein. Ganze Glasscherben hatten sich in die Handinnenfläche gebohrt. Einige fielen zu Boden, als ich die Faust ganz öffnete. Ich musste die Scherben entfernen, irgendwie.

»Komm mit in die Küche!«, befahl ich mit so fester Stimme wie möglich. Unglaublicherweise folgte er mir wortlos und ohne Gegenwehr.

In der Küche angekommen murmelte er: »Ich sag's ja, stur wie ein Esel …«, so als würde er nicht gerade eine Blutspur hinter sich herziehen. An der Spüle hielt ich seine Hand unter lauwarm fließendes Wasser, um sehen zu können, wo genau die Scherben saßen. Während Gary mir interessiert zusah, zog ich einen Splitter nach dem anderen heraus und ließ ihn ins Spülbecken fallen. Ich vermied es, Gary anzusehen und konzentrierte mich auf die Arbeit. Er gab keinen Ton von sich, zuckte nicht einmal mit den Wimpern. Wer war er? Superman? Fehlten ihm ein paar Nerven? Doch dann bemerkte ich, wie er sich anspannte.

»Du solltest dich beeilen«, sagte er so locker wie möglich. »Der Schmerz setzt langsam ein.« Ich starrte ihn ungläubig an. »Jetzt erst? Du verlierst hier mindestens einen Liter Blut, ganze Scherben sitzen in deiner Hand und *jetzt* kommt der Schmerz?«

»Rede nicht, mach weiter«, knurrte er. Ich schüttelte schnaubend den Kopf und holte die letzten Splitter heraus.

»Im Bad ist ein Verbandskasten«, sagte Gary und untersuchten nun selbst seine Wunden. Als ich mit dem Erste-Hilfe-Kasten wiederkam, verteilte er Desinfektionssalbe in seiner Handfläche und band sich selbst eine Mullbinde um.

»Sollten die Schnitte nicht genäht werden?«, fragte ich unsicher. »Die sind teilweise ganz schön tief …«

»Das sieht schlimmer aus, als es ist«, meinte Gary und begutachtete sein Werk. So geschickt und ruhig wie er mit seinen Verletzungen und dem Verbandszeug umging, war ich mir sicher, dass er sich selbst bereits öfter verarztet hatte, als ich mir vorstellen wollte.

Wieder standen wir uns eine Weile wortlos gegenüber, unsicher, wie es weitergehen sollte. Garys Kiefer bewegte sich, als kaute er auf ungesagten Worten herum. »Danke«, brachte er schließlich leise hervor. Als Antwort knurrte mein Magen. Gary grinste schief. »Setz dich, ich machte dir das Essen warm«, sagte er ungewohnt sanft. Ich nickte nur und nahm den Olivenzweig an.

Wir sprachen nicht viel, es war eher eine Art Waffenstillstand. Das Thema Tom vermieden wir gänzlich, umschifften es, wie einen bedrohlichen Eisberg, anstatt die Titanic auflaufen zu lassen.

Garys Fisch in Knoblauch und Ingwer schmeckte auch aufgewärmt ganz wunderbar. Kochen konnte er jedenfalls. Dann goss er uns beiden ganz zivilisiert ein kleines Glas Rum ein. Egon lag zu unseren Füßen und schnaufte beruhigt auf. Spannungen mochte er offenbar ganz und gar nicht. Solch friedliche Eintracht, wenn auch nur vorläufig, war mehr nach seiner empfindsamen Seele in diesem monströsen Hundekörper. Ich hatte Egon bereits tief in mein Herz geschlossen. Sein Herrchen war da eine ganz andere Nummer …

Gary brachte mich hinüber zu meinem Apartment, er wünschte mir sogar eine gute Nacht. Sein Blick war so intensiv und seine Stimme so sanft dabei, dass es mir heiß durch den Körper lief. Wie sollte man aus diesem Mann jemals schlau werden?

Gary stand auf der Veranda und blickte zur Tür des Apartments hinüber. Was trieb er hier nur? Wo sollte das hinführen? Er bewegte die Finger seiner verletzten Hand. Als Meli ihn für Tom gehalten und Tom sich dann auch noch eingemischt hatte … Nein, korrigierte Gary sich selbst. Tom hatte sich nicht eingemischt. Garys kranke, schizophrene Seite hatte sich gezeigt. Aus Angst, sich nicht kontrollieren zu können, aus Angst Meli etwas anzutun, hatte er sie weggeschickt. Doch sie war nicht gegangen. Und Gary hatte eines gelernt, er war stärker, als er gedacht hatte, zumindest dieses Mal. Er durfte die Kontrolle nicht verlieren. Er durfte Realität und Wahn nicht durcheinanderbringen, denn dann würde er das letzte bisschen Verstand verlieren.

Dein Verstand funktioniert wunderbar. Du siehst nur mich, das ist alles. Und auch das wirst du bald verstehen. Hab Geduld, flüsterte Tom.

Geduld! Gary schnaufte. Egon trottete heran, setzte sich neben ihn und gähnte. Gary kraulte ihn geistesabwesend. Er blickte zum Apartment hinüber, Melis Schatten rührte sich hinter dem Fenster. Wenn er geistig gesund wäre, hätte er keine Sekunde gezögert. Nicht bei dieser Frau. Es wäre ihm egal, dass sie wieder abreisen würde.

Nur wer wagt, gewinnt, flüsterte Tom.

Ja … Doch die Dinge lagen anders. Gary knirschte mit den Zähnen. Und jetzt wohnte sie in seinem Apartment. Wie sollte er da widerstehen? Wäre er auch hierbei stark genug? Am besten er ging ihr aus dem Weg, so oft es möglich war. Aber auf nette Weise, er wollte sie nicht verletzen. Wenn er zum Fischen hinausfuhr … Sie wusste, dass das zu seiner Arbeit gehörte …

Ich deckte mich sofort mit Bettdecke und Wolldecke zu. Die kalte Einrichtung des Raumes färbte auf mein Temperaturempfinden ab. Das Bett war überraschend bequem. Ich lag noch eine Weile wach, starrte an die Natursteindecke und ließ den Tag an mir vorüberziehen. Nicht zu fassen, vom Krankenhaus direkt in Garys Apartment. Das Schicksal spielte Pingpong mit mir. Oder war es Tom? Und wie sollte es jetzt weitergehen? Garys sanfte Blicke begleiteten mich in den Schlaf.

Ich flog hoch über den Inseln. Das fahle Mondlicht zeichnete den Archipel in unzähligen Grautönen, das Meer rauschte unter mir, eine laue Brise erfasste meine Federn. Federn? Erstaunt sah ich an mir herab, betrachtete meine weit ausgestreckten Arme – Flügel! Ich flog? Bevor ich meine neue Form richtig realisieren konnte, wehte ein Wispern zu mir heran – ein Flüstern, getragen vom Rauschen des Meeres.

Komm zu mir ... Komm zu mir ... Ich warte auf dich ... Komm zu mir ... Ich bin hier ...

Erschrocken zuckte ich zusammen, verlor das Gleichgewicht in meinem ungewohnten Körper und fiel ...

Ein saugendes Gefühl in der Magengegend, das Gefühl zu fallen, dann der Aufschlag ...

Mit einem schwachen *Rums* landete ich samt Bettdecke auf dem steinernen Boden. Es dauerte einen Augenblick, bis ich verstand, wo ich war. Ich blinzelte und rappelte mich auf. Ich war aus dem Bett gefallen, nicht zu fassen! Vollkommen durchgeschwitzt knotete ich mich aus den Decken und schüttelte über mich selbst den Kopf. Dann

155

fiel mir der seltsame Traum ein. Diese Stimme, ich kannte sie … Ein mulmiges Gefühl überkam mich. Die Stimme aus der Grotte … Hastig raffte ich die Decken zusammen und warf sie auf das Bett. Dort auf dem Boden kam ich mir so ausgeliefert vor. Albern, das wusste ich, doch dass ich es wusste, änderte nichts an dem Gefühl. Dann ging ich ins Bad, stellte mich kurzerhand unter die Dusche und wusch Schweiß und Traum einfach fort. Zumindest Ersteres gelang mir gänzlich. Die Stimme verfolgte mich leider bis zurück ins Bett. Ich entfernte die Wolldecke, viel zu warm. Vermutlich war das der Grund für meinen schlechten Schlaf und diesen seltsamen Traum gewesen.

Wieder lag ich wach und starrte an die Decke. Diese Stimme … Oder irrte ich mich? War es nur ein Traum? Ich entschied, Wenke nach Pedros Telefonnummer zu fragen. Schaden würde es nicht.

Als ich am nächsten Morgen zum Haus hinaufging, war Gary bereits fort. Eine Nachricht lag auf dem Küchentisch. Er war aufs Meer hinausgefahren, Fischen. Mein Frühstück stünde auf dem Herd, ich sollte mich wie zu Hause fühlen, mich ausruhen und mir zum Mittag einen Fisch braten – den fand ich im Kühlschrank, fertig mariniert. Er hatte an alles gedacht. Ich hob den Deckel der Pfanne hoch, die auf dem Herd stand. Ein Omelett. Daneben Brot und Käse mit einem Geschirrhandtuch abgedeckt. Wie süß, er gab sich wirklich Mühe.

Egon leistete mir bei meinem üppigen Frühstück zufrieden Gesellschaft. »Wir sind wohl heute auf uns allein gestellt«, sagte ich zu ihm und tätschelte seinen breiten Schädel. »Wie wär's mit einem Spaziergang über die Finca?« Egon folgte mir freudig, nachdem ich in der Küche klar Schiff gemacht hatte. Es war windig, aber kein Regen. Wir schlenderten zum Bootssteg hinunter und hielten nach Gary Ausschau. Weiter draußen sah ich ein Boot zwischen den Wellen. Ob er das war? Dann inspizierte ich die Umgebung. Etwas oberhalb meines eigenen Apartments entdeckte ich – völlig zugewachsen – die zweite Ferienwohnung. Die Tür war abgeschlossen. Ein Blick durch das staubige Fenster zeigte Kisten, Möbel und allerlei Krimskrams. Offenbar nutzte Gary dieses Apartment als Abstellraum. Schade, fand ich. Es lag genau wie meine Wohnung, ganz idyllisch zwischen blühenden Büschen und Bäumen mit Blick aufs Meer. Hinter den Apartments, einen Hügel hinauf, erstreckten sich Dutzende Kleinstparzellen, durch Natursteinmauern abgegrenzt, so wie man sie auf ganz Pico fand. Die Mauern bestanden aus lose aufeinandergestapeltem dunklem Lavagestein und schützten die Erde vor Wind und Erosion. In den kleinen Parzellen wurde meist Wein angebaut, genau, wie ich ihn hier vorfand. Ein kleiner aber gut gepflegter Weinberg. Mit Egon im Schlepptau schlenderte ich die kleinen Wege zwischen den Parzellen entlang. Es war wunderschön hier. Ein kleines, eigenes Paradies. Der Wind zerzauste meine langen Haare, die ich nur lose zu einem Zopf im Nacken gebunden hatte. Ich atmete die salzige Luft tief ein und blickte von oben über den kleinen Weinberg, die Apartments und das Haupthaus hinauf aufs Meer. Ein mir unbekanntes Gefühl von Heimat überkam mich. Hier könnte ich leben, kam es mir in den Sinn. Wie war das möglich? Ich war um den halben Erdball gereist, ohne mich je zu Hause gefühlt zu haben. Doch hier, wo diese seltsamen Dinge geschahen, Wenke und mir der Urlaub verdorben worden war, und wirklich alles schief lief, hier fühlte ich mich wohl? Was für eine Logik. Ich dachte an Gary, an Tom und dann fiel mir mein Traum von letzter Nacht ein. Die Stimme, die mich gerufen hatte. Die Stimme aus der Lavagrotte.

Ich holte mein Handy aus meinem Apartment, setzte mir in Garys Küche einen Tee auf – auch der stand bereit – und wählte Wenkes Nummer. Obwohl es schon halb elf Uhr durch war, antwortete eine verschlafene Stimme. »Ja?«

»Wenke? Alles in Ordnung bei dir?«

»Meli! Ja, bestens«, schluderte sie, dann hörte ich ihr Bettzeug rascheln. Sie stöhnte. »Ich glaub, ich hab mich verlegen … Flauschi ist überm Berg. Er schläft bei mir im Bett. Mitten im Bett … Ich wollte ihn nicht stören.«

Ich konnte mir das bildlich vorstellen. Wenke, die sich irgendwie an den Rand des Bettes knotete, damit ihr geliebter kranker Kater sich ausbreiten konnte.

»Das ist eine gute Nachricht«, sagte ich, statt ihr zu erklären, dass Flauschi immer noch eine Katze war, und es ein Sessel oder von mir aus ein Katzenkorb auch getan hätte. Ich war zwar tierlieb und ein absoluter Hundemensch, doch ins Bett gehörten Tiere deshalb trotzdem noch lange nicht. Flöhe, Zecken und anderes Getier sollten sie bitte woanders verteilen.

»Und wie geht's dir? Besser?«, fragte Wenke dann mit etwas wacherer Stimme.

»Besser«, bestätigte ich. »Du glaubst nicht, wo ich gerade bin!«

»Du bist nicht mehr im Krankenhaus?«, fragte Wenke erstaunt.

»Nope, ich bin wieder auf Pico. José, Garys Arztfreund, oder was auch immer die beiden verbindet, hat sich für mich verbürgt. Und rate mal, wen er mir als Wachhund ans Bein gebunden hat!« Als ich das so aus Spaß formulierte, kam mir der Gedanke, dass da vermutlich sogar etwas Wahres dran war.

»Nein! Gary?«, platzte Wenke heraus. »Echt?«

»Jupp. Ich sitze in seiner Küche und trinke Tee. Egon leistet mir Gesellschaft, Gary ist Fischen.«

»Du schläfst bei ihm im Haus?« Wenke war nun hellwach.

»Nein, das hätte ich nicht mitgemacht. Nicht nachdem, wie er sich verhalten hat. Gary hat zwei Apartments.« Und dann erzählte ich Wenke, wie ich hier gelandet war.

»Ach herrje, daran hatte ich gar nicht mehr gedacht«, meinte Wenke zerknirscht. »Ich habe uns beide ausgecheckt. Aber es gab kein anderes Zimmer für dich? Seltsam, da war doch noch so viel frei.«

»Sie sagte was von Hochsaison, was weiß ich. Ich hatte jedenfalls die Wahl zwischen im Auto schlafen oder Garys Apartment.«

»Du hast wieder einen Leihwagen? Gut, dann bist du zumindest mobil, wenn er sich wieder daneben benimmt. Aber süß ist er«, plapperte Wenke weiter, während ich beim Satz mit dem Leihwagen hängen blieb.

»Äh …« Ich stockte. Verflixt. Ich hatte doch gar kein Auto. Wir waren in Garys Wagen hergekommen. Ich saß hier fest.

»Meli? Bist du noch dran?«

»Ich habe kein Auto«, sagte ich seufzend. »Hast du mal Pedros Nummer für mich?« Geschickt, dachte ich. So brauchte ich Wenke nicht einmal von dem Traum zu erzählen. »Vielleicht ist er ja so nett und besorgt mir einen Wagen. Hier festzusitzen ist vielleicht nicht so schlau, da magst du recht haben.«

»Oh ja, klar, warte mal …« Es raschelte und knisterte, dann war sie wieder da. »Die von Ludvig auch? Er ist echt süß, hat sich schon zweimal nach mir und Flauschi erkundigt. Er will mich besuchen kommen!«

Ich sah förmlich, wie Wenke in den Hörer strahlte. »Echt? Das hätte ich nicht gedacht«, sagte ich ehrlich. Normalerweise blieb ein Urlaubsflirt dort, wo er hingehörte – im Urlaub.

»Ich auch nicht«, gestand Wenke und kicherte verliebt.

»Ja, gib mir mal beide Nummern. Kann nicht schaden, hier Kontakte zu haben«, entschied ich kurzerhand. Dann plauderten wir über Ludvig, Pedro und Gary. Wir verglichen ihre Vorzüge und Nachteile, als würden wir sie auf einem Sklavenmarkt begutachten. Typisches Frauengeplänkel über Männer, ein netter Zeitvertreib.

José kam zur Tür herein, als ich gerade den marinierten Fisch briet und dazu Brot im Ofen aufbuk. Ich nötigte ihn, mit mir zu essen, bevor er mich als Arzt untersuchte. Denn dafür war er offenbar hergekommen. Gary hatte ihm Bescheid gegeben, wo ich mich befand. Josés äußerst zufriedener Ausdruck darüber, dass ich eines von Garys Apartments bewohnte, entging mir keineswegs. Oh ja, ich hatte recht gehabt, José hatte das geplant. Hatte er auch gewusst, dass in der Hochsaison alles ausgebucht war? Oder … Wenkes Worte fielen mir ein – *Seltsam, da war doch noch so viel frei* … Und woher wusste die Rezeptionistin von den Apartments bei Gary? Kannte hier wirklich jeder jeden? Und Gary, der meinte, er müsste sich den Halunken José noch vorknöpfen … War es möglich? Ich sah José direkt an und ließ es darauf ankommen.

»Was haben Sie der netten Frau an der Rezeption dafür versprochen, damit sie uns sagt, alles wäre ausgebucht und dann noch einfach so Garys Apartments erwähnt?«

José zuckte merklich zusammen. So so. *Halunke* war wohl das falsche Wort. Hier spielte jemand Amor!

»Ich sehe schon«, grinste er dann breit. »Der Schlag an den Kopf hat der Intelligenz nicht geschadet. Und sag José zu mir, mein Mädchen.«

Ich schüttelte ergeben den Kopf. Wo war ich hier nur hineingeraten? »Ist dir schon der Gedanke gekommen, dass Gary mich gar nicht hier haben will?«, murrte ich José an.

»Natürlich will er. Der Junge weiß nicht, was gut für ihn ist. Er hat einige ... hm ... Probleme, doch er ist ein feiner Bursche.«

»Hm ...«, machte ich halb knurrend. Hier wurde ich einfach angeboten, ohne gefragt zu werden. Das Sklavenmarktbeispiel kam mir in den Sinn. Wie harmlos war es doch, einfach nur darüber zu reden. José dagegen machte gleich Nägel mit Köpfen.

»Und wer ist die Rezeptionistin?«

José grinste. »Die Nichte meiner Schwester«, sagte er stolz. Ich konnte nicht anders, als zu lachen.

»Aber sag Gary nichts davon«, bat José dann nachdenklich. »Ich glaube der Junge ist noch nicht so weit. Da versteht der keinen Spaß.«

»Oh«, sagte ich mit leichter Genugtuung. »Ich glaube, der weiß das bereits!«

José schluckte nervös und häufte drei Teelöffel Zucker in seinen Tee. Ich dachte, er wäre Arzt? Ich verkniff mir einen Kommentar und fragte stattdessen: »Ich würde gern ein paar Sachen einkaufen. Ich will für uns kochen. Wo ist hier der nächste Laden und wie komme ich da ohne Auto hin?« Ich grinste ihn an. Den Wink mit dem Zaunpfahl verstand er sofort.

»Ah, Liebe geht durch den Magen«, nickte er. »Meine Rosa ist eine wunderbare Köchin. Du musst morgen unbedingt zu uns zum Mittag kommen, falls Gary wieder auf See ist! Und natürlich fahre ich dich jetzt gleich zum

Einkaufen, damit du Gary *weichkochen* kannst.« Er zwinkerte mir zu und lachte über seinen Scherz. Ich mochte den Alten, doch ob man Gary mit leckerem Essen *weichkochen* konnte, das bezweifelte ich. Aber eines wusste ich genau, satt stritt man sich nicht halb so oft. Und satt durch ein wirklich gutes Essen glättete so einige Wogen. Außerdem wollte ich mich bei ihm für die Bleibe bedanken. Auch wenn er mich nicht so gern hier hatte, gab er sich wirklich Mühe. Also fuhr ich mit José einkaufen und zauberte zum Abend ein leckeres Menü. Da ich nicht genau wusste, wann Gary nach Hause kommen würde, wählte ich etwas, das lange im Ofen schmoren konnte. Vorspeise Salat, Nachspeise meine berühmte Mousse au Chocolat. Auch ich konnte mir Mühe geben.

Müde und erschöpft von einem langen Tag auf See hievte Gary die vollen Eimer mit Fisch und Krabben an Land. Der Fang hatte sich gelohnt. Im Bootshaus nahm er die Fische wie immer gleich aus, um sie dann so frisch wie möglich einfrieren zu können. Die Krabben kippte er in ein extra dafür vorgesehenes Becken, in dem sie problemlos leben konnten, bis er sich selbst etwas Essbares gegönnt hatte. Gary war am Verhungern und seine Laune daher etwas gereizt. Auf dem Weg zum Haus wünschte er sich, allein zu sein. Sich jetzt sozial zu verhalten, dafür stand ihm wirklich nicht der Sinn. Gary nahm die Stufen zur Veranda und schnupperte. Es roch nach Essen und es roch sehr gut. Meli hatte doch nicht etwa …?

Sie hatte. Vollkommen verdattert stand Gary in der Küchentür und sog das Bild in sich auf. Meli stand gebückt vor dem Ofen und begutachtete etwas, das nach Schmorbraten roch. Gary begutachtete stattdessen ihr wohlgeformtes Hinterteil. Ihm gefiel, was er sah. Eindeutig. Im lief das Wasser im Mund zusammen, und zwar nicht nur aus Hunger. Meli hatte ihn nicht kommen hören. Sie richtete sich auf, blickte auf die Uhr und umrundete Egon, der mitten in der Küche lag und Gary träge ansah. Während Meli Geschirr aus den Schränken holte, entschied Egon sich, dass es wohl angebracht war, sein Herrchen zu begrüßen. Er rappelte sich umständlich auf und lief genau in dem Moment los, indem Meli sich umdrehte, um zwei Teller auf den Küchentisch zu stellen. Gary flitzte los, Meli stolperte gegen den Hund, stieß einen entsetzten Schrei aus und wurde von Gary aufgefangen, bevor sie samt Teller den Boden knutschen konnte. Egon bellte aufgeregt und drückte sich schwanzwedelnd an sein Herrchen – sich offenbar keiner Schuld bewusst.

Gary hielt Meli im Arm, die immer noch die Teller umklammerte. Er spürte ihr Herz rasen, sie sah ihn mit großen Augen an.

»Danke«, stieß sie atemlos hervor. Gary bekam eine Gänsehaut. Sie war so sexy, so voller Leben, so warm, so nah ... Er schluckte und räusperte sich.

»Gern geschehen ...«, sagte er rau. Sie atmete immer noch zu schnell, ihre Pupillen waren geweitet. Er bräuchte sich nur hinunterzubeugen ... Das Verlangen wurde fast übermächtig. Diese Anziehungskraft ...

»Ich ... äh ... Ich habe gekocht«, stieß sie hastig hervor und errötete. Sie sah entzückend aus. Das Blut rauschte in Garys Adern.

»Ähm … die Teller …«, sagte sie verlegen und schluckte nun ihrerseits.

Gary besann sich, räusperte sich erneut und lächelte. »Es riecht wunderbar. Ich gehe mich nur schnell waschen.«

Meli lächelte zurück, fast schüchtern und immer noch rot im Gesicht. Entgegen seinem Verlangen ließ Gary ihren Arm los und riss sich zusammen. »Ich bin gleich wieder da«, murmelte er. Gleich, nachdem er sich kaltes Wasser ins Gesicht geschüttet hatte. Gary atmete tief durch, als er die Küche hinter sich gelassen hatte. Der Tag auf See hat ja wirklich etwas gebracht, dachte er ironisch. Ein Blick, und es war um ihn geschehen. Nicht zu fassen! Diese Frau trieb ihn noch in den Wahnsinn. Und er dachte, seine Tom-Halluzinationen würden das erledigen. Weit gefehlt. Sie hatte für ihn gekocht! Wo zum Teufel hatte sie die Lebensmittel her? Es roch fantastisch und Garys knurrender Magen trieb ihn zur Eile an. Oder war es Melis Anblick?

»Warst du einkaufen?«, fragte Gary mich, als er sich am Küchentisch niederließ. Sein Magen knurrte so laut, dass ich grinsen musste.

»Hungrig?«, neckte ich ihn. Er verzog das Gesicht und lächelte schief. »José war hier, er hat mich mitgenommen. Er war Feuer und Flamme, als ich sagte, dass ich für uns kochen will.«

»Das kann ich mir denken«, murmelte Gary. »Dieser ausgekochte Halunke.«

Ich grinste in mich hinein, während ich den Braten hervorholte. Dazu gab es Kartoffelknödel, selbst gemacht natürlich. Gary gingen fast die Augen über, als ich Salat, Braten, Rotkohl und Knödel auf den Tisch stellte.

»Nachtisch gibt es auch noch. Ich hoffe, du magst Schokolade?«

Er nickte überfordert. »Hast du alles selbst gemacht?«

»Ich hatte Zeit und ich koche für mein Leben gern. Wenke behauptet, ich könnte ein Restaurant aufmachen. Sie übertreibt natürlich maßlos, um mich bei Laune zu halten.« Ich lachte. Wenke liebte mein Essen, sie würde alles sagen, um an meine neueste Kreation zu gelangen.

»Das werde ich gleich selbst beurteilen«, sagte Gary und griff voller Vorfreude nach dem Tranchiermesser. Er hielt inne. »Darf ich?«, fragte er dann. Die Ungeduld spiegelte sich in seinen Augen wieder. Er freute sich fast wie ein kleiner Junge zu Weihnachten. Wie süß!

»Nur zu! Dafür ist es da«, lachte ich glücklich. Überraschung gelungen, Mann bei guter Laune. Was will man als Gast bei einem Eigenbrötler mehr?

»Oh Gott, das ist himmlisch!«, stieß er hervor. »Woher wusstest du, dass das mein Lieblingsgericht ist?« Er kaute, als hätte er seit Tagen nichts zu essen bekommen.

»José hat geplaudert. Er meinte, du liebst Rosas Küche, doch du hättest mal gesagt, dass du deutsche Hausmannskost vermisst, vor allem genau das hier.« Ich blickte mehr als zufrieden über mein gelungenes Mahl.

»José, hm? Dafür reiß ich ihm dann einmal weniger den Kopf ab«, knurrte Gary und füllte sich seinen Teller zum zweiten Mal voll.

Es wurde ein wirklich netter Abend. Nach dem Essen zogen wir uns mit einem Glas Wein auf die Veranda zurück, redeten über Essen – ein unerschöpfliches

Thema, ebenso unverfänglich wie das Wetter, aber dafür viel spannender, zumindest für jemanden wie mich – und vermieden erneut brisante Themen wie Geister und sonstig Gefährliches. Gary fielen bald vor Erschöpfung die Augen zu. Ich legte ihm die Wolldecke über, wie er es bei mir getan hatte, knuddelte Egon gute Nacht und zog mich in mein Apartment zurück.

Der Wind streifte durch meine Federn, trug mich höher und höher, ich lachte vor Erstaunen auf. Dieses Mal war ich vorbereitet, die neue Form passte sich mir an oder ich mich ihr? Meine Flügel trugen mich sicher über das Meer – unter mir die Inseln der Azoren. Der Gipfel des Pico badete im fahlen Mondlicht, es war still, fast gespenstisch, nur ein leises Rauschen des Meeres war im Hintergrund vernehmbar und der Wind in meinen Flügeln.

Komm zu mir …, wisperte es leise von weit her. Komm zu mir … Ich bin hier … Die Worte wurden lauter, doch sie blieben ein Flüstern – vom Wind herangetragen. Komm zu mir … Ich warte auf dich … Schon so lange … Ich bin hier … Komm zu mir …

Ein Schauer überlief mich. Ich zögerte, flog eine Weile einfach weiter über das Meer und versuchte, die Quelle der Stimme auszumachen.

Komm zu mir … Ich bin hier …

Es war eindeutig die Stimme aus der Grotte. Würde sie mich dort hinführen? Was wollte sie von mir? Wer sprach da? Ich drehte zögernd ab und flog auf Pico zu.

Komm zu mir …

Ja, die Richtung stimmte. Langsam flog ich weiter, ließ mich von der Stimme leiten. Zu meiner Überraschung kam sie nicht aus dem Westen der Insel, dort wo die Grotte lag, sondern rief mich aus dem Norden zu sich. Ich segelte über die Insel auf die Küste zu, unter mir erschien eine Finca. Garys Finca …

Du bist da … Komm zu mir …

Ich kreiste ungläubig über dem Anwesen und starrte in das monderleuchtete Grau unter mir. Hier? Aber ich war doch schon hier. Wer rief mich dann zu mir? Wo war dieser jemand? Eine eisige Vorahnung packte mich. Wurde ich beobachtete?
Ich bin bei dir ..., wisperte die Stimme.

Mit einem Ruck wachte ich auf. Mit klopfendem Herzen und rasendem Atem sah ich mich im Zimmer um. Das Mondlicht warf graue Schatten an die Wände – sich bewegende Schatten der Bäume vor dem Fenster. Ich klammerte mich an der Bettdecke fest, als würde sie mir behilflich sein können. Mein Blick flackerte umher, doch da war nichts. Nur ein Traum? Ich lachte leicht hysterisch auf und erschrak vor meiner eigenen Stimme. Nicht zu fassen. Hier saß ich wie ein kleines Kind mit der Angst eines Albtraumes im Nacken. Ich schnaubte ärgerlich und schwang die Beine aus den Federn. Kühles Wasser im Gesicht, das würde helfen. Ich tapste ins Bad und knipste das Licht an. Zumindest war ich dieses Mal nicht aus dem Bett gefallen.

Als ich mich erfrischt und beruhigt hatte und auf dem Weg zurück ins Bett war, gefror mir das Blut in den Adern.

Komm zu mir ... Du bist fast da ... Ich bin hier ...

Die Stimme hallte als Echo von den Steinwänden wider. Eine Gänsehaut überzog meinen ganzen Körper. Ich stand stocksteif inmitten des Raumes, wagte kaum zu atmen und horchte in die Nacht.

Komm zu mir ..., klang es nun von etwas weiter her. Von draußen.

Ich warte auf dich ... Schon so lange ...

Ich zitterte am ganzen Körper. Am liebsten wäre ich ins Bett gesprungen und hätte mir die Decke über den Kopf gezogen.

Komm zu mir ... Die Stimme wurde leiser, noch weiter entfernt.

»Tom, wenn du das bist, dann ist das nicht lustig!«, zischte ich verärgert, obwohl ich immer noch zitterte wie Espenlaub. Dann stürmte ich wider aller Vernunft zur Tür hinaus, der Stimme hinterher – der Gefahr entgegen, nicht verkriechen, zuschlagen, nicht geschlagen werden. Oder so ähnlich. Nur im Nachthemd und barfuß folgte ich dem Pfad hinter meinem Apartment hinauf.

Komm zu mir ... *Ich bin hier* ... *Jaaaa* ...

Ich zitterte vor Angst, trotzdem lief ich weiter. Mein Ärger über die Situation war stärker, ich musste einfach wissen, was hier los war.

Komm zu mir ... *Komm zu mir* ...

Ich stand vor der Tür des zweiten Apartments. Büsche und Bäume drängten sich heran, als wollten sie hinein. Als wollten auch sie der Stimme folgen, die nun im Inneren wisperte. *Komm zu mir* ... *Ich bin hier* ...

Ich stand da und starrte die Tür an. Dort drinnen? Was war dort? Was rief mich?

Zögernd und ganz vorsichtig ergriff ich die Türklinke und drückte sie langsam hinunter. Verschlossen. Genau wie am Vortag.

Komm zu mir ... *Ich bin hier* ... Die Stimme kam eindeutig aus dem Inneren des Apartments, doch wie kam ich hinein? Und wollte ich das überhaupt? Plötzlich setzte meine Logik wieder ein. Was tat ich hier, mitten in der Nacht? Allein? Ich fröstelte, hielt die Tür im Blick und trat einen Schritt rückwärts. Und noch einen. Mein Herz klopfte mir bis zum Hals. Ich wollte mich umdrehen und losstürmen, doch irgendetwas hielt mich fest. Ein Schatten an der Tür ließ mich leise quieken, hastig schlug ich die Hände vor den Mund. Tom!

Er sah mich an, dann zur Tür.

Komm zu mir … Ich bin hier …, kam es von drinnen.

Du bist die Richtige, sagte Tom leise zu mir und lauschte wie ich nach der Stimme. *Es geht um dich … Nur deshalb bin ich hier … Es ging immer um dich …* Er sah mich an, intensiv. *Nur deshalb kam ich hierher. Nur deshalb kann ich hier sein! Es rief mich wie dich … Gary hat den Schlüssel, suche die Antwort …*

Ich starrte ihn perplex an, versuchte zu verstehen. Was zum Henker ging hier vor sich? Tom verblasste …

»Was meinst du?«, flüsterte ich. »Tom! Komm zurück! Was meinst du damit! Doch er verschwand gänzlich und mit ihm verebbte auch die Stimme im Apartment.

Als ich endlich wieder warm und hoffentlich sicher in meinem Bett lag, fasste ich den Entschluss: Ich musste herausfinden, was hier lief. Um jeden Preis, auch wenn ich dadurch ins Verderben lief. Ich wollte es wissen und ich würde meine Antworten bekommen!

Kapitel 9

Am nächsten Morgen stand mein Plan fest. Ich wollte Gary fragen, ob ich mein Apartment mit Sachen aus der zweiten Wohnung einrichten durfte. Wenn nicht, würde ich dort nächste Nacht irgendwie einbrechen. Dort drinnen gab es etwas, das mich rief. Etwas, das auch Tom gerufen hatte. Und wenn ich es richtig verstand, war es nur dieses *Etwas*, das es ihm ermöglichte, sich mir zu zeigen. Und ich wollte wissen, wie und warum. Warum ich?

Ich fand Gary vor dem Bootshaus, wo er gerade dabei war, Krabben in einem riesigen Kessel über einem Feuer zu kochen.

»Guten Morgen!«, begrüßte er mich. »Gut geschlafen?«

Darauf antwortete ich vorsichtshalber nichts. »Guten Morgen! Schon fleißig bei der Arbeit?«

Er zeigte auf die kochenden Krabben. »Dazu bin ich gestern Abend nicht mehr gekommen. Irgendjemand hat mich so satt und rund gefüttert, dass ich auf dem Sofa eingeschlafen bin.« Er lachte mich an.

Ich grinste. »Wer das wohl war? Soll dieser jemand heute Abend etwas mit Krabben zubereiten?«

Er legte den Kopf schief und überlegte. Ich sah Zögern in seinen Augen aufflackern, doch dann gab er sich einen Ruck. »Das wäre nett«, sagte er ernst. Ein Schauer lief mir über den Rücken. Wieder erfasste mich diese unglaubliche Anziehungskraft. Ich sah, wie er die Hände zu Fäusten ballte. Fühlte auch er etwas? Betraf dieses spezielle Gefühl doch nicht nur mich? Mein Blick blieb an seinem Verband hängen.

»Wie sehen die Wunden aus? Kannst du mit deiner Hand José schon den Kopf abreißen?«, fragte ich, um die Stimmung wieder zu lockern. Ich brauchte ihn entspannt. Ich wollte was von ihm. Den Schlüssel für das zweite Apartment.

Gary sah auf seiner Hand und löste die Faust. Er blickte mich schelmisch an. »Das kann ich immer. Der alte Gauner muss sich warm anziehen«, knurrte er, doch ich hörte den gutmütigen Schalk in seiner Stimme. Wir plänkelten noch ein wenig herum.

»Hast du schon gefrühstückt?«, fragte er dann.

Ich schüttelte den Kopf. »Aber mach dir keine Umstände, ich komme schon klar.«

Er lächelte. »Das habe ich bemerkt. Dein Frühstück steht trotzdem bereit, nur für alle Fälle.«

Ich bedankte mich. Dann wagte ich es. »Was ich noch fragen wollte«, rückte ich mit meinem Anliegen heraus. »Ich würde gern das Apartment gemütlicher einrichten. Ich weiß, ich bin nicht lange hier, aber es fühlt sich so … kalt an.« Ich fröstelte bei dem Gedanken an die vergangene Nacht. Zwar nicht passend zum Thema, doch überzeugend für Gary.« Und ich will für meinen Aufenthalt hier bezahlen, wie jeder normale Tourist.«

Gary sah mich streng an. »Das kommt überhaupt nicht infrage«, wehrte er knapp ab. »Ich will kein Geld von dir!«

Und ich nicht von dir, dachte ich, verkniff mir aber den Kommentar, um die Gedanken nicht auf Tom zu lenken. Wir umschifften beide immer noch erfolgreich das Thema, weshalb ich überhaupt hier war …

Gary musterte mich eine Weile unschlüssig. »Ein paar Möbel und Kisten und so?«, fragte er dann stirnrunzelnd.

»Im zweiten Apartment steht allerhand herum«, half ich ihm auf die Sprünge. Ich war sicher, dass er dort auch die Matratze für mich aufgetrieben hatte.

Gary nickte zögernd. »Also gut«, gab er dann nach. »Schaden kann es ja nicht.« Dann zeigte er streng mit einem Finger auf mich. »Aber komm nicht auf die Idee, schwere Möbel allein zu schleppen. Du brauchst immer noch Ruhe!«

Ich verdrehte die Augen und seufzte. »Versprochen. Obwohl mir gar nicht mehr übel ist.«

»Das ist mir egal«, knurrte Gary. »Seh ich dich nur einmal mit angestrengter Miene, sperr ich dich persönlich in den Keller, bis du als gesund giltst.« Seine Augen blitzten mich an, und ich fragte mich, ob er das tatsächlich fertigbringen würde. Ich verzog den Mund und blitzte zurück.

»Das werden wir ja sehen«, murmelte ich tonlos. Laut sagte ich: »Abgemacht. Wo sind die Schlüssel?«

»Ach, die Frau wollte schon selbst Hand anlegen?«, fragte er mit erhobener Augenbraue.

»Du hast gesagt, ich soll mich wie zu Hause fühlen«, konterte ich und hob keck das Kinn.

»Hm, da war ich wohl etwas voreilig«, stellte er fest, doch ein Grinsen umspielte seine Lippen. »Du gehst frühstücken, in Ruhe. Wenn ich hier fertig bin, komm ich hinauf und schließ dir die Tür auf.«

Schon wieder dieser Befehlston. Ich knirschte innerlich mit den Zähnen. Ich nickte widerwillig und setzte ein dankbares Gesicht auf. Es fiel mir sichtlich schwer, denn Gary grinste.

»Am längeren Hebel«, sagte er spöttisch. »Und das werde ich ausnutzen, bis ich sicher bin, dass es dir wieder gut geht.«

Ich schwieg und biss die Zähne zusammen. Wenn der wüsste, was ich wirklich vorhatte. Von Geistern verfolgt, von Stimmen gerufen. Was mich da wohl erwartete? Er würde mich glatt sofort in den Keller sperren und die Schlüssel wegwerfen.

»Fast alles hier drinnen gehörte dem alten Maxi«, erzählte Gary, als er den Schlüssel ins Schloss zum zweiten Apartment steckte.

Ich hielt die Luft an, blieb hinter ihm und lauschte. Nichts, alles blieb still, bis auf Gary, der weiter erzählte und Egon, der aufgeregt neben der Tür schnüffelte.

»Als der alte Mann verstarb und sie die Finca zum Verkauf anboten, wurde alles hier hineingeräumt, sein ganzes Hab und Gut.« Er zuckte mit den Schultern. »Ich habe jedenfalls alles aufgekauft, dachte, da wäre vielleicht noch das eine oder andere darunter, dass sich verwenden ließe.«

Die Tür ging auf und Gary knipste das Licht an. Egon schlüpfte sofort ins Innere und begann, dort weiter neugierig herumzuschnüffeln.

»So, hier ist es«, sagte Gary. »Wenn du große Möbel beiseite haben willst, musst du bis heute Abend warten. Ich bin dann erstmal weg.« Damit ließ er mich und Egon zurück und schlug den Weg zurück zum Bootshaus ein.

Ich trat vorsichtig ins Innere und lauschte erneut. Von der Tür aus sah ich mich um. Alles war vollgestellt mit uralten Möbeln, Kisten, Tüten und Sonstigem. Es schien nichts von Wert darunter zu sein, zumindest nicht auf den ersten Blick. Vorsichtig ging ich weiter in den Raum und hob den einen oder anderen Deckel hoch, öffnete die Schubladen einer schäbigen Kommode und lauschte dabei angespannt nach Stimmen aus dem Jenseits. Oder wo auch immer mein Albtraum hingehörte. Da Egon bei mir blieb, wurde ich mutiger. Ich stöberte mich durch die ersten beiden Kisten – alte Bücher und Schallplatten. In der dritten Kiste das gleiche Resultat. Dann ein

Schrankkoffer voller Angelzeugs – Haken, Ruten, Netze und vieles mehr. Ob Gary davon wusste, oder hatte er hier noch nie genauer nachgeschaut? In der nächsten Kiste fand ich zwei angeschimmelte Rettungswesten. Ich rümpfte die Nase und stöberte weiter, stellte Kartons und Tüten um, öffnete Schubladen. Jede Menge Papierkram, es sah aus wie alte Rechnungen und eine Lade voll mit Pfeifen aller Art. Offenbar war der alte Maxi ein Sammler gewesen. Unter den Pfeifen waren richtige kleine Kunstwerke. Als ich erschöpft auf die Uhr sah, Mittagszeit, hatte ich nicht einmal einen Bruchteil aller Sachen untersucht. Das Apartment war größer als das Meine und besaß noch zwei Extraräume. Soweit ich sehen konnte, waren auch diese vollgestellt. Ich entschied, nach dem Essen weiterzumachen. Stimmen hatte ich keine gehört und auch noch nichts Brauchbares gefunden – zumindest nicht für mein Apartment. Die Pfeifen könnten einen Sammlerwert haben. Ich überlegte, ob man sie als Dekoration verwenden konnte. Mal schauen.

José holte mich zum Mittagessen ab. Er und Rosa waren wunderbare Menschen – herzlich und liebenswert. Zurück auf der Finca machte ich erst einmal einen kleinen Spaziergang mit Egon an der frischen Luft, dann stöberte ich mich weiter durch Kisten und Kästen. Die ständig gebückte Haltung war nicht gut für meinen Kopf, mir wurde leicht übel. Also Schluss für heute. Meine Ausbeute des Tages: eine antik aussehende Kommode, die Gary mir ausgraben sollte.

Zum Abend kochte ich wieder, und Gary aß mit großem Appetit. Wir plauderten, Gary bugsierte mir die Kommode aus dem Möbelberg und schleppte sie hinunter in mein Reich. Da meine Kopfschmerzen zunahmen und ich mir nicht anmerken lassen wollte, dass ich es übertrieben hatte, zog ich mich früh zurück, mit der Ausrede, ich wolle noch ein paar Ansichtskarten nach Hause schreiben. Dass ich die bereits fertig hatte – minimalistisch mit netten Grüßen und *Immer noch keine Wale gesehen* –, das brauchte er ja nie erfahren.

Wieder flog ich über Pico, wieder rief mich die Stimme. *Komm zu mir ... Ich bin hier ... Du bist fast da ...*
Dieses Mal steuerte ich schnurgerade auf die Finca zu und landete vor der Tür des Apartments. Mein eigener Schrei, der Schrei eines Bussards, weckte mich aus dem Schlaf. Doch ich war so müde, dass ich kaum die Augen aufbekam. Bevor ich richtig wach werden konnte, schlief ich auch schon wieder ein.

Die nächsten zwei Tage wiederholten sich fast identisch. Nachts rief mich die Stimme, Gary war bereits fort, bevor ich aufstand, mein Frühstück hatte er fertig vorbereitet. José besuchte mich, um nach dem Rechten zu sehen. Es war sichtlich zufrieden mit mir. Gary hatte mir ein Fernglas gegeben, damit ich von Land aus nach Walen und Delphinen Ausschau halten konnte. Einmal entdeckte ich tatsächlich die Heckflosse eines Wals. Sie schlug auf dem Wasser auf, dann wölbte sich ein mächtiger Körper empor, stieß schnaubend eine Fontäne aus und verschwand in den Tiefen des Meeres. Eine Gänsehaut überzog meinen Körper und eine heftige Sehnsucht erfasste mich. So dicht bei mir und doch so weit weg. Es fühlte sich an, als würde ich niemals näher herankommen.
Ich stöberte mich langsam durch den ersten Raum, entdeckte noch zwei brauchbare Möbel – einen Vitrinenschrank und ein antikes Sofa mit Holzschnitzereien, das lediglich einen neuen Bezug

benötigte – und abends kochte ich für uns. Da ich nun aufpasste, es nicht zu übertreiben, verflogen Kopfschmerzen und Übelkeit und kamen auch nicht wieder. Ich war frohen Mutes, bald wieder gänzlich ich selbst zu sein. Diese Sparflammenenergie war wirklich nichts für mich.

Wenke war strahlender Laune, ihrem Flauschi ging es von Tag zu Tag besser, und Ludvig bemühte sich rührend um sie, trotz Atlantik, Portugal, Spanien und Frankreich zwischen ihnen. Und ich rief Pedro an und erzählte ihm von meinen seltsamen Träumen und der Stimme, die mich ins Apartment mit dem gesamten Hab und Gut des verstorbenen Vorbesitzers der Finca geführt hatte. Wie ich gedacht hatte, nahm er mich ernst. Er versprach, sich umzuhören, ob er über die Finca oder den alten Maxi irgendetwas herausfinden konnte, dass diesbezüglich interessant sein konnte.

Am Tag darauf, das Wetter war bereits mehrmals zwischen Frühling, Herbst und Sommer hin und her gewechselt, überraschte Gary mich mit seiner Anwesenheit zum Frühstück. Die Sonne strahlte, offenbar war heute mal wieder Sommer.

»Was hältst du von einer Inselrundfahrt?«, fragte er unvermittelt.

»Im Ernst?«, fragte ich perplex zurück. Woher der Wandel? Bisher hatte ich ihn so wenig wie möglich zu Gesicht bekommen. Er benahm sich mustergültig, hatte nicht noch einmal zur Flasche gegriffen, zumindest nicht, dass ich etwas bemerkt hätte, doch irgendwie war ich den Verdacht nicht losgeworden, dass er absichtlich so viel Zeit auf See verbrachte. Trotzdem waren wir uns näher gekommen, lernten uns langsam einzuschätzen und fanden mehr Gemeinsamkeiten, als wir gedacht hätten.

Gary zuckte mit den Schultern. »Es geht dir sichtlich besser. Du bist nicht mehr so blass um die Nase. Und ich dachte, dass du vielleicht gerne noch etwas von Pico sehen möchtest, bevor du wieder abreist. Wenn ich mich recht erinnere, war das Wetter in eurer ersten Woche hier bescheiden. Aber wenn du nicht willst …« Er zuckte wieder mit den Schultern und biss genussvoll in sein Schinkenbrot.

»Machst du Witze? Natürlich will ich!«, rief ich aufgeregt.

Gary grinste mich wissend an. Dieser Gauner. »Also dann. Abfahrt in einer Stunde?«

»Was soll ich anziehen?«, fragte ich prompt zurück.

»Bequeme Kleidung. Nimm eine Jacke mit, das Wetter kann schnell umschlagen.«

»Ach nee«, spöttelte ich. »Das ist mir noch gar nicht aufgefallen!«

Wir umrundeten einmal die Insel, folgten der Küstenstraße und stiegen an ausgewählten Stellen aus, an denen mir Gary die Schönheit der Natur zeigte. Gegen Mittag gingen wir in São João essen. Gary kannte den Besitzer offenbar. Ich hatte im Reiseführer gelesen, dass es eines der besten Fischrestaurants Picos war.

»*Das* Beste!«, sagte der Besitzer im Brustton der Überzeugung, als ich ihn darauf ansprach. Gary lachte und schlug ihm freundschaftlich auf die Schulter. Das Essen war köstlich, auch wenn mein Gericht, *Lulas*, an gebrauchte Kondome erinnerte. Gary schüttelte ungläubig den Kopf bei meinem recht ungewöhnlichen Vergleich.

»Gebrauchte Kondome! Du kannst einem wirklich den Appetit verderben«, empörte er sich. »Das sind Calamari, deren Körper ausgenommen sind, daher sind sie innen hohl.«

»Und warum sind sie so weiß und glitschig?«, fragte ich keck. Gary gab es auf und schüttelte einfach nur amüsiert den Kopf. Auch gut.

In einem kleinen Laden kaufte ich mir eine Tüte mit lecker aussehenden hausgemachten Süßigkeiten. Gleich den ersten Bissen setzte ich mir in den Hals und rang rot anlaufend nach Luft. Gary bremste scharf, zog mich zu sich heran und quetschte mir den Oberkörper beim Versuch, den Heimlich-Griff anzuwenden. Ich röchelte mit Tränen in den Augen. Als ich endlich wieder ein Wort herausbrachte – unter heftigen Hustenattacken –, teilte ich ihm mit, dass sich der Zucker im Fudge aufgelöst hatte, da konnte nichts mehr hochkommen. Husten tat ich allerdings noch eine halbe Stunde, bevor sich mein Hals wieder beruhigte.

Gary stöhnte. »Schaffst du auch nur einen Tag, ohne dich selbst halb umzubringen?«

»Hey!«, protestierte ich leicht heiser. »Das letzte Mal ist schon eine Woche her!«

Wir fuhren ins Innere der Insel zu einem See, von dem aus man den Berg Pico in all seiner Pracht bewundern konnte. Oder könnte, traf es wohl eher. Nebel zog auf und hüllte den ganzen Vulkan in ein feuchtgraues Kleid. Gary hielt nah am Ufer, außer uns war niemand dort. Wir standen dicht beieinander und genossen die Stille. Nebelschwaden zogen über die spiegelblanke Wasseroberfläche zu uns herüber und schienen eine seltsame Art von Energie mit sich zu führen. Es fühlte sich an, als ob sich die feuchte Luft um uns herum elektrisch auflud und eine Spannung schuf – zwischen mir und Gary. Wir sahen uns nicht an, standen nur nebeneinander, doch ich bemerkte, dass auch er die wachsende Spannung wahrnahm. Er streckte und beugte die Finger beider Hände, als wollte er dadurch die Energien ableiten. Mein Körper fing an zu beben. Um nichts Unüberlegtes zu tun, stand ich wie festgewachsen da und atmete immer flacher. Mit einem Ruck drehte Gary sich mir zu. Seine Augen schienen fast schwarz, so intensiv erfassten sie mein ganzes Ich. Ich hielt den Atem an, er schluckte, ballte die Fäuste und kämpfte gegen die seltsame Kraft an, die uns gefangen hielt. Dieses Mal war ich mir sicher, er wollte mich küssen. Und ich ihn, mit jeder Faser meines Körpers. Bevor die Spannung unerträglich wurde, trat er einen Schritt zurück, es schien ihn all seine Kraft zu kosten.

»Wollen wir weiter?«, fragte er leise. Seine Stimme war rau vor Verlangen.

Ich schluckte und nickte. Weshalb küsste er mich nicht, wenn er es genauso sehr wollte wie ich?

Als wir zurück im Auto waren, fragte ich mich allerdings, ob ich das wirklich wollte. War das klug? Gary war … schwierig. Milde ausgedrückt. Trotzdem musste ich mir eingestehen, dass dieser Mann ein Feuer in mir weckte, das mir bisher unbekannt war. Und es war schwer zu widerstehen. Sehr schwer …

Gary hielt das Lenkrad wieder einmal viel zu fest umklammert. Doch dieses Mal nicht aus Wut, Frust oder Angst, verrückt zu werden … Oder doch? Verrückt vor Verlangen? Nur mit letzter Kraft hatte er der unglaublichen Energie widerstehen können, die auf einmal zwischen ihnen entstanden war. Er wollte sie.

Mehr als das, er begehrte jeden kleinen Zentimeter dieser Frau. Gary unterdrückte ein Stöhnen und konzentrierte sich auf die Straße, die vom Nebel fast verschluckt wurde. Wo sollte das nur hinführen? Ins Nichts, rief er sich das Unvermeidbare ins Gedächtnis zurück. Sie würde bald abreisen und ihn über kurz oder lang vergessen. Gary hatte gespürt, dass auch sie ihn begehrte, doch das Verlangen würde abklingen, sobald das Objekt der Begierde verschwunden war. Und ein Urlaubsflirt – kurz und knackig? Nein, dafür war Gary nicht bereit. Er hatte sich zwar besser unter Kontrolle, als er gedacht hatte, doch wie würde er reagieren, wenn er wieder zu halluzinieren begann?

Gary atmete tief durch und wiederholte wie ein Mantra, was er seit langem wusste. Er war nicht gut für sie, er war für niemanden gut, nicht einmal für sich selbst …

Erst zum Abendessen fanden wir zu einer entspannteren Atmosphäre zurück. Bei einem Gläschen Wein saßen wir auf der Veranda und schauten hinaus auf das Meer. Wir redete nicht viel, trotzdem kam keine dieser peinlichen Stillemomente auf, wo man einfach nicht wusste, was man sagen sollte.

»Ich habe da noch einen schönen alten Spiegel entdeckt«, sagte ich.

»Ist das Apartment nicht bald voll?«, fragte Gary amüsiert.

»Fast. Ein Spiegel fehlt noch«, grinste ich und nickte nachdrücklich.

Er seufzte gespielt genervt. »Also gut. Wo steht der? Vermutlich in der hintersten Ecke?«

»So ähnlich«, gab ich zu.

»Wie findest du die kleinen Juwelen? Kletterst du wie ein Äffchen über alles hinweg? Wenn ich dich dabei erwische: Keller!« Er zeigte übertrieben streng mit dem Daumen irgendwo Richtung Haus.

Ich streckte ihm die Zunge heraus. Ich weiß, wenig ladylike. Er gab einen kurzen prustenden Laut von sich und verschluckte sich fast am Wein.

»Ich hab Adleraugen«, behauptete ich und blitzte ihn frech an. Das Bild eines großen Vogels tauchte vor meinem geistigen Auge auf – ich, wie ich über Pico flog … Um mein plötzliches Unbehagen zu überdecken, goss ich mir ein zweites Glas Wein ein.

Gary nickte zufrieden. »Der schmeckt gut, nicht wahr?«

»Oh ja«, antwortete ich ehrlich. Der Wein war ausgezeichnet. Dann kam mir ein Gedanke. »Ist der von dir? Von diesem Weinberg?«

»Meine Hausmarke, im wahrsten Sinne des Wortes«, sagte Gary stolz. »Selbst gepflegt, gepflückt und gekeltert.«

»Nicht schlecht«, sagte ich anerkennend. »Ich kenne jetzt die ganze Insel, aber was du hier so treibst, außer zu fischen, davon weiß ich rein gar nichts. Hinter dem Haus sind Ziegen. Die hast du vermutlich auch nicht zum Spaß? Ziegenfleisch?«

»Der Käse zum Frühstück?«, fragte er zurück.

Ich sperrte die Augen auf. »Echt? Der ist grandios! Du machst ihn selbst?«

Gary war sichtlich stolz und geschmeichelt. »Ich glaube, es wird Zeit für eine Führung über die Finca«, überlegte er.

Ich wollte sofort aufspringen.

»Morgen«, bremste er mich, aber lachte dabei. »Ich muss heute Abend noch ein paar Reusen checken.«

Als Gary zum Boot hinunterging, saß ich noch eine Weile auf der Veranda und dachte über diese Finca nach. Sie war der reinste Traum, ein kleines Paradies. Die Apartments schrien förmlich nach Urlaubsgästen. Ferien direkt an der Küste mit eigenen Whalewatchingtouren im Angebot. Wein und Käse aus eigener Produktion als Delikatesse des Hauses, exklusiv für Gäste der Finca. Für mich klang das wie ein Selbstläufer. War das der Plan der Brüder gewesen? Und dann starb Tom und Gary zog sich in sich selbst zurück, begann zu trinken. Ich erinnerte mich an die überwältigende Trauer, die Schuldgefühle und die Wut, die ich bei ihm gespürt hatte. Ob es etwas gab, das Gary befreien konnte? Das ihm ein normales glückliches Leben ermöglichen könnte? Tom … Tom könnte es. Warum erschien er nur mir und nicht Gary? Er war hier, weil ihn etwas gerufen hatte, etwas, das mit mir zu tun hatte …

Wie jede Nacht träumte ich von der Stimme, wie jede Nacht erwachte ich davon.

Komm zu mir … Du bist fast da … Ich bin hier …

Ich hatte aufgehört, vor Angst zu zittern, nur ein leichtes Unbehagen erfasste mich. Und Ungeduld. Ich suchte ja, doch wonach? Das Apartment war fast vollständig eingerichtet. Es fehlten nur noch ein paar Kissen und das Sofa benötigte einen neuen Bezug. Doch dem eigentlichen Grund meines Stöberns, quer durch das Hab und Gut eines Verstorbenen, war ich noch kein Stück näher gekommen. Pedro hatte sich kurz gemeldet und berichtet, dass er jemanden ausfindig gemacht hätte, der vielleicht weiterhelfen könnte. Ein alter Freund des Toten und außerdem dessen Anwalt. Er hatte die Finca verwaltet und veräußert, in Maxis Namen. Der Mann, Filipe Cardoso, war zurzeit in Lissabon bei seiner Tochter zu Besuch, käme aber in wenigen Tagen zurück. Das war vor wenigen Tagen. Ich fragte mich, ob seine wenigen mit meinen wenigen übereinstimmten. Ich musste in Zukunft dringend auf genaueren Zeitangaben bestehen.

Ich starrte an die steinerne Decke und wartete darauf, dass mich der Schlaf erneut übermannte. Morgen wollte Gary mir die Finca zeigen, so wie er sie sah, so wie er sie bewirtschaftete. Ein Vertrauensbeweis, da war ich mir sicher. Gary war im Grunde genommen ein feiner Kerl, genau, wie José gesagt hatte. Ein Mann mit Ecken und Kanten, dem das Schicksal einen Strich durch die Rechnung gemacht hatte. Vielleicht tat ich ihm ja wirklich gut, auf eine sonderbare Weise. Nur Tom durfte ich nicht erwähnen und gerade der spukte mir im Kopf herum. Ich ahnte, dass der große Knall noch kommen würde …

Nach dem Frühstück folgte Gary mir wie versprochen zum zweiten Apartment und fischte aus der hintersten Ecke den antiken Spiegel mit Verschnörkelungen hervor.

»Hm, gar nicht so übel«, urteilte er, nachdem er schnaufend über Kisten und Kästen zurück an der Tür war. »Soll ich ihn putzen?«

»Lass mal, ich brauche was zu tun, wenn du auf See bist«, winkte ich ab. Er runzelte kurz die Stirn. Hatte ich ihm ein schlechtes Gewissen gemacht? Das war zwar nicht meine Absicht gewesen, aber da musste er durch. Es war immerhin die Wahrheit.

Gary stellte den Spiegel direkt innerhalb meiner Wohnung ab. Er sah sich aufmerksam um. »Das sieht wirklich gut aus«, stellte er dann erstaunt fest. »Irgendwie exquisit, die Kombination aus Naturstein und altem Holz. Nicht überladen, einfach, aber gemütlich.«

»Das Sofa braucht trotzdem neuen Stoff, sonst ist es aber wirklich gut erhalten und bequem«, erklärte ich meine Vorstellung der Einrichtung. »Ein paar Kissen, um es noch wärmer zu gestalten. Und vielleicht finde ich noch einen Sessel. Er braucht nicht unbedingt das Design vom Sofa zu haben, es muss nur harmonisieren.«

»*Design* vom Sofa?«, grinste Gary. »Ich glaube nicht, dass die damals solche Worte verwendet haben.«

Ich knuffte ihn in die Seite. »Ach, du weißt schon, was ich meine«, murrte ich. Dann lachte ich auf. »Und jetzt zeigst du mir den Weinberg und wie man Wein macht!«

»Und die Ziegen, und wie man Käse macht«, ergänzte Gary.

Er war begeistert bei der Sache, erklärte mir, wie die Reben zu schneiden und zu pflegen waren, wann man erntete, welche Sorte er verwendete und warum. Danach besuchten wir die Ziegen, Egon immer im Schlepptau. Er humpelte kaum noch, seinen Verband war er mittlerweile auch los. Egon verbellte den frechen Ziegenbock, der ihn halb spielerisch, halb ernst mit Kopf nach unten angriff. Obwohl der Bock groß war, übertraf Egon ihn mit seiner enormen Masse.

Gary holte einen Eimer, schnappte sich eine Ziege und begann zu melken. Ein Mann der Tat, der sich nicht scheute, Hand anzulegen. Ich war beeindruckt.

»Und jetzt du!«, überraschte er mich.

Ich wich entsetzt zurück. »Ich … äh … Nein!« Vehement schüttelte ich den Kopf.

»Oh, doch!« Bevor ich mich versah, hatte Gary mich am Arm gepackt, zog mich zu sich und drückte mir die Zitze in die Hand. Er war direkt hinter mir, umarmte mich von hinten, um meine Hände zu führen.

»Siehst du, es ist ganz einfach«, freute sich Gary, als tatsächlich Milch floss, mit seiner tatkräftigen Hilfe. Ich war stolz wie Oskar, als ich das Resultat im Eimer betrachtete.

»Und nun gehen wir in den Keller!«

Ich sah ihn erschrocken an. »Aber ich hab doch gar nichts gemacht! Ich habe mich noch nie so sehr ausgeruht wie in den letzten Tagen!« Das war zwar glatt gelogen, aber woher wollte er das wissen?

Gary lachte lautlos. »In den Wein- und Käsekeller«, stellte er das Missverständnis richtig.

Ich schmollte den halben Weg zurück zum Haus. Dann überwog die Neugierde.

Im Keller – der genauso aus Natursteinen gebaut war wie fast alles hier – gab es mehrere Räume. In einem fand ich Wein aus den letzten beiden Jahren.

»Und hier noch einige ältere Flaschen, die vom Vorbesitzer stammen«, sagte Gary und zeigte auf ein klappriges Gestell mit staubigen Flaschen. »Ich habe eine geöffnet. Der Wein ist gut, aber nicht so gut wie meiner«, sagte er stolz.

Ich lächelte amüsiert. Gary war ganz in seinem Element. Das hier machte ihm Spaß, das war nicht zu übersehen. Dann führte er mir den Raum vor, indem er aus Weintrauben Wein herstellte – mit allen Gerätschaften, die man dafür so brauchte. Er erklärte mit Händen und Füßen, freute sich, dass ich nicht nur interessiert tat, sondern es auch war und holte letztendlich eine Flasche, die er entkorkte und mir unter die Nase hielt.

»Das war mein erster Wein. Nicht so gut gelungen wie der, den du bisher bekommen hast. Aber für meinen ersten Versuch gar nicht so übel.« Er zauberte ein Glas hervor und goss mir ein. Dann ging es in den nächsten Raum, seine kleine hauseigene Käserei. Wieder erklärte und hantierte er, zeigte mir fertigen und halb fertigen

Käse und band mich auch wieder mit ein. Ich durfte ein paar Käselaibe einsalzen und mich quer durch das Angebot futtern. Der Wein schmeckte köstlich dazu.

Auch Gary hatte sich ein Glas eingeschenkt und beobachtete mich nun mit etwas Abstand bei der Arbeit. Er hatte ein Glänzen in den Augen, das ich bisher nicht bei ihm gesehen hatte. Und ich hatte das Gefühl, dass er jede meiner Bewegungen verfolgte. Die Luft fing an zu vibrieren. Wie gestern am See baute sich eine Spannung zwischen uns auf, die bald den ganzen Raum erfüllte und die Wände zu sprengen drohte. Ich spürte seine Blicke auf mir, fühlte seine Begierde. Mein Atem ging flacher, ich versuchte, mich so ungezwungen wie möglich zu verhalten, steckte mir ein weiteres Stück Käse in den Mund und nahm einen kleinen Schluck Wein. Köstlich, doch jetzt gerade waren meine Sinne auf diesen Mann fixiert, der mich unverwandt ansah, die Augen dunkel vor Verlangen. Bevor er sich wieder verbissen zurückziehen konnte, trat ich lächelnd mit einem Stück Käse auf ihn zu, streckte mich zu seinem Mund hinauf und bot es ihm an. Er war nicht darauf gefasst gewesen, das merkte ich sofort. Seine Augen weiteten sich, er öffnete fast reflexartig den Mund, ich hatte ihn überrumpelt. Ich schob den Käse zwischen seine Zähne und strich sanft mit meinen Fingern über die Unterlippe. Gary stöhnte auf, zog mich mit einer heftigen Bewegung an sich und beugte sich über mich. Mein Herz blieb kurz stehen, dann raste es davon. Seine Lippen nahmen mich in Besitz – hungrig, leidenschaftlich, fast grob. Ich seufzte, streckte mich ihm entgegen und presste mich näher an ihn heran. Sein Atem ging stoßweise, seine großen Hände schienen überall zu sein, fuhren meinen Rücken hinunter, umfassten mein Gesäß und hoben mich hoch. Ich schlang meine Beine um seine Taille, stöhnte begierig und ließ seine Zunge meinen Mund erforschen. Eine heiße Welle durchflutete mich. Gary trug mich zum Tisch, setzte mich dort ab und vergrub seine Hände in meinen langen Haaren. Er ließ dabei nicht einmal von mir ab, erforschte meine Lippen, meinen Mund, stieß mit meiner Zunge zusammen. Ein zischender Laut entfuhr ihm, dann zog er mich noch dichter. Ich spürte sein rasendes Herz, fühlte die Hitze, die von ihm ausging. Noch niemals hatte ich einen Mann so sehr gewollt wie Gary. Alles in mir strebte ihm entgegen, ich klammerte mich fest wie eine Ertrinkende – genau wie er an mir. Mein Gehirn hatte längst ausgesetzt, ich folgte nur meinen Instinkten, meinem unbändigen Verlangen. Das Gefühl der Zusammengehörigkeit, als ob eine fremde Macht uns verband, war stärker denn je. Für mich gab es nur einen Weg – mehr. Doch dann …

In Gary brannte ein Feuer, das er noch nie zuvor derart stark gespürt hatte. Er wollte sie, wollte alles an ihr – diese vollen Lippen, die langen Haare, ihren fraulichen Körper mit den Rundungen an den richtigen Stellen. Er zog sie dichter, stieß mit seiner Zunge tiefer in ihren Mund und verlor sich fast, als sie begierig stöhnte und mehr forderte. Mehr … Ein zischender Laut entfuhr ihm, er zog sie so dicht an sich, dass sie fast verschmolzen. Mehr … Eine unbändige Kraft ergriff ihn, überwältigte ihn fast, raubte ihm die Sinne. Er wollte sie hier und jetzt. Die Kraft trieb ihn vorwärts und erschreckte ihn zugleich. Angst ergriff ihn. Plötzlich klickte etwas in Garys Gehirn. *Was tat er hier?* Es lief ihm siedend heiß durch und durch.

Sie hatte ihn überrascht, mit ihren zarten Fingern an seinen Lippen. Sie hatte ihn verführt, sie wollte ihn, so wie er sie, doch …

Gary zog sich ruckartig zurück, hielt sie steif wie ein Brett von sich und starrte verzweifelt und voller Wut auf sich selbst in Melis vor Verlangen brennende Augen. Er sah, wie ihr Blick sich langsam klärte, sah, wie sich ihre Pupillen vor Schreck weiteten, als sie seine plötzliche Veränderung bemerkte. Es zerriss ihn fast, doch er hatte genug mit sich selbst zu tun. All seine Willenskraft ging dafür drauf, seine Kontrolle zurückzuerlangen. Kontrolle. Er musste sich kontrollieren! Was, wenn er ihr in seinem Wahn etwas antat? Das hier durfte nicht geschehen, er hätte es von vornherein unterbinden müssen, doch er war schwach geworden. Die Energie zwischen ihnen hatte ihn überrascht und mit sich gerissen.

Meli starrte ihn erschrocken an, wollte ihre Hand an sein Gesicht heben – fragend. Doch er fing sie ab, biss die Zähne zusammen und tat das Einzige, das ihn davon abhalten konnte, sie erneut in seine Arme zu ziehen. Er floh. Gary stieß die Frau, die ihn fast um den Verstand brachte, von sich, machte kehrt und stürmte davon – die Treppe hinauf, auf die Veranda, den Pfad zum Steg hinunter. Erst als Gary das Boot aus dem natürlichen Hafen auf das offene Meer hinaussteuerte, atmete er zischend aus und holte tief Luft. Der Wind blies ihm das Gehirn frei, half ihm, sich zu besinnen und das heiß pulsierende Blut in seinem Körper zu bändigen.

Ich stand wie erschüttert da und starrte ihm nach. Ich zitterte vor Schreck, gefangen im Bann der überwältigenden Energien, und fühlte mich gleichzeitig elendig zurückgewiesen. Dieser Ausdruck in seinen Augen verfolgte mich noch Stunden, nachdem mein Körper sich beruhigt hatte. Eine unbändige Wut und solch schiere Verzweiflung. Wieder war es, als hätte ich all seine Gefühle hautnah an mir selbst erfahren. Wut auf sich selbst, weil er sich nicht kontrollieren konnte. Was mich deshalb nicht weniger erschreckte. Er hatte ausgesehen, als würde er mich zerquetschen wollen. Angst, mir etwas anzutun. Aber weshalb? Rastete er aus, wenn er die Kontrolle verlor? Ich konnte mir keinen Reim darauf machen, doch mir lief ein Schauer über den Rücken. Schiere Verzweiflung, weil er mir nicht wehtun wollte und weil er mich ebenso begehrte wie ich ihn? Unsicherheit ergriff mich. Bildete ich mir das alles nur ein? Wie war es möglich, dass ich all seine Gefühle deuten konnte, als wären es meine? Leitete mich mein Gespür fehl, weil ich so gern wollte, dass auch er diese Zusammengehörigkeit spürte? Dass auch er dem Bann dieser seltsamen Energien erlag, die sich meiner bemächtigt hatten? Aber weshalb spürte ich dann seine Wut und die Angst, mir etwas anzutun? Spiegelte das auch nur meine eigenen Urängste wieder?

Ich stand da und ballte die Fäuste – verlassen, verstoßen, allein im Keller ... Eine absurde Angst packte mich. Hatte er mich eingesperrt? Ich raste los, nahm zwei Stufen auf einmal – ja, das geht auch bei meiner Größe – und prallte gegen die Tür. Mein Herz blieb stehen, dann sprang es mir fast aus der Brust vor Panik. Ich hasste enge Räume! Ich ergriff die Türklinke und warf mich gegen das alte Holz – mehrmals, bis ich endlich auf die Idee kam, dass die Tür vielleicht nach innen aufgehen könnte. Ich drückte noch einmal die Klinke und riss daran. Fast wäre ich rückwärts die Treppe hinuntergerauscht, als sie ohne Widerstand aufschwang und mich vollkommen aus dem Gleichgewicht warf. Für einen Moment baumelte ich an der Türklinke, dann ergatterten meine Füße eine Stufe. Als ich endlich zitternd und schwer atmend im Flur stand, entdeckte ich Egon, der hinter mir aus dem Keller kam und mich sehr verwundert ansah. Ich hörte förmlich seine Gedanken darüber, ob ich jetzt übergeschnappt wäre.

»Ja, ja«, knurrte ich ihn entnervt an. »Dir hat er ja nicht angedroht, dich im Keller einzusperren!«

Egon gähnte als Antwort und trottete an mir vorbei hinaus auf die Veranda.

Gary kam nicht zurück. Ich wartete mit Egon auf der Veranda und machte mir zunehmend Sorgen. Es war bereits weit nach Mitternacht. Kurz bevor es dunkel geworden war, hatte ich mit Egon unten am Bootssteg nach Gary Ausschau gehalten. Das Auto stand in der Einfahrt, daher vermutete ich, dass er auf das Meer hinausgefahren war, wie er es wohl immer tat, wenn er allein sein wollte. Ich hatte recht, das Fischerboot war weg, nirgends eine Spur von Gary, obwohl das Meer verhältnismäßig ruhig war.

Wo war Tom, wenn man ihn brauchte? Ich wollte ihn fragen, ob Gary wirklich gefährlich war, ob er im Stande wäre, mich zu verletzen – körperlich. Mein Gespür sagte nein, doch die Logik sah das anders. Garys Verhalten war mehr als beunruhigend, es war gelinde gesagt erschreckend. Und trotzdem … Ich wollte ihn sehen, wollte wissen, ob es ihm gut ging, ob er sich wieder beruhigt hatte. Ich konnte so nicht schlafen gehen. Ich hatte Angst, dass ihm etwas passiert war. Er war so aufgebracht gewesen, so außer sich. Wenn er nun auf See nicht aufgepasst hatte, unkonzentriert gewesen war … Die Unruhe hielt mich wach. Ich schalt mich selbst, da er ja all die Jahre wunderbar ohne mich ausgekommen war. Und Rettungsschwimmer war er auch. Trotzdem, ich konnte meine Sorge dadurch nicht abstellen, also wartete ich auf der Veranda, bis Gary gegen fünf Uhr morgens endlich den Pfad vom Meer hinaufkam.

Es dämmerte bereits. Als er mich sah, hielt er auf den Stufen zur Veranda inne – ein Bein in der Luft, unentschlossen, ob er gleich wieder den Rückzug antreten sollte. Doch dann entschied er sich wohl dafür, dass das mehr als nur unhöflich wäre. Zuvor war er im Affekt geflohen, das hier wäre etwas anderes.

Ich erhob mich müde und ging langsam auf ihn zu. Wir sahen uns eine Weile stumm an. Die Wut war aus seinen Augen gewichen, nur eine Traurigkeit war geblieben und ein Hauch der Verzweiflung, die ich gesehen und gespürt hatte.

»Ich habe mir Sorgen gemacht«, sagte ich leise, hob meine Hand und legte sie an seine Wange. Er schloss die Augen und atmete seufzend aus – fast entschuldigend. Für mehr war jetzt nicht die richtige Zeit. Reden, wenn überhaupt, das konnte warten.

»Gute Nacht«, flüsterte ich, obwohl der neue Tag bereits anbrach. Ich lächelte ihn an, als er mich wieder ansah. Dann ging ich an ihm vorbei, die Stufen hinunter und zu meinem Apartment hinüber. Ich spürte seine Blicke in meinem Rücken. Er stand noch immer da und sah mir nach, als ich nach einem langen Tag endlich die Tür hinter mir schloss.

»Du bist viel zu gutmütig«, sagte Wenke inbrünstig, nachdem ich ihr von dem Kuss und den Folgen berichtet hatte. Sie hatte mich um halb eins aus dem Bett geklingelt und natürlich erfahren wollen, was mich so spät noch in den Federn hielt.

»Den hätte ich für so einen Abgang aber ganz schön ausgezählt! Was bildet der sich ein?«

Ich gähnte. »Ich glaube mit *auszählen* kommt man bei Gary keine zwei Millimeter weit«, murmelte ich verschlafen in mein Kissen.

»Fragt sich sowieso, ob es so schlau ist, bei so einem weiterkommen zu wollen«, meinte Wenke empört. »Ein Mann sollte zuvorkommend und amüsant sein, dich zum Lachen bringen«, fuhr sie fort.

»So wie Ludvig?«, fragte ich scheinheilig.

»Oh ja«, begann sie zu schwärmen. Doch dann roch sie den Braten. »Lenk nicht ab!«, sagte sie streng. »Jetzt geht's um dich, oder hast du dich etwa in diesen Grobian verliebt?« Ihre Stimme klang leicht ironisch. Ich aber zögerte und gab einen undefinierbaren Laut von mir. Wenke verstand sofort, schneller als ich selbst, die ich mir mit einer plötzlichen Gänsehaut am ganzen Körper die Wahrheit eingestand.

»Oh, mein Gott, du hast dich verliebt!«, rief Wenke zeitgleich mit meiner Erkenntnis. Ich hatte mich in Gary verliebt. Das war nicht nur Verlangen, da war mehr …

»Zieh da weg, sofort, bevor da mehr entsteht!«, rief Wenke.

Ich seufzte. »Zu spät«, gestand ich zerknirscht.

»Oh nein!« Wenke klang ganz verzweifelt. »Das klingt nicht gut, das klingt gar nicht gut!«

Es klopfte zaghaft an meiner Tür. Ich zuckte erschrocken zusammen. Gary? Mit einem Satz war ich aus dem Bett.

»Meli? Hörst du?«, forderte Wenke meine Aufmerksamkeit. Doch die war gerade anderweitig beschäftigt.

»Ich ruf dich zurück«, raunte ich in den Hörer und hastete direkt aus dem Bett ans Fenster. Gary! Und er war gerade im Begriff, wieder zu gehen.

»Meli? Nein, wag es ja nicht, jetzt aufzulegen!«, hörte ich Wenkes aufgebrachte Stimme, dann klickte ich sie weg und riss die Tür auf.

»Gary?«, rief ich ihm atemlos hinterher.

Er drehte sich um, blieb stehen und sah mich an. Ein eigentümlicher Ausdruck erschien auf seinem Gesicht – halb amüsiert, halb so, als hätte es ihm den Atem verschlagen. Als ich mir bewusst wurde, dass ich barfuß, nur im Schlafshirt und mit zerzausten Haaren in der Tür stand, starrte ich erschrocken an mir herab und dann wieder Gary an. Es zuckte in seinen Mundwinkeln, gleichzeitig verschlang er mich mit seinen Blicken. Ich verengte die Augen, hastete zurück in den Raum und schlug die Tür zu. Als ich von innen dagegen lehnte, hörte ich ein leises Lachen und kniff peinlich berührt die Augen zu. Verflixt, ich musste aussehen wie eine Vogelscheuche! Die Haare zerzaust, total verschlafen …

Gary klopfte an die Tür. »Meli?«

Ich hielt die Luft an. Und jetzt? Wieder ein leises Lachen. Na toll!

»Ich gehe davon aus, dass du mich hörst. Das Frühstück wartet, und ich sollte dir noch einen Schrank rübertragen.«

Ein erneutes Friedensangebot. Ich drehte mich zur Tür und schluckte meine Scham hinunter. »Ich komme gleich«, sagte ich so natürlich wie möglich, leider gelang es mir nicht ganz.

»Soll ich mit dem Frühstück auf dich warten?«, fragte er immer noch mit einem Lachen in der Stimme. Ich seufzte innerlich, freute mich aber gleichzeitig, dass er Wert auf meine Gesellschaft legte.

»Das wäre schön«, sagte ich ernst. »Gibst du mir eine Viertelstunde?«

»Gern«, sagte Gary und klopfte einmal zum Abschied an die Tür. Dann hörte ich, wie sich seine Schritte entfernten.

Ich sah noch schlimmer aus, als ich gedacht hatte. Mein Spiegelbild zeigte ein Vogelnest aus Haaren, Schlaf in den Augen und den Abdruck des zerknitterten Lakens auf meiner linken Wange ... Nachdem ich mir kaltes Wasser ins Gesicht gespritzt, das Nest entwirrt und die Bürste durch die Haare gezogen hatte und fertig angezogen war, fühlte ich mich stark genug, Gary wieder unter die Augen zu treten. Ich versuchte, das Ganze positiv zu sehen. Egal, was noch zwischen uns laufen würde oder nicht, er wusste nun bereits, wie ich am Tag danach aussehen würde. Wenn ihn das nicht abschreckte, brauchte ich mir zumindest keine Gedanken darüber zu machen, ob er wirklich mich als Person wollte.

Einfach gekleidet, in Jeans und Shirt, für einen erneuten Stöbertag durch den guten alten Krempel, erklomm ich die Stufen zur Veranda. Gary saß bereits da, eine Tasse Kaffee in der Hand und betrachtete mich von oben bis unten. Ich hatte das Gefühl, ihm gefiel immer noch, was er sah, und ließ es darauf ankommen. »Besser so?«, fragte ich und legte keck den Kopf schief.

Ein breites Grinsen erhellte Garys Gesicht. »Oh, ich weiß nicht«, schmunzelte er. »Das kunstvoll *frisierte* Haar hatte schon was ...«

Ich unterdrückte den Impuls, ihm die Zunge herauszustrecken und begnügte mich mit einem Knurren.

»Kaffee?«, fragte er lächelnd. Ich nickte dankbar. Das Eis war erneut gebrochen. Mal schauen, wo uns die Fahrt dieses Mal hinführte.

Nach einem ausgiebigen Frühstück begleitete Gary mich in das zweite Apartment, wo er feststellte, dass er besagten Schrank erst einmal ausgraben musste, bevor er ihn in mein Reich tragen konnte.

»Du wolltest es ja so«, bemerkte ich frech. »Hätte ich selbst die Kisten zur Seite schieben dürfen …«

Gary warf mir einen scharfen Blick zu. »Untersteh dich. Das kommt nicht infrage. Nicht, ehe José sein Okay gibt!«

Ich zuckte mit den Schultern und kletterte ungelenk über einen Berg Kisten und eine Truhe Richtung Schlafzimmertür. Dort stand eine klobige Kommode, dessen Inhalt ich mir für heute vorgenommen hatte.

»Was tust du da!«, wollte Gary wissen.

»Was?« Ich sah mich fragend um und verlor das Gleichgewicht. Gary packte mich mit einem langen Arm und verhinderte somit, dass ich samt Kistenberg im Nirwana des Gerümpels verschwand.

»Bist du noch zu retten? Dich kann man keine zwei Sekunden aus den Augen lassen!«

Mit seiner Hand als Stütze glitt ich vom Kistenberg gen ausgemachter Tür. »Du kannst mich jetzt loslassen«, sagte ich, als ich festen Boden unter den Füßen hatte. »Und nur fürs Protokoll«, meinte ich leicht schnippisch. »Ich bin bisher wunderbar ohne deine Hilfe ausgekommen.«

Gary schüttelte unzufrieden den Kopf. »Dann bist du nur in meiner Gegenwart derart sturzgefährdet?«

Ich wusste nicht, was die bessere Antwort wäre – dass ich immer so tollpatschig war, oder dass es an Gary lag. Beides erschien mir ungünstig, also verzog ich nur den Mund, schwieg und öffnete einfach die erste Schublade der Kommode. Oder versuchte es. Sie ging schwer, das Holz klemmte. Ich zog und zerrte immer verbissener daran, bis ich hinter mir ein Seufzen hörte.

»Warte, ich komm rüber«, sagte Gary und begann, den Kistenberg zu überqueren.

Ich zog ein letztes Mal ruckartig an der Lade, sie gab nach und öffnete sich mit einem Knarren, das mir tief unter die Haut ging. Von einer Sekunde auf die andere wurde es merklich kalt im Apartment. Die Feuchtigkeit kondensierte zu feinen Nebelschwaden. Die Luft schien wie elektrisiert, als ob der feine Dunst eine unbändige Kraft barg. Ich stand wie festgewachsen da und starrte ins Innere der Schublade. Sie war leer, bis auf ein Brett, das sich von der Rückwand gelöst hatte und eine Art Geheimfach freigegeben hatte. Und in diesem Geheimfach lag ein steinernes Amulett an einer angelaufenen Silberkette. Ein Medaillon aus Lavagestein. Es war aufgesprungen, vermutlich ebenfalls durch mein hartnäckiges Zerren und Rucken. Es war ein einfaches Schmuckstück – ursprünglich, wie aus alten Zeiten, ohne großartige Verzierungen, zumindest nicht im Inneren. Was mich so sprachlos starren ließ, mir das Blut in den Adern gefrieren ließ, war nicht dieses einfache Schmuckstück selbst. Auch nicht die plötzliche Kälte, nicht der fühlbare Energienebel, nein, was mich bis tief ins Mark erschütterte, war ein altes Foto, das auf der rechten Seite im Medaillon befestigt war. Es war bereits vergilbt, trotzdem erkannte ich die Frau darauf sofort.

Ein Bild meiner Mutter in jungen Jahren. Ich trug ein ähnliches Foto bei mir, zusammen mit einem Bild, das kurz vor ihrem Tod aufgenommen worden war. Mir schnürte sich die Kehle zu. Was geschah hier? Mir wurde schwindlig. Alles drehte sich auf einmal um mich herum.

Ja ..., hauchte eine Stimme, tief und gewaltig, als würde sie direkt aus den Nebelschwaden kommen. *Ja ... Endlich bist du hier ...*

Ich begann zu zittern, jeder Muskel in meinem Körper schien überfordert, jede Zelle vibrierte vor Spannung. Die Stimme! Die Stimme aus meinen Träumen! Die Stimme aus der Lavagrotte! Zitternd wie Espenlaub riss ich meinen Blick vom Medaillon los und suchte nach der Stimme. Sie kam von überallher, schien vom Nebel getragen. Ich wandte mich um und blickte direkt in Garys schreckgeweitete Augen. Er stand unmittelbar vor mir, starrte mich ungläubig an und horchte ins Nichts.

Ja ... Endlich ..., hauchte die Stimme.

Meine Muskeln begannen, unkontrolliert zu zucken. Ich starrte von Gary auf das Amulett in der Schublade, die wie von Geisterhand zu rütteln begann. Das Amulett klapperte unheilvoll auf dem hölzernen Boden. Ich hörte mich sprechen, doch meine Stimme klang doppelt im Raum wider. Eine Stimme, die ich seit meinem Flug hierher sehr gut kennengelernt hatte.

»Das ist es«, sagten wir im Stereo, dass sich mir die Nackenhaare sträubten. »Das hat mich gerufen ...«

Das Amulett begann zu glühen, wie fließende Lava umspielte der Stein das gilbliche Foto meiner Mutter. Ein Schatten löste sich aus dem Nebel. Tom nahm Gestalt an, seine Konturen schärfer denn je zuvor.

»Das ist es«, wiederholte Tom und starrte überwältigt auf das Lavaspiel des Medaillons. »Das hat mich zu euch beiden gerufen. Wer ist die Frau auf dem Bild?« Er streckte die Hand aus, doch sie ging quer durch Schublade und Medaillon hindurch. Eine Geisterhand.

»Meine Mutter«, wisperte ich kaum hörbar, dann, als mein erschüttertes Gehirn eins und eins zusammenzählte, gaben meine zitternden Beine unter mir nach …

Gary sah so vieles auf einmal, nichts davon konnte er wirklich fassen. Nur eines wusste er war wirklich real, Meli, die so stark zitterte, dass ihre Muskeln unkontrolliert zuckten und sie schließlich mit weit aufgerissenen Augen in sich zusammensackte. Gary tat das einzig Greifbare in dieser erschütternd unbegreiflichen Umgebung. Er fing Meli auf, zog sie an sich und hielt sie fest an seine Brust gedrückt. Sie war eiskalt, ihre Gliedmaßen zuckten spastisch und sie wiederholte zwei Worte, als hätte eine Platte einen Sprung – *meine Mutter … meine Mutter …*

Gary hielt sie fest, hielt sie zusammen, obwohl er selbst das Gefühl hatte zu zerspringen. Die Welt schien aus den Fugen geraten. Über Melis Kopf hinweg starrte er Tom an, der so echt wirkte, als stünde er tatsächlich vor ihm. Es war unnatürlich kalt im Raum, gespenstische Nebelschwaden zogen über die Kisten und Möbel hinweg. Die oberste Schublade der Kommode neben ihm stand offen. In ihrem Inneren gab es nur einen Gegenstand, der offenbar zuvor hinter einer zweiten Wand verborgen gewesen war. Ein Medaillon aus Lavagestein mit dem Bildnis einer jungen Frau. Der Stein glühte, schien das Foto zu umfließen wie Magma im

Inneren eines Vulkans. Gary zog Meli noch dichter, quetschte sie fast im Versuch, sie und sich selbst zu schützen. Doch wovor? Was geschah hier? War er nun endgültig übergeschnappt? Doch weshalb schien auch Meli die ungeheuerlichen Ereignisse wahrzunehmen. Das Foto ... Ihre Mutter? War das ihr ernst? Hatte er das richtig verstanden?

Du bist hier ..., hauchte die tiefe Stimme erneut aus dem Nichts. Das war nicht Tom, denn der stand vor ihm und schien ebenfalls in den Raum zu lauschen.

Endlich ... Tochter der Insel ... Besinne dich ... Besinne dich auf deine Wurzeln ... Du gehörst hierher ... Dein Land ... Dein Erbe ...

Gary war blass und ihm war kalt bis auf die Knochen. »Was ist hier los?«, wisperte er. Fragte er tatsächlich Tom? Oder erwartete er von Meli eine Antwort? Gary wusste es nicht. Er wusste gar nichts. Dies konnte nicht real sein.

Dein Land, flüsterte Tom und sah Meli an, die sich an Gary klammerte wie eine Ertrinkende. *Dein Erbe ...* Tom schien auf einmal zu verstehen. *Er war dein Vater! Der alte Maxi war dein Vater! Natürlich, deshalb wurde ich gerufen.* Er sah Gary liebevoll an. *Ich dachte, die Stimme würde mich zu dir führen. Zu dir, um dich noch einmal zu sehen. Doch ich bin ihretwegen hier.* Er sah von Gary zu Meli. Sie rührte sich in Garys Arm, versuchte, sich ein Stück weit loszumachen. Sie zitterte etwas weniger, wirkte gefasster.

Du zerdrückst sie, sagte Tom trocken. Gary zuckte zusammen und ließ etwas locker. Er sah auf Meli herab, die zu ihm aufblickte, die Augen geweitet, die Pupillen riesig groß.

»Meine Mutter ...«, hauchte sie. »Das ist das Bild meiner Mutter.« Sie blickte von Gary zu Tom. »Ich glaube, Tom hatte recht. Der alte Maxi war mein Vater ...« Sie erschauderte, schluckte und sprach weiter. »Ich bin ohne Vater aufgewachsen. Meine Mutter weigerte sich, mir auch nur ein Bild von ihm zu zeigen. Ich wusste nicht einmal, welcher Abstammung er war, nur, dass ich die dunklen Haare und Augen von ihm geerbt haben musste.« Sie schluckte erneut und blickte zwischen den Brüdern hin und her.

Gary starrte sie an. Sie *sah* Tom? Sie *hörte* Tom? Wie konnte das sein? Tom war ein Hirngespinst. Sein Hirngespinst. Gary verstand die Welt nicht mehr.

»Du kannst Tom sehen, nicht wahr?« Meli sah Gary an, dann Tom, der beiden zulächelte. »Du siehst Tom genau wie ich. Nur, dass du es nicht wahrhaben willst.«

Gary biss die Zähne zusammen, dass es knackte.

»Er ist da, Gary. Tom ist wirklich da.«

Gary schüttelte den Kopf. »Nein«, presste er hervor. »Das ist unmöglich.«

»Tom, sag ihm, dass du uns beide siehst, dass wir dich beide sehen.«

Tom lächelte Meli an. *Deshalb bin ich hier. Um dich zu leiten, bin ich zurückgerufen worden. Und ja, ich sehe euch beide und ihr mich.* Er sah Gary in die Augen. *Es passierte tatsächlich, Gary. Genau, wie ich immer versucht hatte, dir klarzumachen. Und sie ist die Richtige. Sie kann dich überzeugen, weil auch sie mich sehen kann. Eine Fügung des Schicksals, denn eigentlich bin ich nur gerufen worden, um sie hierher zu geleiten. Ich hatte es missverstanden. Ich kam hier an, von der Stimme gerufen, und war so froh, dich zu sehen. So glücklich, mich noch einmal richtig verabschieden zu können.* Er atmete tief durch. *Ich wollte dich nur noch einmal sehen, um dir zu sagen, dass ich dich liebe und dass du dein Leben für uns beide leben sollst. Mein Tod war nicht deine Schuld, Gary. Du hättest nichts tun können, niemand hätte das. Ich vermisse dich so sehr, Gary. Du bist meine verlorene Hälfte. Doch das habe ich nie gewollt. Ich habe nie gewollt, dass du dich schuldig fühlst, dich verkriechst, glaubst, verrückt geworden zu sein.*

»Du bist nicht verrückt, Gary«, sagte Meli sanft. »Ich sehe ihn auch.«

»Das kann nicht sein«, hauchte Gary und klammerte sich nun seinerseits an Meli fest, um sein Zittern zu unterdrücken. Meli hob eine Hand und berührte seine Wange. »Ich verstehe es nicht, aber es ist so. Spürst du denn nichts? Diese unbändige Kraft …« Sie erschauderte. »Hier ist eine Kraft so alt wie diese Inseln selbst. Spürst du nicht, was uns umhüllt, als wären wir der Angelpunkt der Welt?« Sie sah von Gary zu Tom. »Ich glaube nicht, dass du nur meinetwegen hier bist. Diese unglaubliche Kraft, als würden wir eins sein …«

Wie unsere?, fragte Tom an Gary gewandt. *Wie das, was uns verbindet?* Gary schwieg, doch sein Gesicht sprach Bände.

Ich verstehe, sagte Tom. *Auch ich fühle mich in Melis Gegenwart als Ganzes. Sie ist unser Gegenstück. Ein kosmisches Gleichgewicht …*

Meli wandte sich wieder Gary zu. »Tom kam zum ersten Mal im Flugzeug zu mir. Seitdem sehe ich ihn. Er hat mir sogar einmal das Leben gerettet, als *Butterblume* mit mir durchgehen wollte.«

Gary blickte vollkommen verwirrt. »Wer zum Teufel ist *Butterblume*?«, fragte er irritiert.

Meli setzte zu einer Erklärung an, doch Tom übernahm das Wort. »Lass mich erzählen, vielleicht glaubt er uns dann, wenn du danach das Gleiche berichtest.«

Meli nickte. »Gute Idee«, sagte sie.

Tom erklärte in knappen Worten, was sich am Tag des Reitausfluges zugetragen hatte. *Tja, und da rette ich sie, und kurz darauf stürzt sie bei deinem Anblick über die Klippen!*

Gary traute seinen Ohren kaum. »Du wärst fast vom Pferd gestürzt?«

Meli nickte und erzählte alles noch einmal. Gary hörte zu, sein Gesichtsausdruck wechselte von verstört über ungläubig zu biestern. »Ein Wunder, dass du überhaupt noch lebst, bei deinen Eskapaden!«, knurrte er. »*Butterblume*, wer nennt ein Pferd nur *Butterblume*«, fügte er dann schnaubend hinzu. Doch er glaubte ihnen jetzt. Gary glaubte das Unfassbare. Tom war hier. Hier bei ihm. Er war es die ganze Zeit gewesen, und Gary hatte alles dafür getan, ihn zu ignorieren. »Es tut mir so leid«, flüsterte Gary.

Dich trifft keine Schuld, sagte Tom. *Weder an meinem Tod noch an dem Schlamassel, den ich dir eingebrockt habe. Wie solltest du mir auch glauben? Ich hätte es besser wissen müssen. Es lag bei mir, zu verstehen, weshalb ich zurückgeschickt wurde.*

»Die ganze Zeit, vergeudet«, sagte Gary leise.

Nein, ganz und gar nicht. Sieh doch, wen ich dir gebracht habe. Auch wenn das nicht meine eigentliche Aufgabe gewesen war, es ist doch eine kosmische Fügung, dass gerade sie dein Gegenstück ist.

Gary sah Meli an und drückte sie an sich. Diese fantastische Frau. »Und was ist mit dir?«, fragte Gary besorgt.

Vielleicht werde ich ja als ihr Schutzengel abkommandiert?, witzelte Tom.

Gary grinste. »Das ist ein Fulltimejob, das ist dir doch klar, oder?« Dann wurde er wieder ernst.

Tom verstand. *Mir geht es gut, wenn es dir gut geht, Gary. Das solltest du eigentlich wissen.* Gary presste die Lippen zusammen und nickte.

Also sieh zu, dass du was aus unserem Leben machst!, forderte Tom streng.

»Alles, was du willst«, flüsterte Gary mit erstickter Stimme. Tränen füllten seine Augen – aus Trauer um seinen Bruder und aus Erleichterung.

Kapitel 10

Du bist hier ... Endlich ... Komm zu mir ..., hauchte die tiefe Stimme durch den Raum. Ich zuckte zusammen und schauderte. Es war immer noch kalt, Nebel zog über uns hinweg und eine fast greifbare Spannung lag in der Luft. Tom war da. Tom, der auch Gary besuchte, nicht nur mich. Tom, der verantwortlich dafür war, dass Gary sich in sich selbst zurückgezogen hatte, sich fernhielt, aus Angst, anderen in seinem Wahn wehzutun. Ein Wahn, der gar keiner war. Er *sah* Tom, genau wie ich. Ich verstand nicht wie, aber es war so.

Komm zu mir ... Fröstelnd lauschte ich der Stimme. Gary hielt mich fest, schützend, fast verzweifelt.

»Die Stimme«, wisperte ich. »Sie ruft mich jede Nacht. Doch ich bin doch jetzt hier. Was will sie noch?«

Komm zu mir ... Das Gestein umrandete das Foto meiner Mutter – glühend heiß, fließend wie Lava.

Meli, sagte Tom sanft. *Ich glaube, du musst das Medaillon an dich nehmen. Es ruft dich, es will zu dir. Es ist dein Erbe. Der Beweis dafür, dass dies hier dein Land ist.*

Ich starrte das Foto an. So jung. Sie wirkte so lebendig durch die roten Wirbel, die sie umschlossen.

»Das ist wirklich deine Mutter?«, fragte Gary rau. Ich nickte. »Und der alte Maxi dein Vater ...«

Ein Schauer überlief mich. Gary strich mir beruhigend über den Rücken.

Nimm es, es gehört dir, sagte Tom.

Ich zögerte. Das alles war so unwirklich, so unglaublich. Gary gab mich nur unwillig frei, als ich mich dem Amulett zuwandte und vorsichtig die Hand danach ausstreckte. Er folgte mir dicht, stand direkt hinter mir, sodass unsere Körper sich berührten. Er gab mir Kraft und ich war dankbar für seine Nähe.

»Sie wird sich verbrennen«, presste Gary angespannt hervor und griff nach meinem Arm.

Das glaube ich nicht, erwiderte Tom. *Ich spüre keine Wärme.*

Ich sah von einem zum anderen. Sie blickten mich weiter an – Tom auffordernd, Gary besorgt. Ich atmete tief durch und streckte meine Hand erneut nach dem Schmuckstück aus. Meine Finger hielten nur Millimeter von dem Medaillon entfernt inne. Die Lava umrahmte das Foto, glühend, doch ich spürte keine Hitze. Vorsichtig berührte ich mit meiner Fingerkuppe die rotglühende Umrandung des Fotos. Sie war warm, aber nicht heiß.

Ja …, hauchte die Stimme. *Endlich …*

Ich atmete noch einmal tief durch, dann nahm ich mit leicht zitternder Hand das Medaillon an mich. Ein Seufzen ging durch den Raum. *Endlich …,* wiederholte die Stimme zufrieden. *Endlich bist du da …*

Ich starrte das Medaillon an, Tränen traten mir in die Augen. Meine Mutter. Meine Mutter und der alte Maxi. Wie er wohl ausgesehen hatte? Wie er wohl gewesen war, mein Vater … Ich schluckte den Kloß hinunter, der sich in meinem Hals gebildet hatte. Gary legte mir beistehend eine Hand auf meine Schulter und drückte sie leicht. Ich atmete zitternd ein und aus, als die Erinnerung an einen längst vergessenen Kindheitstraum zurückkam und mich mit erneuter Ungläubigkeit erfüllte. Stockend begann ich, zu erzählen. »Meine Mutter hat nie über ihn gesprochen …, meinen Vater …, nie erzählt, wie er war, wie er aussah, was er machte oder wie sie ihn getroffen hat. Nichts, in all den Jahren, nichts … Sie besaß einen Stein«, erzählte ich und nun liefen mir die Tränen doch über die

Wangen. Garys Griff verstärkte sich, doch er ließ mir den Freiraum zu berichten, was mich bedrückte. »Einen Stein, der aussah wie dieser.« Ich erinnerte mich wieder, als ob es gestern gewesen wäre. Ich spielte damit, obwohl ich es nicht durfte. Ein Stein an einer Kette … »Ich war nur drei oder vier Jahre alt«, schluchzte ich. »Und der Stein sprach zu mir, wie die Stimme …« Ich machte eine knappe Handbewegung ins Nichts. Sie verstanden mich, auch ohne weitere Erklärungen. Die gleiche Stimme, ich erinnerte mich jetzt. »Die Stimme rief mich, sagte mir, ich sollte nie aufhören zu suchen, sie würde auf mich warten …« Ich wischte mir die Tränen von den Wangen. »Es war so echt. Ich lief zu meiner Mutter und erzählte es ihr. Sie erschrak zutiefst, nahm mir den Stein weg und verbarg ihn vor mir. Ich habe ihn nie wieder gesehen. Ich weiß nicht, wo sie ihn vor mir versteckte, doch seitdem bin ich auf der Suche …« Ja, seitdem hatte meine rastlose Seele nach meinen Wurzeln gesucht. Ich begann, meine Mutter nach meinem Vater zu fragen, doch sie blockte vehement ab. Aus Angst, mich an ihn zu verlieren? Ich wusste es nicht und würde es wohl auch niemals erfahren. Und hier stand ich nun, am Ziel meiner Suche. Mein Vater, meine Wurzeln. Ich war angekommen. Das Medaillon lag warm in meiner Hand, das Glühen verblasste zu einem rötlichen Schimmer und es wurde wieder wärmer im Raum. Die Nebelschwaden lösten sich auf und Tom verblasste zu einem schemenhaften Abbild seiner selbst – so wie er mir bisher erschienen war.

Ich habe meine Aufgabe erfüllt, sagte Tom und sah uns beide voller Liebe an. Auch seine Stimme war nur noch ein Flüstern. *Ich habe dich hierher geführt, Meli. Hierher zu deinen Wurzeln. Und ich durfte mich verabschieden.* Er sah Gary an und lächelte. *Ich fühle mich jetzt vollendet, als Ganzes …* Er blickte an die Decke, als würde er dort etwas sehen, dass uns verborgen blieb. *Und ich werde gerufen … Ich muss jetzt gehen …*, hauchte er, als wäre er bereits weit fort.

Garys Hand zuckte auf meiner Schulter. Er atmete schneller. »Nein, geh nicht«, wisperte er kaum hörbar. Tom kam noch einmal zu uns zurück. Er lächelte.

Meine Aufgabe ist erfüllt. Ich wünsche euch beiden viel Glück. Lebt euer Leben, es könnte viel kürzer sein, als ihr erwartet. Genießt jeden Tag, jede Stunde, jede Minute. Macht keine langen Pläne, sondern verwirklicht eure Träume. Ich liebe euch beide. Er sah von mir zu Gary. Toms Abbild verblasste, nur noch ein Wispern an Garys Ohr, für ihn bestimmt, nicht für mich: *Lass sie nicht gehen … Sie ist die Richtige, auch für dich* … Dann war Tom verschwunden. Für immer.

Gary atmete tief durch, zog mich an sich und hielt sich an mir fest. Ich drückte mich näher, zeigte, dass ich für ihn da war. Tom, sein Bruder. Gary liefen lautlos die Tränen hinab. Gerade hatte er ihn ein zweites Mal verloren …

Es wurde ein seltsamer Tag. Gary und ich standen noch gefühlt stundenlang umklammert in dem Apartment, das uns nun vollkommen normal umgab – keine ungewöhnliche Kälte, keine mystischen Nebelschwaden, keine dunkle, rufende Stimme und kein Tom. Doch die Energie, die uns von Anfang an zueinander gezogen hatte, war geblieben. Sie hielt uns zusammen, gab uns Kraft, erdete uns. Mich ergriff die Angst, dass auch diese letzte Verbindung zu den vielen mystischen Ereignissen der letzten zwei Wochen verloren gehen würde, wenn Gary und ich uns losließen. Ich glaube, es ging ihm ähnlich. Er ließ mich nicht los, hielt meine Hand, auch als wir uns endlich voneinander lösten, um weiterzuleben, wie Tom es gesagt hatte. Doch wie lebte man nach solch überwältigenden Erfahrungen weiter? Hand in Hand, von uralten Energien zusammengehalten, verließen wir das Apartment und gingen auf das Haus zu. Dort hatte Maxi gelebt, mein Vater. Das Medaillon hielt ich fest umklammert in meiner anderen Hand – eine Verbindung zu meinen Wurzeln.

Auf der Veranda angekommen standen wir uns gegenüber, immer noch durch unsere Hände verbunden. Wir sahen uns an, beide Spuren von versiegten Tränen in den Augen. Dann schweiften Garys Blicke zu meiner anderen Hand. Er öffnete sie vorsichtig, nahm das Medaillon und hängte mir die alte Silberkette um den Hals. Der Stein legte sich warm auf meiner Brust zurecht, als hätte er immer dort hingehört, als würde er einen Hohlraum füllen, der mich mein Leben lang hatte suchen lassen, um die Leere zu vertreiben. Gary sah mich ernst an. Es war, als würde er es verstehen. Dann beugte er sich zu mir herab und küsste mich. Es war nicht wie beim ersten Mal. Die brennende Begierde war einer Wehmut gewichen – einem Zusammengehörigkeitsgefühl, das tief aus unseren Seelen sprach. Wir küssten uns, ließen uns fallen. Es war wie ein Aufatmen nach jahrelanger Anspannung. Doch dann entzündete sich das Feuer erneut. Ich stöhnte auf. Gary ließ einen zischenden Laut hören und hob mich in seine Arme. Glühend heiß strömte die Lava durch meinen Körper, jede Zelle in mir pulsierte. Seine Küsse wurden tiefer, leidenschaftlicher. Ich drängte mich ihm entgegen, fast verzweifelt. Ohne von mir abzulassen, trug Gary mich in sein Schlafzimmer. Wir waren eins, wussten ohne Worte um das Einverständnis des anderen. Das Medaillon an meiner Brust glühte, als wir uns voller Leidenschaft und Verzweiflung liebten. Seine Hände waren überall, seine Lippen bedeckten mich mit Küssen. Ich ließ mich vollends in die Glut fallen und nahm ihn mit mir. Ich seufzte zufrieden auf, als endlich sein letztes bisschen Kontrolle brach und er sich mir voll und ganz hingab.

Dieses spezielle Gefühl der Zusammengehörigkeit verschwand auch dann nicht, als wir uns das erste Mal wirklich losließen. Es war, als hätte Tom uns ein Geschenk hinterlassen. Die kosmische Fügung, von der er gesprochen hatte. Ich war an Toms Stelle getreten – ein Band von Energie, eine Kraft, wie sie zwischen Planeten herrschte.

Wir waren in den Armen des Anderen eingeschlafen. Die überwältigenden Ereignisse – so kräfteraubend für Körper und Seele – hatten ihren Tribut gefordert. Als wir erwachten, liebten wir uns erneut – ohne Worte, nur dem Gefühl folgend, nicht an die Zukunft denkend.

Es war der Hunger, der uns irgendwann gegen Abend aus dem Bett trieb. Während Gary ein Dutzend Eier in eine Pfanne schlug, kramte ich mein Portemonnaie aus meiner Tasche und zog zwei Fotos meiner Mutter hervor. Ein altes, bereits leicht angegilbtes und eines, so wie ich sie in Erinnerung hatte – lächelnd, mit einem leicht wehmütigen Zug um den Mund. Ob sie ihm nachgetrauert hatte, meinem Vater? Maxi … Ich hatte noch nicht ein Foto von ihm entdeckt, doch hier saß ich in seiner Küche, nur im T-Shirt bekleidet, und sah zu, wie der neue Besitzer seines Reiches mir Eier briet. Bizarr …

Gary setzte zwei Teller auf dem Tisch ab und beugte sich interessiert vor. »Deine Mutter«, sagte er leise, als er die Fotos betrachtete. Falls irgendwo in ihm noch ein leiser Zweifel genistet hatte, verflog dieser nun ganz. »Sie hat sogar das gleiche an, wie auf dem alten Foto im Stein«, hauchte er kaum hörbar.

Ich strich zart darüber. »Wo sie sich wohl getroffen haben …? Hier? Oder war er in Deutschland gewesen? Vielleicht als Gastarbeiter?«

»Das lässt sich womöglich herausfinden«, sagte Gary leise. »Ich könnte ein wenig herumfragen, was den alten Maxi betrifft.«

»Ich weiß nicht einmal, wie er aussieht«, flüsterte ich und fühlte die Tränen erneut aufsteigen.

Gary richtete sich plötzlich auf. »Es gibt ein Foto von ihm, unten im Weinkeller.«

Mein Kopf fuhr zu ihm auf. Hoffnung und auch ein klein wenig Angst erfasste mich. Eine innere Spannung baute sich schlagartig auf. Mein Vater!

Gary nahm meine Hand und zog mich vom Stuhl. »Komm!« Als ich zögerte, hielt er inne und gab mir einen sanften Kuss. »Noch nicht bereit?«, fragte er liebevoll. Ich schluckte. Solange hatte ich mir gewünscht, mehr über meinen Vater zu erfahren. Ich hatte mir tausende Male ausgemalt, wie er wohl aussehen mochte und was er wohl tat. Und jetzt, wo es so weit war … Ich atmete tief durch und nickte. Gary lächelte, dann führte er mich in den Weinkeller.

»Es ist ziemlich eingestaubt«, bekannte Gary, als wir unten ankamen. Er ging mit mir an der Hand zur gegenüberliegenden Wand. Dort, zwischen Regalen voll mit gelagerten Weinflaschen, hing ein altes Bild an der Wand. Weshalb hatte ich es beim letzten Besuch hier unten nicht gesehen? War ich so auf Gary fixiert gewesen? Mit klopfendem Herzen trat ich näher.

»Ich fand es gleich oben auf der ersten Kommode im Apartment«, sagte Gary. »Irgendwie fand ich es passend, dass der alte Besitzer der Finca über meinen Wein wachen sollte.«

Ich verstand sofort, was Gary meinte. Das Bild zeigte einen alten Mann, der vor einem Weinberg stand, einen geflochtenen Korb voller saftiger Trauben zu seinen Füßen. Stolz hielt er eine große Traube in die Höhe und zeigte beim Lächeln einen fehlenden Zahn. Ein Mann, wettergegerbt, glücklich und mit seinem Land verbunden. Seine leicht ergrauten Haare umrahmten ein von Lachfalten gezeichnetes Gesicht. Dieser Mann liebte sein Leben, das konnte man eindeutig spüren. Seine braunen Augen blitzten vor Lebensfreude – meine Augen …

Gary trat um mich herum und nahm mich von hinten in den Arm. Gemeinsam sahen wir uns das Foto an – ich zum ersten Mal, er aus einer neuen Perspektive. Der Mann, dessen Nachlass er gekauft hatte, war mein Vater. Eine Wendung des Schicksals, mit der er ganz sicher nicht gerechnet hatte. Es war ein seltsames Gefühl, nach so langem Suchen endlich meinem Vater in die Augen zu sehen – wenn auch nur auf einem verstaubten Bild. Garys Wärme gab mir die nötige Stütze, sodass mir die Emotionen nicht gänzlich den Boden unter den Füßen wegrissen. Als ich so weit war, mich wieder dem Frühstück zuzuwenden – ein knurrender Magen machte auch vor ergreifenden Situationen nicht halt –, nahm Gary das Bild von der Wand und reichte es mir.

»Es gehört dir«, sagte er leise. Ich berührte es mit den Fingern, zog eine Spur durch die Staubschicht entlang der Gestalt meines Vaters.

»Nein«, sagte ich endlich. »Es gehört hierher. Er gehört hierher. Hier war er glücklich, das spüre ich …« Meine Stimme knotete sich erstickt zu. Gary nickte verstehend. Er ging mit dem Bild durch den Raum und suchte ein altes Handtuch heraus, mit dem er sonst wohl Weinflaschen abstaubte, bevor er sie mit nach oben nahm. Gary säuberte vorsichtig Bild und Rahmen, dann hängte es wieder an seinen Platz.

»Ich glaube, es hing auch vorher schon hier«, sagte Gary und zeigte auf den Haken. »Es war staubig, als ich es fand, und es passte genau in den Abdruck an der Wand.«

Ich fühlte mich in meiner Entscheidung bestärkt. Es gehörte hierher. »Ich werde es später abfotografieren«, sagte ich, dann verließen wir mit einem letzten Blick zurück den Weinkeller, um endlich etwas Essbares in unsere Mägen zu bekommen.

Wir waren beide am Verhungern. Frühstück und Mittag waren wegen der erschütternden Ereignisse ausgefallen, und der Abend graute bereits. Nach einem üppigen Mahl aus Brot, gebratenen Eiern, Käse und Schinken, setzten wir uns mit einer Flasche Wein aus Maxis Lagerung auf die Veranda und genossen einen umwerfenden Sonnenuntergang. Es war so friedlich hier, so ruhig. Ein Lebenstempo ohne Stress und Druck. Ursprünglich. Ich konnte gut verstehen, weshalb Maxi hier glücklich gewesen war.

Es war schon spät, als ich hinter vorgehaltener Hand gähnte und mich anschickte, hinunter in mein Apartment zu gehen. Gary stand auf, zog mich an sich und flocht seine Finger in mein Haar. Mein Herz begann, schneller zu klopfen. Er fuhr mit dem Daumen über meine Wange, dann hauchzart über meine Lippen. Er sah mir tief in die Augen, sein Verlangen spiegelte sich darin. »Bleib bei mir«, sagte er mit rauer Stimme. »Bleib heute Nacht bei mir.« Dann beugte er sich quälend langsam zu mir herab. Ich hielt es nicht aus. Auf den letzten Zentimetern kam ich ihm entgegen. Unsere Lippen berührten sich, ein Schauer überlief mich. Seufzend sank ich in seine Arme und ließ mich ein zweites Mal in sein Schlafzimmer tragen.

Als Gary am nächsten Morgen erwachte, lag Meli neben ihm, dicht an seine Brust gekuschelt und atmete ruhig im Schlaf. Er küsste sie vorsichtig auf die Stirn, sie seufzte wohlig. Ein Schauer der Zuneigung strömte durch Garys Körper. Sie war perfekt, in jeder Hinsicht. Sie beide passten zusammen, als wäre es vorherbestimmt. Er dachte an Toms Worte. Schicksal ... Eine kosmische Fügung. Doch wo sollte es hinführen? In weniger als einer Woche würde Meli zurück nach Deutschland reisen. Nach Hamburg, wo sie eine kleine Wohnung hatte und als Rechtsanwalt- und Notargehilfin arbeitete. Sie hatte ihr eigenes Leben und er seines. Er war nicht schizophren, das wusste Gary nun. Die Wahrheit war viel unfassbarer, fast erschreckend, und doch wahr. Er war nicht verrückt, nur gefangen gewesen in einer schier unglaublichen Wahrheit. Er war nicht gefährlich für seine Umwelt, das wusste er nun. Doch das änderte nichts an der Tatsache, dass Meli ein eigenes Leben führte. Und auch nichts daran, dass er sein eigenes Leben nicht im Griff hatte. Ihm war durchaus bewusst, dass er zu viel trank. Viel zu viel. Und das sicher nicht alles von heute auf morgen *geheilt* wäre. Er hatte sich seit Melis erstem Abend bei ihm nicht mehr betrunken. Die Nähe dieser wunderbaren Frau hatte ihn davon abgehalten. Doch wie sah es in ihrer Abwesenheit aus? Oder wenn einmal nicht alles in bester Ordnung war? Gary wusste, dass er erst wieder zu sich selbst finden musste, bevor er sich voll und ganz und mit Leib und Seele auf jemanden einlassen konnte. Er sah Meli an, wie sie friedlich schlief. Er dachte an ihre Liebesnacht zurück. Ein süßes Ziehen fuhr durch seinen Körper. Das mit dem Leib funktionierte bereits perfekt, es war seine Seele, die noch etwas Zeit brauchte. Musste er den Weg ganz alleine gehen oder würde sie ihn begleiten können?

Gary dachte an Toms letzte Worte zurück. *Lass sie nicht gehen … Sie ist die Richtige, auch für dich …* In einem Anflug von Wehmut, aus Angst sie zu verlieren, zog er Meli dichter an sich heran. Sie rührte sich und öffnete flackernd die Augenlider. Ihm stockte der Atem, als sie ihn erkannte, sich erinnerte und sich sinnlich lächelnd in seinen Armen rekelte. Ihre kleine Hand fuhr über seine Brust zu seinen Bauchmuskeln und langsam weiter herab. Oh ja, das mit dem Leib war wirklich kein Problem mehr. Gary reagierte sofort, wälzte sich und Meli gleichzeitig herum und nahm ihre vollen Lippen in Besitz. Sie seufzte und schlang ihre Arme um seinen Hals.

Ich saß zufrieden lächelnd am Frühstückstisch und nippte an meinem Kaffee. Was für eine Nacht … Und der Morgen … Ein lustvoller Schauer überlief mich. Gary war perfekt, zumindest im Bett. Alles andere würde sich zeigen. Mit der Zeit. Doch dann fiel mir siedend heiß ein, dass wir nicht mehr viel Zeit hatten. In knapp einer Woche ging mein Flug zurück nach Hamburg. Bei der Erinnerung daran zog es bitter in meiner Magengegend. Wie sollte es mit uns weitergehen? Bevor ich so richtig darüber nachdenken konnte, klingelte mein Handy.

Wenke? Uff, was sollte ich ihr erzählen? Würde sie auch nur die Hälfte glauben oder gleich die Männer in Weiß rufen? Vielleicht sollte ich erst einmal nicht rangehen? Zum Glück war es nicht Wenke, sondern Pedro. Ich nahm ab.

»Meli, wie schön, dass ich dich gleich erwische, dann klappt es ja vielleicht gleich heute Vormittag!«

Hä? Ich runzelte die Stirn und überlegte angestrengt, ob ich verstehen müsste, wovon er sprach. Zum Glück kam die Erklärung prompt hinterher.

»Ich habe mit dem Anwalt gesprochen, der den Nachlass vom alten Maxi verwaltet. Er hat Gary auch die Finca verkauft. Als ich ihm von deinen merkwürdigen Erlebnissen erzählt habe, wollte er dich sofort kennenlernen. Er hat heute Vormittag Zeit, sonst erst wieder übermorgen.«

»Du hast einem Anwalt erzählt, dass ich Stimmen höre?«, fragte ich entgeistert.

Gary drehte sich abrupt um und sah mich beunruhigt an. »Wer ist das?«, mimte er mit dem Brotmesser in der Hand.

»Keine Panik«, sagte Pedro beschwichtigend. »Ich habe ihm zuerst von deinem Erlebnis in der Grotte erzählt, davon, wie die Insel auf dich reagiert hat.«

»Pedro!«, rief ich aufgebracht. »Der glaubt doch jetzt, ich spinne total!« Na toll, das wurde ja immer besser. Dass Pedro einen Hang zum Mystischen hatte, das hatte ich ja verstanden, deshalb hatte ich ja gerade ihn um Hilfe gebeten. Doch etwas mehr Diskretion wäre ja wohl angebracht gewesen. Vermutlich wollte dieser Anwalt mich nur sehen, um meine Zurechnungsfähigkeit zu testen!

»Was ist los?«, wollte Gary nun eindringlich wissen.

»Warte mal, Pedro«, seufzte ich und erklärte Gary kurz, dass ich Pedro wegen der Stimme, die mich gerufen hatte, um Hilfe gebeten hatte. »Er bot sofort an, sich wegen … *des Vorbesitzers* umzuhören, da mich die Stimme zum Apartment mit den ganzen alten Sachen geführt hatte.« Ich zuckte etwas hilflos mit den Schultern.

»Und jetzt will Filipe dich sehen? Sofort?«, fragte Gary mit plötzlicher Schärfe in der Stimme. Er sah mich seltsam an.

Ich nickte und schluckte. Was kam jetzt? Misstraute er mir nun plötzlich wieder?

»Lässt du mich kurz mit diesem Pedro reden?«, fragte er dann etwas ruhiger.

»Ist das Gary?«, fragte Pedro, der offenbar mitgehört hatte.

»Ähm … Ja«, antwortete ich abgelenkt.

»Gib ihn mir mal, bitte.«

Okay, wenn beide das so wollten? Ich fühlte mich gerade etwas unwohl mit der Situation und reichte Gary stirnrunzelnd das Handy.

»Pedro? Pedro Costa, Brunos Sohn?«, fragte Gary als erstes. Hier kannte wirklich jeder jeden. Ich seufzte innerlich.

»Ja, der bin ich«, hörte ich Pedro sagen, dann wechselten beide ins Portugiesische und ich verstand nur Maxi und Finca. Meine Geduld verbrauchte sich rasend schnell.

»Was ist los?«, mimte ich nun meinerseits reichlich ungehalten. Gary hob eine Hand und sprach weiter. Meine Miene verfinsterte sich. Wie wär's mit Englisch, damit ich auch etwas mitbekam?

Gary legte auf und sah mich an. »Los zieh dir was an, wir fahren nach Madalena.«

Ich stemmte die Fäuste in die Hüften. »Sag mal, geht's noch?«, funkelte ich ihn an. »Ich will sofort wissen, was los ist!«

»Filipe ist nur bis zwölf Uhr im Büro, dann muss er wieder nach Lissabon. Also rede nicht, zieh dich an«, meinte Gary knapp.

»Vergiss es«, zischte ich nun mehr als ungehalten. »Ich gehe nirgends hin, bevor ich nicht weiß, was los ist! Und deinen Befehlston kannst du dir auch abschminken! Ich tu, was ich will!«

Gary stutzte, dann breitete sich ein satanisches Grinsen auf seinem Gesicht aus. »So so, die Kleine zeigt Krallen.« Mit zwei Schritten war er bei mir und zog mich heftig an sich. Er sah mich mit blitzenden Augen an. »Du bist unglaublich sexy, wenn du wütend bist«, hauchte er.

»Lenk nicht ab!«, fauchte ich und versuchte, ihn von mir zu stoßen. Chancenlos.

Gary lachte rau. »Ich werde dir alles erklären, während du dich anziehst«, wisperte er nah an meinen Lippen.

»Darauf kannst du Gift nehmen!«, zischte ich, doch meine Stimme zitterte leicht. Er war zu dicht dran, mein Körper verselbstständigte sich. Noch ein kurzes raues Lachen, dann küsste er mich, dass mir die Luft wegblieb.

»Ich dachte, du hättest es eilig«, brachte ich keuchend hervor, als er mich endlich freiließ.

Gary grinste mich an. »Dafür muss immer Zeit sein«, sagte er schlau.

Ich verzog das Gesicht. »Also, erzähl schon. Weshalb zieh ich mich jetzt an?«, fragte ich und zog mein Hemd aus.

Gary schluckte hörbar und verschlang mich mit seinen Blicken. »Anziehen geht anders«, brachte er hervor. Ich grinste und ging nackt in sein Schlafzimmer, um meine Sachen zu holen.

»Vorschlag«, sagte ich, als mein Magen laut knurrte. »Ich gehe rüber ins Apartment und zieh mir frische Klamotten an und du schmierst mir ein Brot, damit ich nicht unterwegs umkippe. Solltest du mir bis Madalena nicht plausibel erklärt haben, weshalb wir dorthin fahren, springe ich aus dem fahrenden Auto.« Ich lachte auf. »Und du kannst das dann José erklären!«

Er schüttelte biestern den Kopf. »Kleine Hexe. Okay, der Deal gilt«, schmunzelte er dann.

Zwanzig Minuten später saß ich fertig angezogen neben Gary im Wagen und verschlang mein Brot mit Käse, Schinken und Tomate, als hätte ich wochenlang nichts gegessen. Gary hob fragend die Augenbrauen. »Schmeckt's?«

Ich nickte kauend. »Fang an zu erzählen«, verlangte ich mit vollem Mund.

Gary grinste und zuckte mit den Achseln. »Im Grunde weiß ich auch nichts Genaues.«

»Wag es ja nicht!«, drohte ich und griff zum Türschloss.

Er lachte. »Nun mal langsam! Filipe Cardoso verwaltet den Nachlass von Maxi. Maxi, der offenbar dein Vater ist. Ich denke, du arbeitest bei einem Anwalt. Klingelt es da nicht?«

Ich hörte auf zu kauen und starrte ihn an. Dann schluckte ich alles halb zerkleinert hinunter. »Du meinst, das Geld vom Verkauf der Finca ist noch da und wartet auf einen Erben?«, fragte ich ungläubig.

»Ganz genau«, nickte Gary zufrieden, dass ich so schnell begriff.

»Und dieser Filipe glaubt ich …? Aber Pedro weißt doch gar nichts davon, dass Maxi mein Vater war. Wie …?«

»Weiß er auch nicht. Aber Filipe scheint irgendetwas zu wissen«, entgegnete Gary. »Ich habe nur eins und eins zusammengezählt. Pedro erzählt Filipe von deinen seltsamen Erlebnissen. Und nun will er dich sofort treffen. Weshalb sonst, wenn nicht wegen des Erbes?«

Ich verzog das Gesicht. »Um mich für unzurechnungsfähig zu erklären und wegsperren zu lassen?«, fragte ich säuerlich.

Gary schnaubte amüsiert. »Und mich ließen sie zwei Jahre frei rumlaufen?«, fragte er zurück.

Hm, da sagte er was. Gary sah mich von der Seite an, jetzt etwas ernster.

»Es gibt keinen Grund, sich mit dir treffen zu wollen, wenn es nicht um etwas Wichtiges geht, Meli. Würde Filipe Pedros Anfrage und Bericht über dich für völligen Schwachsinn halten, hätte ein vielbeschäftigter Mann wie er wirklich anderes zu tun, als sich mit einer Verrückten abzugeben.«

Hm, wieder wahr. Ich seufzte. »Also gut, fahren wir zu diesem Anwalt«, gab ich nach und überlegte im Stillen, was mich da wohl wieder erwartete.

Es erwartete mich ein Mann in den Fünfzigern, fast genauso klein wie ich, aber dabei auch genauso breit wie hoch. Es war mir schleierhaft, wie er überhaupt gehen konnte, ohne dabei wegzurollen. Er betrachtete mich eingehend von oben bis unten und wieder hinauf. Das Gesicht zu einer skeptischen, sehr berechnenden Miene verzogen, als ob er mich durchleuchten würde. Ich hob eine Augenbraue und verengte die Augen vor Missbilligung. Ein seltsamer Ausdruck huschte über sein rundes Gesicht. Dann reichte er mir freundlich lächelnd seine wurstige Hand. Ich ergriff sie nur zögernd und äußerst skeptisch. Auch Gary wurde mit Handschlag begrüßt. Sie wechselten einige nette Begrüßungsfloskeln, dann bat uns der Anwalt in sein Büro.

»Ich will direkt zum Wesentlichen kommen«, begann Filipe. »Meine Zeit ist begrenzt. Maxi hat auf dem Sterbebett davon gesprochen, dass er eine Tochter habe. Er hätte von ihr geträumt. Sie wäre auf der Suche … Beweise hatte er nicht. Doch er war so überzeugt davon, dass er mir das Versprechen abnahm, nach ihr zu suchen. Leider starb er, bevor ich erfahren konnte, auf welchem Kontinent ich anfangen sollte.« Filipe schüttelte bei der Erinnerung daran den Kopf. Offenbar war Maxi für ein paar Jahre um die halbe Welt gesegelt, wo er so einige gebrochene Herzen zurückließ.

»Ich wusste, dass es eine Frau gab, die es ihm sehr angetan hatte. Zu seinem Bedauern wollte sie ihm nicht hierher auf die Azoren folgen. Mehr war aus dem alten Kauz damals nicht herauszubekommen.« Filipe zuckte die Schultern. »Um es kurz zu machen: Er war einer meiner besten Freunde – auf eine sehr eigentümliche Weise.« Filipe lächelte in sich hinein. »Maxi war ein Kaliber für sich, doch ein Kerl zum Pferdestehlen. Ich brachte es nicht übers Herz, die Finca sofort zu verkaufen. Ich suchte all sein Hab und Gut nach Hinweisen auf diese Frau ab, obwohl ich nicht einmal wusste, ob nicht eine der anderen Bekanntschaften infrage käme oder ob Maxi womöglich im Sterben liegend einfach nur halluziniert hatte. Ich weiß bis heute nicht, ob es diese Tochter überhaupt gibt …« Er sah mich wieder seltsam an. »Aber Sie haben seine Augen«, sagte er dann.

Eine Gänsehaut überzog mich.

»Ich bin gewillt, einen Gentest machen zu lassen«, sagte Filipe dann in plötzlich geschäftlichem Tonfall. »Der Erlös aus dem Nachlass ist noch in meiner Obhut. In zwei Monaten geht es an eine gemeinnützige Einrichtung, falls nicht Sie tatsächlich seine Tochter sein sollten.«

Ich schluckte wieder und starrte ihn mit weit aufgerissenen Augen an. »Sie haben das Geld noch einmal zwei Jahre zurückgehalten?«

Er wurde wieder weich. »Wie gesagt, er war ein sehr guter Freund, obwohl uns fast zwanzig Jahre trennten.«

Mit einer Aufforderung zum Gentest im Gepäck fuhren Gary und ich eine Viertelstunde später zu José ins Gesundheitszentrum. Er nahm mir ohne zu fragen Blut ab, betrachtete mich und Gary dabei aber mit äußerster Zufriedenheit. Offenbar war ihm nicht entgangen, dass Gary nicht von meiner Seite wich und seine Blicke nicht ganz jugendfrei waren. In einem von Gary unbeobachteten Moment zwinkerte er mir vielsagend zu. Ich lief rot an und grinste dümmlich. Der Alte strahlte. Nicht zu fassen, dieser alte Halunke.

»So«, sagte er, als mein Blut mit einer Schwester zur Tür hinaus verschwand. »Das Ergebnis haben wir in wenigen Tagen. Morgen kommt ihr zum Essen und dann erfahre ich hoffentlich im Detail, was sich zugetragen hat. Einen alten Mann so im Ungewissen zu lassen, ist sträflich. Du willst mich doch nicht unwissend begraben?« Er hob einen Finger und wedelte damit in Garys Richtung.

Der schnaubte amüsiert. »Als ob du schon mit einem Bein im Grab stehen würdest, du Gauner«, knurrte er. Dann sah er mich fragend an. Ich nickte. José hatte es verdient.

»Morgen um fünf bei uns. Wir kochen zur Abwechslung mal, damit Rosa sich auch einmal an einen gedeckten Tisch setzen kann!«, bestimmte Gary.

José und Gary besiegelten das mit Handschlag. So kam mir ihre Verabschiedung jedenfalls vor. Eine seltsame

Freundschaft. Filipe und Maxi kamen mir in den Sinn. Auch José und Gary trennten Jahrzehnte, trotzdem besaßen sie verwandte Seelen. Manchmal spielte das Alter wirklich keine Rolle.

Ich schlief die Nacht wieder bei Gary. Ich lag in seinen Armen, dicht an ihn gekuschelt. Er strich mir mit den Fingerspitzen sacht den Rücken hinauf und hinunter – ich schnurrte fast vor Behaglichkeit. Egon lag an der Türschwelle und schnarchte zufrieden. So mochte er sein zu Hause – ruhig, in aller Eintracht und Liebe. Ich konnte es ihm nicht verdenken. Dies war genau das, wonach ich mein Leben lang gesucht hatte. Ich verbot mir, an das Morgen zu denken. Ich wollte einfach nicht, dass es aufhörte. Leider wusste ich nur zu gut, dass in wenigen Tagen mein Urlaub endete und ich zurück in meine einsame Wohnung musste. Auch mit Wenke und Alexa musste ich noch sprechen. Ich hatte mich entschieden, bei der Wahrheit zu bleiben, egal, wie unglaublich sie auch war. Und dann musste ich mir darüber im Klaren werden, wie ich mein Leben weiterführen würde. Ich wusste, was der Gentest zeigen würde. Ich war Maxis Tochter. Das spürte ich tief in meinem Innersten. Da Gary die Finca gekauft hatte – mit Toms Geld – hatte er mir die Summe nennen können, die auf mich wartete. Es war ein kleines Vermögen. Ein Vermögen, das ich mir mit meinem Gehalt und der hohen Miete in Hamburg niemals auch nur erträumt hätte. All mein mühsam Erspartes hatte ich bisher in Urlaube rund um die Welt gesteckt. Immer auf der Suche, immer rastlos. Würde sich das jetzt ändern? Wo war ich zu Hause, was wollte ich in Zukunft tun? Doch mit alldem würde ich mich befassen, wenn es so weit war. Jetzt gerade genoss ich die geborgene Zweisamkeit.

»Meli«, sagte Gary und streichelte mir weiter den Rücken. »Melisande.«

Ich versteifte mich und richtete mich ruckartig auf. »Woher weißt du das!«

Er grinste mich an. »Kleine Melisande. Habe ich mir doch gedacht, dass dir der Name nicht gefällt.«

Ich knuffte ihn ärgerlich an. »Er ist furchtbar! Hast du in meiner Tasche spioniert?«

Er zog mich lachend wieder an sich. »Ich habe deinen Namen im Krankenhaus an der Rezeption gesehen. Ich spioniere niemandem nach. Melisande, wirklich eine Strafe, solch ein Name«, lachte er und hielt mich trotz Gegenwehr mühelos fest.

»Ach, aber *Tom und Jerry* ist besser, oder was?«, zischte ich. »Sehr einfallsreich!«

Sein Lachen erstarb. »*Gary*«, knurrte er. »Ich heiße Gary.«

Ich kicherte bei seinem teils genervten, teils verärgerten Ton in der Stimme. Vermutlich war ich nicht die Erste, die diese Ähnlichkeit bemerkte.

»Na, kommen Kindheitserinnerungen auf?«, fragte ich frech.

»Und ob, du kleine Hexe.« Er gab mir einen Kuss und sah mich an, ein schiefes Lächeln um die Lippen. »Aber das habe ich wohl verdient …«

»Und ob!«, bestätigte ich. »Und wenn du hiervon mehr willst«, ich küsste ihn ebenfalls, »dann nenn mich nie wieder Melisande!«

Er lachte rau und küsste mich ohne weitere Worte.

Gary fuhr nicht mehr raus zum Fischen, zumindest nicht mehr stundenlang. Er kontrollierte einmal am Tag die Reusen und verbrachte seine übrige Zeit mit Egon und mir. Wir begannen, Maxis Sachen zu sortieren und

223

fanden in einer der Kisten weitere Fotos — Momentaufnahmen aus dem Leben meines Vaters. Ein seltsames und dennoch erleichterndes Gefühl, endlich einen Einblick zu erhalten, auch wenn es sich nur um kurze Blicke handelte wie durch ein Fenster der Zeit.

Wir richteten mein Apartment fertig ein, kauften noch einige Kissen und Decken, um das Bild abzurunden, und gaben das Sofa Rosa, damit sie es mit neuem Stoff beziehen konnte.

José und Rosa waren von meinen Kochkünsten begeistert. Wir verbrachten einen wundervollen Abend auf Garys Veranda, unterhielten uns, lachten und berichteten letztendlich von unseren Erlebnissen. José nickte schweigend, als verstünde er genau. Er glaubte jedes Wort, das konnte ich spüren. In einem unbeobachteten Moment nahm er mich beiseite und lächelte mich väterlich an. »Ein Kind der Insel. Ich hätte es wissen müssen. Maxis Tochter, wer hätte das gedacht. Und du hast die Dämonen verscheucht, genau, wie ich gehofft hatte. Du gehörst hierher, Mädchen. Ich hoffe, du weißt das.« Er wartete meine Antwort nicht ab, tätschelte nur liebevoll meine Wange und gesellte sich wieder zu den anderen. Auf Rosa wirkte alles mehr als befremdlich, doch sie stellte unsere Erfahrungen nicht infrage. Offenbar war sie viel zu glücklich darüber, dass Gary zugänglicher denn je war. Wenn er glauben wollte, einen Geist gesehen zu haben, von ihr aus.

Ich zog für die letzten Tage gänzlich bei Gary ein. Es war eine Zeit der Verarbeitung, in der wir uns gegenseitig Kraft gaben. Wir wussten beide, dass jetzt nicht mit einem Schlag alles gut war. Die Vergangenheit hatte Wunden hinterlassen, die nur langsam abheilten. Es würden Narben bleiben — Erinnerungen an Kummer und Leid. Narben, auch als Zeichen dafür, dass wir, und speziell Gary, unser Leben weiterleben sollten, und zwar so vollkommen wie möglich – mit allen Höhen und Tiefen.

Die Stimme war fort, ich hörte sie nie wieder. Doch die Erinnerung daran lebte in dem Medaillon weiter, das ich fortan um meinen Hals trug. Ich ergänzte es um ein Foto von Maxi – beide Elternteile vereint an meiner Brust ruhend. So geisterhaft, wie die Ereignisse auch begonnen hatten, so geisterhaft verschwanden sie wieder. Nur diese spezielle Energie, die zwischen Gary und mir herrschte, war geblieben und ein Hauch von Magie. Wenn wir uns liebten, begann der Stein zu glühen. Ganz schwach nur, wie ein Schimmer aus einer verlorenen Welt.

Es war unser letzter Tag. Gary war ungewöhnlich schweigsam und ernst. Ich spürte seine Unruhe, fühlte, dass er an etwas kaute, dass es schwere Kost für ihn war. Er hielt mich fest, umarmte mich von hinten. Gemeinsam standen wir an der Brüstung der Veranda, Egon zu unseren Füßen, und blickten hinaus auf das Meer. Ein leichter Wind wehte, die Sicht war klar. Wehmut erfasste mich.

»Bleib bei mir«, flüsterte Gary dicht an meinem Ohr. Ich bekam eine Gänsehaut. Hatte er mich wirklich gerade gefragt, ob ich bei ihm einziehen wollte, so für immer? Seine Stimme bebte ein wenig, sie klang gepresst. Ich konnte ihm nachfühlen, wie schwer es ihm gefallen war und wie groß die Angst war, zurückgewiesen zu werden. Ich hatte mich in Gary verliebt. Uns verband mehr als nur eine flüchtige Urlaubsbekanntschaft. Und dies hier war mein Land, hier fühlte ich mich zu Hause. Doch ich kannte ihn gerade einmal zwei Wochen, obwohl es mir wie eine Ewigkeit vorkam. Konnte ich wirklich einfach so alle Zelte in Hamburg abbrechen und hier ein neues

Leben beginnen? Was war mit meinem Job, meinen Freunden? Wenke? Nun gut, sie sah ich auch sonst nur alle paar halbe Jahre und ein Telefon gab es auch hier. Aber war ich bereit? War Gary bereit? Hatte er seine zwei Jahre, in denen er glaubte, besessen zu sein, wirklich hinter sich gelassen? Wie sah das mit seinem Alkoholproblem aus? Würde er bei jedem kleinsten Problem weiterhin zur Flasche greifen?

Ich drehte mich in seinen Armen um und sah ihn lange an. Angst, verletzt zu werden, spiegelte sich in seinen intensiv grünen Augen wieder, aber auch seine Liebe zu mir. Ich streckte meine Hand aus und berührte seine Wange. »Ich habe mich in dich verliebt«, sagte ich leise. »Und ich fühle mich hier das erste Mal wirklich zu Hause. Die Leere in meinem Inneren ist erfüllt von Hoffnung und Zuversicht.«

Er atmete kaum spürbar auf. Es fiel mir schwer, fortzufahren, doch er musste erfahren, was ich dachte. »Aber … Ich kenne dich kaum … Kann ich wirklich einfach alles aufgeben, was mich bisher begleitet hat, ohne zu wissen, was mich erwartet?«

Ein Schatten flog über sein Gesicht. Ich sprach weiter, erklärte vorsichtig, was in mir vorging, wo meine Bedenken lagen. Und er verstand.

»Ich muss erst zurück in mein altes Leben, alles sacken lassen und von außen betrachten«, sagte ich und wusste, dass es die Wahrheit war.

»Ich glaube, das gilt auch für mich«, gab Gary nach einer Weile zu. »Es ist so viel geschehen, in so kurzer Zeit …« Er blickte über das Meer, Traurigkeit in seinen Augen. Tom ein zweites Mal zu verlieren, auch wenn ihnen dieses Mal ein Abschied gegönnt war, hatte seine Spuren hinterlassen. Er brauchte Zeit zu trauern. Allein. Wir benötigten beide Zeit. Zeit, um einen Abschluss zu finden. Zeit, um uns über die Zukunft Klarheit zu verschaffen.

»Ich habe mich nicht mehr betrunken, seit du da bist und mein Leben verändert hast«, sagte Gary, den Blick immer noch auf das Meer gerichtet. »Doch es darf nicht von dir abhängen. Das ist mir bewusst. Ich muss auch allein ohne auskommen …«

»Du kannst das«, sagte ich überzeugt.

»Das muss ich herausfinden«, antwortete er. Dann sah er mich an und lächelte. »Es gibt etwas, das ich dir zeigen möchte, bevor du fährst.« Er nahm mich bei der Hand und führte mich den schmalen Pfad zum Bootssteg hinunter. Das Fischerboot wartete startbereit. Für mich lagen Windjacke und Rettungsweste am Steg.

»Du kannst nicht abreisen, ohne einen einzigen Wal gesehen zu haben«, sagte er.

»Ich habe einen gesehen, durch das Fernglas«, antwortete ich und konnte es kaum fassen. Er wollte mit mir hinausfahren! Ich sollte doch noch Wale und Delphine aus der Nähe sehen!

Er schnaubte. »Das ist nicht das Gleiche.«

Er sollte recht behalten. Es war absolut nicht das Gleiche. Es war atemberaubend und gewaltig. Es war Natur pur. Wenn ich bisher noch ein Fünkchen Zweifel gehabt hätte, dann wurde mir nun hautnah bewusst, dass dies meine Welt war. Egal, was die Zukunft für mich und Gary bereithielt, ich würde wiederkommen, das wusste ich mit absoluter Sicherheit. Ob nur für weitere Urlaube oder ganz und gar, das war eine andere Frage.

Epilog

Ich ließ mich in meinen Sitz fallen und atmete erleichtert aus. Ich war fast am Ziel, in wenigen Stunden würde ich mein neues, aufregendes Leben beginnen. Ein Leben in meiner Heimat. Ein Leben mit Gary.

Es waren drei Monate vergangen. Ich hatte mein altes Leben erst einmal wieder aufgenommen und mir diesen Schritt gut überlegt. Ich war Maxis Tochter, der Gentest bewies es. Sein Erbe stand mir rechtmäßig zu. Ich war zu Wenke gereist, hatte auch Alexa dorthin eingeladen, um den beiden von meinen unglaublichen Erfahrungen zu berichten – von Tom und Gary, von der Stimme, die mich zu sich gerufen hatte, von Maxi, meinem Vater. Und von der Erbschaft. Alexa war Feuer und Flamme gewesen.

»Ich wusste es!«, rief sie erregt. »Ich wusste, dass dein Abenteuer noch nicht zu Ende war! Und, wirst du zu ihm ziehen? Oh, das ist so aufregend!«

Wenke dagegen sah mich ungläubig an. »Das ist alles so … Ich weiß nicht, was ich sagen soll, was ich davon halten soll, aber …«

Ich verstand sie. So etwas passierte nicht wirklich. In den Köpfen der Menschen existierten Mystik und Magie nur in der Welt der Fantasie. Meine Geschichte war zu unglaublich und doch wahr. Wenke betrachtete ehrfürchtig mein Medaillon, das ich nie ablegte, das mich seit dem Tag auf der Finca begleitete und mir Kraft gab.

»Und er ist wirklich dein Vater? Was für ein unfassbarer Zufall.«

Ob Zufall oder vorherbestimmt, es war mir egal, wie andere es betrachteten. Wichtig war nur meine Sicht der Dinge. Und ich *glaubte* nicht, ich *wusste*.

Ab dem ersten Tag zu Hause vermisste ich die Insel so sehr, dass es fast wehtat. Und ich sehnte mich nach Gary. Trotzdem zögerte ich noch eine Zeit, versuchte das Geschehene zu verarbeiten und in Perspektive zu meinem Leben zu setzen. Gary ging es nicht anders, obwohl er erst sagte, dass Egon mich vermisste, bevor er zugab, dass sein Bett ohne mich entsetzlich kalt wäre. Wir begannen Pläne zu schmieden, wie ein gemeinsames Leben aussehen würde. Ich wusste, was er sich wünschte, und ich täte nichts lieber als das. Tom und Gary hatten einen Traum gehabt – eine Finca auf Pico, Urlaubsgäste im Familienstil mit hauseigenem Wein und selbst gemachtem Ziegenkäse. Whalewatchingtouren inklusive. Wir würden diesen Traum wahr machen. Und nun war ich auf dem Weg in mein neues Leben.

Ich warf einen Blick aus dem kleinen Flugzeugfenster und zückte mein Handy.

»Hi, ich bin`s. Sitze im Flugzeug. Unter mir flauschige Wolken. Ich bin um zehn vor elf in Horta.«

Ein ausgedehntes Gähnen am anderen Ende. »Du hast mich geweckt!«, zischte Wenke.

Ich grinste breit. »Ach nee, was du nicht sagst.« Wenke und Alexa waren auf Pico und warteten dort auf mich. Als ich ihnen berichtete, dass ich auswandern würde, hatte Alexa nicht lange gefackelt und zwei Tickets mehr gebucht. Sie war etwas voreilig gewesen. Leider kam mir etwas dazwischen, was meinen Flug verschob. So ein Umzug mit Pick und Pack erforderte doch so einiges an Nerven und lief nicht immer wie geplant.

»Und, wartet ihr an der Fähre? Ich wollte nur sichergehen, dass ihr nicht verschlaft.«

»Natürlich kommen wir«, zischte Wenke. »Ich brauche jetzt erstmal einen Kaffee«, seufzte sie dann.

Als wir auflegten, lächelte ich in mich hinein. Wenke hatte meinen Entschluss zu Gary zu ziehen besser verkraftet, als ich gedacht hätte. Ob das wohl etwas damit zu tun hatte, dass Ludvig immer noch auf Pico arbeitete? Ich grinste amüsiert und streckte mich in meinem Sitz. Auf einmal sackte das Flugzeug ab, es fühlte sich an, als würde ich aus meinem Sitz abheben. Es knackte in meinen Ohren, ein stechender Schmerz durchzuckte meinen Kopf.

»Was zum Henker …?«, dachte ich erschrocken, dann wurde mir übel und schwarz vor Augen …

Meli … Meli …, rief mich eine Stimme von weit her. Ich suchte die Dunkelheit ab, doch da war nichts zu sehen.

Meli … Ich kannte diese Stimme doch …

Meli!, rief Tom nun reichlich ungehalten. Ich zuckte zusammen. Tom? Ich starrte ihn verblüfft an.

Na also, sagte Tom zufrieden. *Gary hatte recht, du bist ein Fulltimejob. Aber du glaubst doch nicht, dass ich dich damit durchkommen lasse,* grinste er. *Noch ist nicht deine Zeit, nicht, solange ich über dich wache. Und schon gar nicht auf diese Weise! Und jetzt sieh zu, dass du die Augen wieder aufschlägst. Gary wartet auf dich!*

Irgendetwas zog mich mit rasanter Geschwindigkeit zurück ins Licht. Ich blinzelte und versuchte zu verstehen. Das Flugzeug wurde bedenklich durchgeschüttelt. Was geschah hier? Tom? Hatte ich wirklich Tom gesehen? Verwirrt sah ich mich um, mir war immer noch übel und ich fühlte mich leicht benommen. Ich spähte besorgt den Flugzeuggang entlang. Die Toilettentür öffnete sich und Toms

Ebenbild kam mir entgegen. Der Mann lächelte mich an, doch runzelte dann die Stirn.

»Was ist?«, fragte Gary besorgt, als er sich neben mich in seinen Sitz fallen ließ. »Du siehst so blass aus. War es das Luftloch? Ist alles in Ordnung?« Er war sichtlich besorgt.

Ich lächelte ihn erleichtert an. Er war hier bei mir. Mein Gary. Er hatte darauf bestanden, mich persönlich abzuholen und mir beim Packen zu helfen.

»Es geht mir gut«, beruhigte ich ihn. »Alles in bester Ordnung, jetzt, wo du wieder da bist.« Und auch Tom über mich wacht, dachte ich mit einem eisigen Schauer. Er hatte mich gerade eben zurück ins Leben geholt. Ich wusste es einfach. Ich unterdrückte ein Zittern.

Gary lächelte erleichtert und küsste mich sanft. »Ich werde immer für dich da sein, solange du willst.«

- Ende -

Über die Autorin

Marita Sydow Hamann wurde in Norwegen in Ålesund geboren und wuchs unter anderem in Deutschland, Österreich und Spanien auf.

1999 heiratete sie und wanderte mit ihrem Mann nach Schweden aus. Dort machte sie eine Ausbildung zur persönlichen Assistentin für Personen mit geistigen und körperlichen Behinderungen.

Marita Sydow Hamann lebt mit ihrem Mann, zwei Pferden, zwei Hunden und zwei Katzen auf einem kleinen Hof in Småland und widmet sich außer dem Schreiben auch anderer kreativer Kunst wie beispielsweise dem Malen.

Die Autorin schreibt Kinderbücher sowie Fantasy und Romantasy für Jung und Alt.

Ihre Interessen sind die nordische und die griechische Mythologie mit all ihren Wesen.

Speziell Trolle findet sie faszinierend. Aber auch Geister, Elfen, Drachen, Magier, mystische Begebenheiten, Romantik und Science Fiction Elemente könnt ihr bei Marita finden.
Die Autorin ist nicht auf ein Element festgelegt und immer offen für neue Ideen.

Marita Sydow Hamann veröffentlicht als Indie- sowie als Verlagsautorin.
Nach dem großen Erfolg des ersten Buches ihrer Fantasy-Trilogie „Die Erben der alten Zeit – Das Amulett", wurde die Reihe von einem Verlag unter Vertrag genommen.

Homepage: marita-sydowhamann.com

Twitter: MaritaSHamann

Facebook: MaritaSydowHamannBooks

Weitere Titel von Marita Sydow Hamann

Bisher erschienen

Romane und Kurzgeschichten aus der Reihe „Magisches Geflüster":

Roman: Wer zum Teufel ist Butterblume?

Kurzgeschichten:
Astro-Date – Magisches Geflüster
Unverhofft – Magisches Geflüster

Jugendbücher:

Die Erben der alten Zeit
Fantasy-Trilogie für Jung und Alt
Empfohlen ab 12 Jahre.
Ein Abenteuer für Jung und Alt
Band 1 Das Amulett
Band 2 Der Thul
Band 3 Ragnarök

Das Vermächtnis der Lil`Lu
Romantasy ab 14 Jahre
Band 1 Lovisa – Der Riss im Universum
Band 2 Lovisa – Im Zeichen des Feuers
Band 3 Emilie – Traumbegegnungen
Die Reihe wird 5 Bände umfassen.

Kinderbücher:

William und Das Spukhaus
Kindergeschichte
Empfohlen für Kinder ab 6 Jahre. Illustrationen.

William und Die blutende Quelle im Wald
Kinderkrimi, Altersempfehlung 10-12 Jahre, mehr als 20 Illustrationen.

Jori, der kleine Troll
1 Der erste Schultag
2 Der Angriff der Wespen
Empfohlen für Kinder ab 4 Jahre.
Mit vielen bunten Bildern!

Sonstiges:
Süßes selbst gemacht – 25 einfache Leckereien